"*Kafamın içindeki binlerce kaynak açılıverdi.
Sözlerim bir nehir gibi akmalı,
yoksa boğulacağım.*"
Fyodor Dostoyevski

ÖYKÜLER

Fyodor
Dostoyevski

Koridor

KORİDOR YAYINCILIK - 359

ISBN: 978-605-9702-83-6

YAYINEVİ SERTİFİKA NO: 16229
MATBAA SERTİFİKA NO: 19039

Öyküler
Fyodor Dostoyevski

Özgün Adı: Белые ночи - Belıye Noçi * Слабое сердце - Slaboye Serdtse * Честный вор - Çestnıy Vor * Бобок - Bobok * Чужая жена и муж под кроватью - Çujaya Jena i Muj Pod Krovatyu

© Tüm hakları saklıdır. Yayıncının izni olmaksızın çoğaltılamaz, kaynak gösterilmek suretiyle alıntı yapılabilir.

Editör: Hülya Arslan
Rusça aslından çeviren: Furkan Özkan
Kapak tasarımı: Melike Oran

Baskı: Ekosan Matbaacılık, İstanbul

EKOSAN MATBAACILIK
Maltepe Mah. Hastaneyolu Sok. No: 1 (Taral Tarım Binası)
Zeytinburnu - İstanbul

Cilt: Derya Mücellit, İstanbul

Koridor Yayıncılık, İstanbul, 2020

KORİDOR YAYINCILIK
Maltepe Mah. Davutpaşa Cad. MB İş Merkezi
No: 14 Kat: 1 D: 1 Zeytinburnu / İstanbul
Tel.: 0212 – 544 41 41 / 544 66 68 / 544 66 69
Faks.: 0212 – 544 66 70
info@koridoryayincilik.com.tr
www.koridoryayincilik.com.tr

ÖYKÜLER

Fyodor Dostoyevski

Rusça aslından çeviren:
Furkan Özkan

FYODOR DOSTOYEVSKİ, 11 Kasım 1821'de Moskova'da, babasının doktor olarak görev yaptığı Yoksullar Hastanesi'ne ait bir apartman dairesinde doğdu. Altı çocuklu bir ailenin ikinci çocuğu olan Fyodor; hastalıklı bir anne ve şiddet yanlısı, ilgisiz bir babayla büyüdü. Annesi ölünce, St. Petersburg'a taşınarak orada katı disiplinli Petersburg Askeri Mühendislik Okulu'na kabul edildi, babasının ani ve şüpheli ölüm haberini burada aldı. Yaşadığı kayıp üzerine bunalıma giren Dostoyevski, 1839 yılında ilk sara nöbetini geçirdi. 1844'te kendini yazın sanatına adamak üzere askerlik mesleğini bıraktı ve kitap yazmaya, çeviriler yapmaya başladı. Yavaş yavaş ünlenirken genç liberallere katılmasıyla hayatı değişti. I. Nikolay'ın polisi tarafından tutuklandı; sekiz ay hücrede kaldıktan sonra ölüm cezasına çarptırıldı. İdam sehpasındayken cezası dört yıllık Sibirya sürgününe çevrildi. Sürgünden uzun süre sonra yeniden Petersburg'a dönmesine izin verildi, kardeşi Mihail ile birlikte iki dergi çıkardı. Ağır yaşam koşulları altında yeniden yazmaya başladı; yazdıklarıyla Çar II. Aleksandr'ı bile etkiledi. Dünya edebiyatında önemli yer teşkil eden yapıtları o dönem büyük ses getirse de sara nöbetleri ve kumar bağımlılığı yüzünden maddi sıkıntılar yaşadı. Rus edebiyatının en önemli realist yazarlarından Dostoyevski, 28 Ocak 1881'de akciğerlerinde oluşan bir kanama sonucu hayata gözlerini yumdu ve büyük bir törenle toprağa verildi.

ÇEVİRMEN HAKKINDA

Furkan Özkan, 1993 yılında Afyonkarahisar'da doğdu. Lise eğitimini Uşak Lisesi ile Afyon Lisesi'nde tamamladı. 2011 yılında Okan Üniversitesi Rusça Mütercim-Tercümanlık bölümünü burslu olarak kazandı. Rus dili üzerine düzenlenen çeşitli yarışmalarda dereceler elde etti. Aynı üniversitede Uluslararası İlişkiler bölümünü de tamamlayarak 2017 yılında üniversite ve bölüm birincisi olarak mezun oldu. Bir süre boyunca özel sektörde çevirmenlik yaptı ve çeşitli çeviri projelerinde yer aldı. Kafkasya üzerine yaptığı çeviriler *Kafkasya Araştırmaları Dergisi*'nde yayımlandı. 2017 yılında Rusya Federasyonu Devlet Eğitim Bursunu kazandı. St. Petersburg Devlet Üniversitesi Siyaset Bilimleri Fakültesi'nde yüksek lisans eğitimini tamamladı.

EDİTÖR HAKKINDA

Hülya Arslan, 1988 yılında Ankara Üniversitesi DTCF Rus Dili ve Edebiyatı Bölümü'nü bitirmesinin ardından SSCB Devlet Bursu ile bir yıl Puşkin Dil Enstitüsü'nde staj yaptı. 1990-2000 yılları arasında Moskova'da çeşitli Türk firmalarında yönetici olarak çalıştı. 1998-2000 yıllarında Puşkin Devlet Rus Dili Enstitüsü'nde Rus Dili ve Edebiyatı üzerine yüksek lisans yaptı. Doktora çalışmasını Moskova Devlet Üniversitesi'nde tamamladı. Moskova Devlet Dilbilim Üniversitesi'nde misafir öğretim görevlisi olarak çalıştı. Halen Yeditepe Üniversitesi Rus Dili ve Edebiyatı Bölümü'nde öğretim üyesi olarak çalışıyor.

İÇİNDEKİLER

Beyaz Geceler..9
Bir Yufka Yürek...89
Dürüst Hırsız..151
Bobok..175
Başkasının Karısı (Yatağın Altındaki Koca)..............201

Beyaz Geceler

...Yaratılmış mı yoksa,
Bir anlığına bile olsa,
Yoldaş diye yüreğine?

İvan Turgenyev

Birinci Gece

Harika bir geceydi. Sadece gençliğimizde görebileceğimiz o harika gecelerden biriydi, sevgili okur. Gökyüzü yıldızlarla öylesine kaplı, öylesine parlaktı ki insan kendine, bu gökyüzünün altında nasıl olup da öfkeli ve kaprisli insanların yaşayabildiğini sormadan edemiyordu. Bu da genç bir soruydu, sevgili okur, çok genç bir soru ve ümit ederim ki bu genç sorular sık sık düşsün gönlünüze! Kaprisli ve öfkeli insanlardan söz ederken, o gün boyunca kendi iyi huylu halimi de anımsamadan edemiyorum. Sabahın ilk saatlerinde içimi kaplamaya başlayan hayret verici bir keder, gün boyunca bana eziyet etmişti. Bir anda yalnız olduğum hissine kapıldım. Sanki herkes toplanıp gidiyor, herkes bana sırtını dönüyordu. Bana bu "herkesin" kim olduğunu sorabilirsiniz, elbette. Çünkü Petersburg'a geleli neredeyse sekiz yıl geçmiş olsa da tek bir kişiyle bile dost olmayı başaramadım. Dost olup da ne yapacağım ki zaten? Tüm Petersburg'u tanıyorum ben. İşte bu yüzden bütün Petersburg ayaklanıp hep birden yazlığa gittiğinde, kendimi yapayalnız hissettim. Bir anda tek başıma kalmak korkunç bir histi. Üç gün boyunca, derin bir sıkıntıyla, ne yapacağımı bilmeksizin, tüm şehri dolaştım. Nevskiy'e de gitsem, parka da gitsem, kıyıda da dolaşsam, tüm sene boyunca, aynı saatte, aynı yerde olacağını bildiğim hiç kimseyle karşılaşmadım. Onlar beni tanımazdı elbette, fakat ben onları tanıyordum. Hem de yakından tanıyordum, neredeyse yüzlerini ezberlemiştim. Neşeli olduklarında onlara hayranlık duyuyor, yüzleri düşük olduğunda üzülüyordum. Fontanka'da Tanrı'nın her günü aynı saatte karşılaştığım yaşlı bir beyefendiyle neredeyse arkadaşlık kurmuştum. Bu yaşlı beyefendinin yüzü ciddi ve düşünceliydi. Devamlı kendi kendine fısıldıyor, sol elini bir o yana bir bu yana sallıyor, sağ eliyle ise altın saplı, budaklı bir baston tutuyordu. Hatta o da beni fark etmiş ve bana samimi bir ilgi göstermişti. Bazen, Fontanka'da aynı saatte, aynı yerde olamadığımda, bu yaşlı beyefendinin içine bir sıkıntı düştüğünden bile emin olurdum. Bu yüzden, özellikle ikimizin de keyfi yerindeyse, neredeyse birbirimize selam verirdik. Birkaç gün önce, birbirimizi görmeden iki gün geçirdikten sonraki üçüncü günde karşılaştığımızda, şapkalarımızın ucuna dokunarak selam bile verdik, neyse ki tam zamanında kendimize geldik, ellerimizi şapkalarımızdan çekip meraklı bakışlarla geçip gittik. Evleri de tanıyordum. Sokaklarda yürürken, evler sanki önüme fırlıyor, tüm pencereleriyle bana bakıyor ve "Merhaba, sağlığınız nasıl? Beni sorarsanız, şükür, iyiyim. Mayısta üzerime bir kat daha çıkacaklar," ya da "Nasılsınız? Yarın beni tamir edecekler." "Neredeyse yanıp kül oluyordum, çok korktum," diyordu. Aralarından bazılarına hayrandım, bazılarını ise çok yakından tanıyordum. Hatta onlardan biri, önümüzdeki yaz mimar tarafından bakımdan geçirilecekti. Mimarın her şeyi, Tanrı korusun, berbat edip etmeyeceğini görmek için her gün özellikle o evi ziyaret edeceğim. Fakat galiba, açık pembe renkli küçük bir evin başına gelenleri hiçbir zaman unutamayacağım. Bu ev, bana samimiyetle, pejmürde komşularına ise mağrur bakan, çok tatlı bir taş evdi. Öyle ki yolum ne zaman bu evin bulunduğu sokağa düşse, kalbim mutlulukla doluyordu. Geçenlerde bu minik evin sokağına girdiğimde gözlerim yine dostumu aradı. Birden acıklı bir çığlık duydum: "Beni sarıya boyuyorlar!" Zalimler! Barbarlar! Hiçbir şeye merhamet etmemişler. Kolonları, kornişleri boyamışlar. Dostum da tıpkı bir kanarya gibi sararmış. Bu olaydan öyle büyük bir ıstırap duydum ki o günden bu yana, Gök İmparatorluğu'nun* rengine boyanan bu zavallı arkadaşımı görme gücünü kendimde bulamadım.

Şimdi, sevgili okur, bütün Petersburg'u nasıl tanıdığımı anlıyor musunuz?

Size üç gündür yaşadığım huzursuzluğun bana nasıl acı çektirdiğini söylemiştim. Artık, neden böyle hissettiğime anlam verebiliyorum. Sokaklarda dolaşırken içim sıkılı-

---

* Çin'de kendi imparatorluklarına verilen isim. (Çev. N.)

yordu. O gitmişti, bu gitmişti, ya şuna ne olmuştu? Evde de kendimde değildim. İki gece boyunca düşünüp durdum. Şu minik köşemde bana yetmeyen şey neydi? Neden burada yaşamaktan rahatsızlık duyuyordum? Yeşil, isli duvarları ve Matryona'nın temizlemeden bıraktığı örümcek ağlarıyla kaplı tavanı şaşkınlıkla inceledim. Tüm mobilyalarıma göz gezdirdim, sıkıntımın nedenini bulmak için her sandalyeyi tek tek yokladım. (Sandalyelerden biri, bir önceki gün durduğu yerde değilse, kendimi kaybederim.) Camdan dışarı baktım, boşunaydı, hiçbir şeyin faydası yoktu... Matryona'yı çağırıp örümcek ağları ve her zamanki dağınıklık hakkında iyi bir nutuk atmayı bile denedim. Fakat kız öylece, şaşkınlıkla yüzüme baktı ve tek kelime etmeden apar topar çıkıp gitti. Tavandaki örümcek ağları da aynı yerlerinde hâlâ sapasağlam duruyor. Nihayetinde, bugün sabah erken saatlerde, canımın neden böylesine sıkıldığını anladım. Eh! Neden mi? Herkes beni atlatıp yazlıklarına kaçıyordu da ondan! Bayağı laflar ettiğim için bağışlayın beni, zarif sözler söyleyecek havamda değilim ne yazık ki... Petersburg'da olan her ne varsa, ya yazlığa gitmişti ya da gitmek üzereydi. Yük arabası tutmuş vakur görünüşlü her saygıdeğer beyefendi, gündelik işlerini bitirmiş, elini kolunu sallayarak, ailesinin bağrına, yazlığa giden saygıdeğer bir aile babasına dönüşüyordu gözlerimde. Yoldan gelip geçen herkes, neredeyse karşılaştığı her insana, "Evet, beyler, geçerken uğradık işte, iki saat sonra biz de yazlığa gidiyoruz," diyen tamamen kendilerine özgü bir görünüşe bürünmüştü. Narin kızlar, ince yapılı, şeker gibi beyaz parmaklarıyla önce pencereyi tıklatıp açıyor, sonra başlarını dışarı uzatıyor, elinde çiçek sepetiyle sokaklarda dolaşan satıcıya sesleniyordu. Bu demetlerin, şehirdeki boğucu bir evde ilkbaharın ve çiçeklerin keyfini çıkarmak için alınmadığını, ev sakinlerinin kısa süre içinde yazlıklarına gideceğini ve bu çiçekleri de yanlarında götüreceklerini hemen o anda anlıyordum. Dahası, artık hangi yazlıkta kimin yaşadığını, bir bakışta, kusursuzca tahmin etme konusunda da epeyce yol kat etmiştim. Kamennıy ve Aptekarskiy adalarındaki ya da Peterhof yolundaki yazlıklarda oturanlar, okumuş, şık görünüşleriyle, zarif yaz kıyafetleri ve şehre geldikleri harika arabalarıyla diğerlerinden ayırt ediliyordu. Pargolovo ve ötesindeki yazlıkçılar ise daha ilk bakışta, insanda feraset ve itimat "duygusu uyandırıyordu". Krestovskiy Adası'nda yaşayanlar ise hiçbir şekilde önüne geçilemeyen neşeli dış görünüşleriyle kendilerini belli ediyordu. Her türden mobilya, masa, sandalye, Türk tarzı olan ve olmayan divanlar ile pek çok ev eşyası yük arabalarına dağ gibi üst üste yığılmıştı. Her şeyin zirvesinde, en tepede ise, genelde göz bebeğini korur gibi ev sahibinin eşyalarını koruyan, çelimsiz bir aşçı kadın otururdu. Arabaların yanında, ellerinde dizginlerle tembelce yürüyen arabacıların oluşturduğu uzun kuyruklar vardı. Ev eşyalarıyla hınca hınç doldurulmuş kayıklar, Neva'dan ya da Fontanka'dan süzülüp Çyornıy çayına ya da adalara gidiyordu. Karşılaştığım bu yük arabaları ve seyrettiğim kayıklar, on kat hatta yüz kat büyüyordu gözlerimde. Sanki herkes ayaklanıp gitmişti. Herkes üstü kapalı yolcu arabalarına atlayıp yazlığa gitmişti. Petersburg, terk edilmiş bir şehre dönüşmüştü. Öyle ki en sonunda bu nedenle utanmaya, alınmaya ve üzülmeye başladım. Gerçekten de ne gidecek bir yazlığım vardı, ne de yazlığa gitmek için bir nedenim. Yük arabası kiralamış her saygıdeğer görünüşlü beyefendiye katılmaya, geçip giden her yük arabasına atlayıp gitmeye hazırdım ben de. Fakat hiç kimse, tek bir kişi bile davet etmedi beni. Sanki unutulmuştum. Ve sanki ben onlar için ötekiydim!

Uzun süre dolaştım. Her zaman yaptığım gibi, nerede olduğumu unutmayı başardım. Ayaklarım beni şehrin en uç noktasına kadar götürmüştü. Birden neşelendim, çitlerin ardına geçtim. Yorgunluğumun farkında olmadan, ekili tarlalarda ve çayırlarda dolaşmaya başladım. Ruhumdan büyük bir yükün kalktığını tüm bedenimde hissediyordum. Gelip geçenler, dostça bakıyordu bana. Herkes bir şeylerden memnundu. Sigara içmeyen tek bir kişi bile yoktu. Ben de daha önce hiç olmadığım kadar mutluydum. Bir anlığına İtalya'da olduğumu hayal ettim. Doğa, şehrin duvarları arasında neredeyse boğulan benim gibi yarı hasta bir şehirliyi sıkıca sarmalayıverdi.

Petersburg'umuzun doğasında, kelimelere dökülmesi mümkün olmayan, insanın içine dokunan bir şey vardır. İlkbaharın gelişiyle birlikte, doğa, tüm kuvvetini, gökyüzünün kendisine bahşettiği tüm gücü birden gösterir, etraf çiçeklerle kaplanır, yenilenir ve renklenir. Bu mevsimde doğa, bazen üzüntüyle, bazen tutkulu bir aşkla baktığınız, bazen de hiç fark etmediğiniz, fakat birdenbire, bir anlığına, açıklanamaz şekilde ve tesadüf eseri harika bir güzelliğe bürünüveren çelimsiz ve hastalıklı bir kızı anımsatır bana. O anda, hayrete düşen, heyecanla dolan insan, istemeden de olsa kendine sormadan edemez: Bu üzgün, düşünceli gözlerin böylesine bir alevle ışık saçmasını sağlayan güç nasıl bir güçtür? Bu soluk, içeri çökmüş yanakları renklendiren nedir? Bu narin yüzü tutkuyla yıkayan şey nedir? Bu göğüs neden böylesine inip kalkar? Bu zavallı kızın yüzüne gücü, yaşamı ve güzelliği aniden çağıran, çehresini böylesine bir gülümsemeyle aydınlatan, böylesine ışıltılı, göz kamaştırıcı bir kahkahayla canlandıran şey nedir? Etrafınıza bakınırsınız, birini ararsınız, tahminlerde bulunursunuz... Fakat o an geçer ve belki de ertesi gün aynı dalgın ve zayıflamış bakışla, önceki gibi solgun bir yüzle karşılaşırsınız. Hareketlerdeki sakinlik ve çekingenlik aynıdır. Ağır bir hüzün, ölümcül bir kederin izleri ve uçup giden bir hayranlığa karşı duyulan kızgınlık da... Ne yazık ki anlık güzellik geri dönüşü olmayacak şekilde, çabucak soluvermiş, burnunuzun dibinde haince ve boşu boşuna yanıp sönmüştür. Ona âşık olmaya bile zamanınız olmamıştır ne yazık ki...

Ancak gecem, gündüzümden daha iyiydi o gün! Şimdi neler yaşadığımı anlatayım size:

Şehre çok geç bir vakitte geri döndüm. Oturduğum eve yaklaştığımda, saat neredeyse ona geliyordu. Yolum, o saatte hiçbir canlıyı göremeyeceğiniz bir kanal boyunca uzanıyordu. Aslına bakarsanız, şehre uzak bir yerde yaşıyorum. Yürürken bir yandan da şarkı söylüyordum. Çünkü kendimi mutlu hissettiğimde, ne bir arkadaşı, ne de iyi kalpli tanıdıkları olan ve mutlu olduğu zaman, bunu kimseyle paylaşmayan her bahtiyar insan gibi ben de kendi kendime bir şeyler mırıldanırım. Tam o anda hiç umulmadık bir macera yaşadım.

Yolun bir yanında, kanalın korkuluklarına yaslanmış, dirsekleri küpeşteye dayalı bir kadın, çamurlu suya dikkatle bakıyordu. Başında zarif bir şapka, sırtında ise siyah, çekici bir şal vardı. *Bu genç bir kız ve kesinlikle esmer,* diye geçirdim aklımdan. Belli ki adımlarımı duymamıştı ve nefesimi tutmuş, kalbim deli gibi çarparak yanından geçerken kıpırdamamıştı bile. *İlginç!* diye düşünüm, *Galiba bir şeye dalıp gitmiş.* Tam o sırada taş kesilmiş gibi kalakaldım. Belli belirsiz bir hıçkırık sesi duymuştum. Evet, yanılmıyordum, genç kız ağlıyordu. Birkaç dakika sonra da hepten hıçkırıklara boğuldu. Aman Tanrım! Kalbim sıkışıverdi. Kadınlara karşı aslında çok utangacım. Fakat o an öyle bir andı ki... Döndüm, genç kıza doğru bir adım attım. Yüksek sosyete için yazılmış Rus romanlarında bu seslenişin binlerce kez kullanıldığını bilmeseydim neredeyse, "Hanımefendi!" diyecektim. Bu düşünce, beni ona seslenmekten alıkoydu. Söyleyecek bir şeyler bulmaya çalışırken, kız kendini toparladı, etrafına bakındı, gücünü topladı, başını yere eğdi ve yanımdan geçip gitti. Ben de peşine düştüm. Arkasından geleceğimi tahmin etmiş olmalı ki durdu, sokağın karşısına geçti ve kaldırımda yürümeye başladı. O tarafa geçmeye cesaret edemedim. Kalbim, yakalayıp avucunuza aldığınız bir kuşun kalbi gibi pır pır atıyordu. O sırada bir olay, imdadıma yetişti.

Aynı kaldırımda, biraz önce görüp henüz tanışamadığım kızdan biraz uzakta, yaşını başını almış olsa da davranışları için aynı şeyi söylemenin pek mümkün olmayacağı fraklı bir adam beliriverdi. Sendeleyerek yürüyor ve dikkatle, duvardan destek alıyordu. Kız, adeta bir ok gibi ilerliyordu, gece vakti hiç kimsenin eve kadar kendisine eşlik etmeye gönüllü olmasını istemeyen bütün genç kızların yürüdüğü şekilde acele acele ve dimdik yürüyordu. Elbette, şansım, söz konusu sendeleyen adama farklı bir yol izleme fikrini vermeseydi, bu adam kızı hiçbir şekilde yakalayamazdı. Bu benim adam tek kelime etmeden yerinden fırlamış ve benim bu yabancı kızın ardından gücü yettiğince koşmaya başlamıştı. Kız, rüzgâr gibiydi. Fakat sendeleyen adam, kıza ulaşmak üzereydi, ulaştı da, ancak kız bir çığlık koyuverdi... Ve... Ben de muhteşem budaklı bastonumun o sırada sağ elimde olduğunu fark edip kaderime şükrettim. Bir anda kendimi onlarla aynı kaldırımda buldum, adını bilmediğim adam başına gelecekleri anladı, düşündü taşındı, sustu ve daha fazla ilerlemedi. Biz iyice uzaklaştıktan sonra, bizim için düşündüklerini hiç de hoş olmayan sözlerle dile getirdi. Ancak o sırada hiçbir sözü kulağımıza gelmedi.

"Elinizi verin," dedim yabancı kıza. "O zaman adam bizi bir daha rahatsız etmeye fırsat bulamaz."

Kız, sessizlik içinde, kaygıdan ve korkudan titreyen elini uzattı bana. Ah, adını bile bilmediğim adam! Sana o sırada ne kadar da minnettardım! Göz ucuyla kıza baktım. Oldukça zarif, esmer bir kızdı. Siyah kirpiklerinde belki biraz önce yaşadığı korkudan, belki de ondan önce hissettiği öfkeden döktüğü gözyaşları hâlâ parlıyordu. Fakat dudaklarında şimdiden bir gülümseme filizlenivermişti. Fark ettirmeden o da bana baktı, hafifçe kızardı ve gözlerini kaçırdı.

"Bakın, gördünüz mü, neden orada beni yanınızdan uzaklaştırdınız? Ben orada olsaydım, tüm bunlar olmayacaktı."

"Sizi tanımıyordum. Düşündüm ki siz de..."

"Peki, şimdi beni tanıyor musunuz?"

"Az da olsa. Mesela neden titrediğinizi biliyorum."

"İlk bakışta anladınız demek!" dedim hayranlıkla. Bu benim genç kız zekiydi. Akıl güzelliğe engel olamaz. "Evet, daha ilk bakışta nasıl bir adamla karşılaştığınızı tahmin ettiniz. Gerçekten de kadınlara karşı utangacım. Doğruyu söylemek gerekirse, biraz önce o adam sizi nasıl korkuttuysa... Ben de en az o kadar korkuyorum. Rüya gibi. Gerçi bir kadınla konuşabileceğimi rüyalarımda dahi görmedim."

"Nasıl yani? Gerçekten mi?"

"Evet, gerçekten. Ellerim titriyorsa, işte bu yüzden. Daha önce sizinkiler gibi, böylesine güzel, böylesine ufak eller tarafından tutulmadıkları için. Kadınlarla olunca nasıl davranacağımı unuttum. Daha doğrusu hiç bilmiyorum. Hiçbir zaman onlara alışamadım. Yalnız biriyim ben... Kadınlarla nasıl konuşulur ondan bile emin değilim. Aslına bakarsanız, şu anda bile bilmiyorum ne diyeceğimi. Size aptalca bir şey söylemedim ya? Dürüst olun, rica ediyorum. Bundan alınmam..."

"Hayır, hiç de bile. Aksine. Dürüst olmamı istiyorsanız, kadınların böyle bir çekingenlikten hoşlandığını söyleyebilirim size. Daha da açık konuşmamı istiyorsanız, ben de bundan hoşlanıyorum. Bu yüzden eve kadar eşlik edebilirsiniz bana."

"Fakat beni şu an," diyerek konuşmaya başladım, hayranlıktan nefessiz kalarak, "utanmamaya ve fırsatı kaçırmaya zorluyorsunuz!"

"Fırsat? Ne fırsatı? Bu hiç de hoş değil."

"Kusura bakmayın, konuşurken dilim dolandı. Fakat böyle bir anda, insan nasıl arzu etmez, nasıl desem..."

"Beğenilmeyi mi?"

"Evet, Tanrı'ya şükür, siz çok yaşayın. Kim olduğuma kendiniz karar verin. İşte bakın. Yirmi altı yaşındayım, şimdiye kadar hiçbir kadınla görüşmedim. Öyleyse, nasıl iyi, nazik ve isabetli konuşabilirim ki? Size her şeyi açık açık söylemek en iyisi olacak galiba. Kalbim, göğsümün içinde konuşurken ben sessiz kalmayacağım. Neyse... İnanın bana, tek bir kadınla bile görüşmedim. Hiçbir zaman olmadı bu! Hiçbir kadınla! Her gün, nihayetinde bir gün birisiyle tanışacağımı hayal edip duruyorum. Ah bilseydiniz keşke, böyle kaç kez âşık olduğumu!"

"Nasıl âşık oldunuz? Kime?"

"Öyle birine değil, rüyalarda gördüğüm bir ideale. Hayallerimde baştan sona romanlar yazarım. Ah, henüz tanımıyorsunuz beni! Aslında, elbette, iki üç kadınla muhabbetim oldu. Fakat nasıl kadınlar? Hepsi ev sahibesi kadınlardı işte... Sizi güldüreceğim belki ama anlatayım: Birkaç kez sokakta gördüğüm aristokrat hanımefendinin biriyle öylesine yanına gidip sohbet etmeyi aklımdan geçirdiğim oldu. Tabii ki yalnız olduğu bir sırada. Elbette çekingen, saygılı ve tutkulu bir sohbet olacaktı bu. Ona yalnız öleceğimi ve beni yanından kovmamasını söyler ve kadınlar hakkında bir şeyler öğrenme şansımın olup olmadığını sorardım. Hatta bir kadının görevinin, benim gibi mutsuz bir adamın çekingen yakarışlarını geri çevirmemesi olduğu konusunda onu ikna ederdim. Yani, istediğim şey yalnızca, bana kardeşçe, samimiyetle, birkaç çift söz söylemesi, daha ilk adımdan beni reddetmemesi, söyleyeceklerime kulak vermesi, isterse bana gülmesi, beni cesaretlendirmesi, birkaç şey söylemesi, yalnızca bir çift kelime etmesi. Sonra onunla sonsuza dek görüşmesek de olur! Fakat gülüyorsunuz... Ben de tam da bunun için söylemiştim..."

"Kızmayın, kendinizin düşmanı olmanıza gülüyorum ben. Bunu yapmayı deneseydiniz, istediğinizi elde edebilirdiniz, en basit yol en iyisidir... Temiz kalpli hiçbir kadın, aptal değilse ya da o sırada bir şeye sinirlenmemişse, çekingence ısrar ettiğiniz o iki kelimeyi size söylemeden gitmenize izin vermezdi. En azından ben öyle yapardım. Elbette aklınızı kaçırdığınızı da düşünebilirdim. Ben kendime göre konuşuyorum tabii ki. İnsanların nasıl yaşadıklarını epey biliyorum!"

"Size minnettarım," diye haykırdım. "Şu an benim için ne yaptığınızı bilemezsiniz!"

"Rica ederim! Fakat benim öyle bir kadın olduğumu... Yani arkadaş olmaya ve ilgiye değeceğimi... Kısacası, sizin deyiminizle açıklayacak olursak, benim de o ev sahibelerinden biri olmadığımı nasıl anladınız? Benimle konuşmaya nasıl karar verdiniz?"

"Nasıl mı? Yalnızdınız, oradaki adam da çok pervasızdı. Gece vakti, siz de takdir edersiniz ki bu benim için bir görevdi..."

"Hayır, hayır. O adam daha ortada yokken, karşıda. Yanıma gelmek istediniz ya?"

"Karşıda mı? Aslına bakarsanız, bu soruya nasıl yanıt verebilirim bilmiyorum. Korkuyorum... Biliyor musunuz, bugün çok mutluydum. Gezdim dolaştım, şarkı söyledim. Şehirden uzaktaydım hep. Hiçbir zaman bugünkü kadar mutlu olmamıştım. Siz... Bana öyle geldi galiba... Size hatırlatıyorsam bağışlayın beni ama... Sanırım siz ağlıyordunuz ve ben de... Bunu duymuş olamam. Hıçkırıklarınız kalbimi sızlattı... Tanrım! O sırada gerçekten size üzülmüş olamaz mıyım? Size karşı kardeşçe bir şefkat hissetmem günah sayılmaz değil mi? Affedersiniz, şefkat dedim... Yani, kısacası, aklıma istemeden de olsa size yaklaşmak geldiği için sizi gerçekten de incitmiş olamam değil mi?"

"Bu kadar yeter, gerçekten, daha fazla konuşmayın..." dedi kız, gözlerini eğip elimi sıkarak. "Bu konuyu açtığım için hata bende. Fakat hakkınızda yanılmadığım için mutluyum... İşte neredeyse eve vardık. Buradan dönünce, ev yalnızca iki adım... Elveda, çok teşekkür ederim..."

"Gerçekten... Yani, bir daha hiç görmeyecek miyiz birbirimizi? Her şey burada bitiyor mu?"

"Görüyor musunuz?" diye sordu kız gülerek, "Önce istediğiniz iki kelimeydi, fakat şimdi de... Neyse, size bir şey söyleyemem. Belki yeniden görüşürüz sizinle..."

"Yarın burada olacağım," dedim. "Affedersiniz, size emirvaki yapıyorum..."

"Evet, sabırsızsınız... Neredeyse oldubittiye getiriyorsunuz..."

"Dinleyin lütfen," diye sözünü kestim. "Size yine yersiz bir şey söylüyorsam lütfen beni bağışlayın. Yarın buraya gelmeden edemem. Ben bir hayalperestim. Gerçek hayatta o kadar az yaşıyorum ki böyle anları, şimdi yaşadığım gibi bir anı nadiren bulabiliyorum. Bunu hayallerimde tekrarlayamam. Bütün gece sizi hayal edeceğim, tüm hafta, belki de bütün yıl. Yarın kesinlikle buraya geleceğim, tam buraya, tam bu yere, tam aynı saatte. Ve bugün yaşadıklarımı hatırlayıp mutlu olacağım. Bu yeri şimdiden sevdim. Petersburg'da buna benzer sevdiğim birkaç yer var. Hatta bir keresinde yaşadıklarımı hatırlayıp ağlamıştım. Kim bilir, belki, siz de, on dakika kadar önce, yaşadıklarınızı hatırlayıp ağlamıştınız. Kusura bakmayın yine kaybettim kendimi. Belki de burada çok mutlu bir an yaşamıştınız."

"Tamam," dedi kız, "yarın buraya geleceğim, tam saat onda. Görüyorum ki, size engel olmayacağım. Gerçek şu ki benim zaten burada olmam gerekiyor. Size bir randevu verdiğimi düşünmeyin. Şunu da söyleyeyim, yarın buraya kendim için gelmem gerekiyor. Yani... Size lafı dolandırmadan söyleyeyim. Yarın buraya gelip gelmemenizin bir önemi yok. Her şeyden önce, yarın, bugün yaşadığımıza benzer bir tatsızlık olabilir, ama bu işin diğer yanı... Kısacası iki kelime etmek için sizi görmek istiyorum o kadar. Hakkımda kötü düşünmenizi de istemiyorum doğrusu. Her zaman bu kadar umursamazca birileriyle buluştuğum aklınıza gelmesin... Zaten buluşmazdım da, eğer... Neyse, bu da benim sırrım olarak kalsın. Önce bunda bir anlaşalım."

"Anlaştık! Söyleyin, anlatın bana, her şeyi söyleyin şimdiden, her şeye razıyım, her şeyi kabul etmeye hazırım," diye haykırdım heyecanla, "Size söz veriyorum, uysal ve saygılı olacağım... Beni tanıyorsunuz..."

"Zaten sizi tam da bu yüzden yarın buluşmaya davet ediyorum, siz tanıdığımdan," dedi kız gülerek. "Sizi çok iyi tanıyorum. Lütfen yarın bir şartla buraya gelin. Sizden içtenlikle rica ediyorum, istediğim şeyi yapın sadece. Görüyorsunuz ya, sizinle açık konuşuyorum. Bana âşık olmayın. Sizi temin ederim ki böyle bir şeyin olması mümkün değil.

Arkadaşlığa hazırım, alın tutun elimi... Fakat size yalvarıyorum, âşık olmayın bana..."

"Yemin ederim böyle bir şey olmayacak," diye haykırdım elini tutarak.

"Susun, yemin etmeyin. Sizin barut gibi parlayabileceğinizi biliyorum işte. Böyle şeyler söylüyorum diye beni yargılamayın lütfen. Eğer bilseydiniz... Benim de kimsem yok. Birkaç kelime edebileceğim, bana öğüt verebilecek kimse yok. Elbette, akıl hocaları sokakta aranmaz, fakat siz bir istisnasınız. Sizi öyle iyi tanıyorum ki, sanki yirmi yıldır arkadaşız... Beni kandırmazsınız değil mi?"

"Göreceksiniz... Yalnız, yarına kadar hayatta kalabilir miyim onu bilmiyorum."

"Bu gece iyice uykunuzu alın. İyi geceler. Size şimdiden güvenmeye başladığımı da aklınızdan çıkarmayın. Biraz önce ne kadar da güzel ifade ettiniz: İnsan her duyguya karşılık vermeli. Kardeşçe hislere bile. Biliyor musunuz? Bu dedikleriniz öyle anlamlıydı ki size karşı hemen bir güven duygusu kapladı içimi..."

"Tanrı aşkına söyleyin, nasıl bir güven duygusu bu?"

"Yarın görüşmek üzere. Bu şimdilik bir sır olarak kalsın, olur mu? Böylesi sizin için daha iyi. En azından uzaktan biraz romana benzeyecek. Belki yarın size bu sırrı veririm, belki de vermem... Birbirimizi daha iyi tanımak için önce sizinle sohbet etmem gerek..."

"O halde yarın size, hakkımdaki her şeyi anlatacağım! Neler oluyor? Bir mucizenin içindeyim sanki. Aman Tanrım, neredeyim ben? Şimdi söyleyin bana, diğer kadınların yaptığı gibi, daha ilk andan kızmadığınız, beni kovmadığınız için memnun musunuz? Yalnızca iki dakika ve beni sonsuza kadar mutlu ettiniz. Evet! Mutlu ettiniz. Kim bilir, belki de, beni kendimle barıştırdınız, şüphelerimi giderdiniz. Belki de böyle anlar yaşamam gerekiyordu benim. Size yarın her şeyi anlatacağım. Her şeyi öğreneceksiniz, her şeyi."

"Tamam, kabul. Anlatmaya ilk siz başlayacaksınız..."
"Anlaştık."
"Görüşmek üzere."
"Görüşmek üzere."

Ve ayrıldık. Bütün gece yürüdüm. Eve gidip gitmemeye karar veremedim. O kadar mutluydum ki... Yarın görüşmek üzere!

İkinci Gece

İki elimi sıkıp "Hâlâ hayattasınız!" dedi bana, gülümsüyordu. "İki saattir burada sizi bekliyorum. Gün boyunca neler çektiğimi bilemezsiniz!"

"Bilirim, bilirim... Şimdi konumuza dönelim. Buraya neden geldiğimi biliyor musunuz? Dün yaptığım gibi aptalca şeyler konuşmak için gelmedim. Geldim çünkü ikimizin de bundan böyle daha aklı başında davranması gerek. Dün olanlar hakkında uzun uzun düşündüm."

"Ne konuda daha aklı başında olmalıyız? Benim açımdan bakarsak, ben hazırım. Aslında tüm hayatım boyunca şu anda olduğumdan daha aklı başında olmamıştım."

"Gerçekten mi? Öncelikle ellerimi bu kadar sıkmamanızı rica ediyorum sizden. Bugün sizin hakkınızda uzun uzun düşündüğümü söylemek isterim."

"Peki, ne sonuca vardınız?"

"Ne sonuca mı vardım? Her şeye en baştan başlamamız gerek. Bugün, benim için adeta bir yabancı olduğunuzu düşündüm ve önceki gün çocuk gibi, küçük bir kız çocuğu gibi davrandığıma karar verdim. Elbette, buna iyi niyetimin sebep olduğunu düşünüyorum. Demem o ki, kendini anlatmaya başlayan her insanın sürekli yaptığı gibi ben de böbürlendim. Bu hatayı düzeltmek için hakkınızdaki her şeyi en ayrıntılı şekilde öğrenmeye karar verdim. Kimsenin daha önce sizi tanımadığı kadar tanımak. Bu yüzden siz de bana hakkınızdaki her şeyi, en ince ayrıntısına kadar anlatmalısınız. Nasıl bir insansınız siz? Acele edin. Hikâyenizi anlatmaya başlayın bana."

"Hikâyemi!" diye haykırdım, korkarak, "Hikâyemi! Hikâyem olduğunu da kim söylemiş? Benim hikâyem yok ki..."

"Şimdiye kadar nasıl yaşadınız? Hikâyeniz yok mu yani?" diye sözümü kesti gülerek.

"Hem de hiçbir şekilde! Hani derler ya, kendi halinde, tamamen bir başına, yalnız, yapayalnız yaşadım. Yalnızlığın nasıl bir şey olduğunu bilir misiniz?"

"Yapayalnız mı? Yani şimdiye kadar hiç kimseyle görüşmediniz mi?"

"Hayır, görüşmesine görüşüyorum, fakat yine de yalnızım."

"Yani gerçekten hiç kimseyle konuşmuyor musunuz?"

"Kelimenin tam anlamıyla hiç kimseyle konuşmuyorum."

"Nasıl birisiniz siz öyle? Açıklayın bana! Durun söylemeyin, ben tahmin edeyim. Sizin de, kesinlikle benim gibi bir nineniz var. Ninemin gözleri görmüyor. Şu yaşıma kadar evden dışarıya adımımı atmama izin vermedi. Öyle ki neredeyse konuşmayı unuttum. Bundan birkaç yıl önce bir yaramazlık yaptım. O da bunun üzerine benimle baş edemeyeceğini anladı. Beni yanına çağırdı ve kendi elbisesini, benim elbiseme iğneyle tutturdu. O günden bu yana hep birlikte oturuyoruz. Gözleri görmüyor, fakat çorap örebiliyor. Ben de dizinin dibinde oturuyor ona kitap okuyorum. Ne tuhaf bir alışkanlık bu, değil mi? Baksanıza, neredeyse iki yıldır birbirimize bağlıyız."

"Aman Tanrım, ne büyük bahtsızlık! Fakat hayır, benim böyle bir ninem yok."

"Eğer yoksa neden evden dışarı çıkmıyorsunuz?"

"Dinleyin, nasıl biri olduğumu öğrenmek istiyor musunuz?"

"Evet, elbette!"

"Kelimenin tam anlamıyla mı?"

"Kelimenin tam anlamıyla!"

"O halde tamam. Ben bir tipim."

"Tip, tip! Nasıl bir tip?" diye haykırdı kız sanki bütün bir yol boyunca hiç gülememiş gibi kahkahalara boğularak. "Âlemsiniz gerçekten! Bakın ne diyeceğim, şuradaki banka oturalım mı? Buradan hiç kimse gelip geçmez, kimse bizi duymaz. Hikâyenizi anlatmaya başlayın! Çünkü beni bir hikâyeniz olmadığına değil, hikâyenizi gizlediğinize inandırdınız. Öncelikle nedir bu tip dediğiniz?"

"Tip mi? Tip özgün ve oldukça gülünç bir insandır!" dedim onun çocuksu gülüşünün ardından ben de kahkahalara boğularak. "Tip bir karakterdir. Dinleyin. Hayalperest nedir bilir misiniz?"

"Hayalperest! Tabii ki, nasıl bilmem! Ben kendim hayalperestim! Ninemin dizinin dibinde otururken aklımdan neler geçmez neler. Hayal kurmaya başlarsın, sonra bir bakmışsın dalıp gitmişsin. O sırada Çin prensiyle evlenmişsin. Bazen bu iyi olabilir, hayal kurmak yani. Neyse, Tanrı bilir! Özellikle de düşünmeden duramadığınız bir şeyiniz varsa," diye ekledi kız ciddi bir ifade takınarak.

"Mükemmel! Hayallerinizde Çin prensiyle evlendiyseniz, beni çok iyi anlayacaksınız o halde. Bir dakika... Affedersiniz adınızı hâlâ bilmiyorum."

"Sonunda! Adımı sormayı amma da erken hatırladınız!"

"Ah, Aman Tanrım! Aklıma gelmemişti bile, halimden o kadar memnundum ki!"

"Adım Nastenka."

"Hepsi bu mu? Nastenka?"

"Evet, hepsi bu! Bana böyle seslenmek yetmiyorsa, doyumsuz bir insansınız siz!"

"Az mı? Hayır, aksine çok, oldukça çok, Nastenka, siz temiz kalpli bir kızsınız. Baksanıza, daha ilk andan benim için Nastenka oldunuz!"

"Yani, öyle mi diyorsunuz?"

"Şimdi, Nastenka, nasıl gülünç bir hikâye anlatacağıma kulak verin."

Nastenka'nın yanına oturdum. Çokbilmiş şekilde durdum, ciddi bir tavır takındım ve oldukça edebi bir üslupla sözlerime başladım.

"Nastenka, belki bilmiyorsunuz, fakat Petersburg'da oldukça tuhaf köşeler vardır. Bu yerlerde, Petersburg'da yaşayan tüm insanları aydınlatan güneş değil de, sanki bu yerler için özellikle ısmarlanmış, yeni ve bambaşka bir güneş, kendine özgü bir ışıkla parlar. Bu köşelerde, sevgili Nastenka, sanki bambaşka bir hayat yaşanır, yanımızda kaynayıp duran hayata benzemeyen. Böyle bir hayat, belki de çok uzak, hiç görülmemiş bir krallıkta yaşanabilir yalnızca; bizim, ciddi, çok ciddi zamanımızda değil. İşte bu hayat, tamamen fantastik ve ateşli şekilde ideal olan bir şey ile (maalesef, Nastenka!) kirli, yavan ve – tamamen bayağı demeyelim de – sıradan bir şeyin karışımıdır."

"Ah! Aman Tanrım! Konuya nasıl da girdiniz öyle! Biraz önce neler duydum?"

"Dinleyin, Nastenka. Galiba size Nastenka demekten hiç usanmayacağım. Daha önce duydunuz mu bilmiyorum ama bu köşelerde tuhaf insanlar yaşar. Bu insanlara hayalperest deriz. Ayrıntılı olarak tanımlamak gerekirse, hayalperestler, insan değildir; bilirsiniz, onlar bir çeşit, tam ortada kalmış, üçüncü bir türdür. Sanki gün ışığından bile saklanmak ister gibi, genelde erişilmez köşelerde yaşarlar. Bir kere köşesine çekildiğinde, o köşeye tıpkı bir salyangoz gibi yapışıverirler. Hayalperestler, bu açıdan bakıldığında, canlıyla yuvanın bir arada olduğu, kaplumbağa denilen o harika hayvana daha çok benzer. Hayalperest kesinlikle yeşile boyanmış, kirli, kasvetli ve tütün dumanıyla kaplanmış kendi dört duvarını neden böylesine çok sever? Bu gülünç beyefendi, zaten bir elin parmağını geçmeyen sayıdaki tanıdıklarından biri tarafından ziyaret edildiğinde, (zaten tüm tanıdıkları kendisinden uzaklaşmıştır) neden kendi dört duvarının arasında daha az önce suç işliyormuş gibi, neden sahte para basıyormuş ya da o sırada, asıl şairin öldüğünü ve tek dostunun da bu şairin dizelerini yayımlamayı kutsal bir görev olarak üstlendiği belirtilen, isimsiz bir mektupla birlikte dergiye gönderilecek kısa şiirler yazıyormuş gibi çarpık bir yüzle, utanarak, kafası karışmış bir halde bu tanıdığını karşılar? Neden, Nastenka, söyleyin bana lütfen, bu iki ahbap arasındaki sohbet neden bir türlü ilerlemez? Aniden ziyarete gelmiş ve kafası allak bullak olmuş, başka zaman olsa gülmeyi, zarif sözler söylemeyi, kadınlarla ilgili sohbet etmeyi ya da başka eğlenceli konularda konuşmayı çok seven bu tanıdığın dilinden, neden güzel sözler dökülmez ya da bu konuk neden gülmez? En nihayetinde, çok büyük ihtimalle kısa bir zaman önce ev sahibiyle tanışmış ilk ziyaretine gelen bu konuk – bu durumda ikinci bir ziyaret olmayacak, konuk eve bir daha gelmeyecektir – tüm keskin zekâsına rağmen (öyle bir zekâsı varsa) neden kendi açısından görgü kurallarıyla ilgili bilgisini göstermeye, kadınlar hakkında sohbet etmeye çalışır ve neden kendini birden sahnede bulan, kendisine yanlışlıkla misafirliğe gelen bu tanıdığı tevazuuyla memnun etmek, sohbeti yumuşatmak ve canlandırmak için gösterdiği o muazzam, fakat boşuna çabadan sonra çoktan kaybolup çıkmaza sürüklenen ev sahibinin çarpılmış yüzüne kafa karışıklığıyla ve taş kesilmiş gibi bakar? Neden, en sonunda, yapması gereken fakat gerçekte hiç var olmayan bir işi anımsayan konuk, kendi pişmanlığını göstermek ve yitirdiği şeyi yeniden kazanmak için elinden gelen çabayı gösteren ev sahibinin titrek ve sıcak eli arasından elini bir şekilde kurtarıp şapkasını kapar ve çabucak evi terk eder? Neden, gelen konuk kapıdan çıkar çıkmaz bir kahkaha koyuverir ve bir daha bu kaçığa gelmeyeceğine dair kendi kendine söz verir? Oysa biraz önce ziyaret ettiği kaçık aslında hayranlık duyulabilecek biridir. Peki, henüz yeni tanıştığı bu adamın sohbet esnasındaki görünüşünü, kendi imgesinde, geçici bir hevesle de olsa, çocukların haince yakalayarak örselediği, korkuttuğu, her şekilde incittiği, süngüsü düşmüş, en sonunda çocukların elinden kurtulup sandalyenin altına saklanmış ve bu fırsat eline geçmişken tam bir saat boyunca tüylerini kabartan, tıslayan, her iki patisiyle de acıyan burnunu temizleyen ve bu olaydan sonra doğaya, hayata ve hatta merhametli bir hizmetçinin verdiği, sahibinden artakalan yemek artıklarına bile düşmanca bakmaya başlayan şanssız bir kediciğin görünüşüyle karşılaştırmadan duramaz?"

"Dinleyin," diye sözümü kesti tüm anlattıklarımı ağzı ve gözleri açık şekilde şaşkınlıkla dinleyen Nastenka. "Bakın, tüm bunların sebebini de, bana neden böyle gülünç sorular sorduğunuzu da hiç bilmiyorum. Bildiğim bir şey varsa, bu yaşanılanların bir zamanlar, o ya da bu şekilde, kesinlikle sizin başınıza geldiği."

"Hiç şüphesiz," diye yanıtladım en ciddi tavrımı takınarak.

"O halde devam edin," dedi Nastenka. "Çünkü bu hikâyenin sonunu gerçekten öğrenmek istiyorum."

"Nastenka, demek kahramanımızın kendi köşesinde ne yaptığını, daha açık söylemek gerekirse, tüm bu yaşananların mütevazı kahramanı olan benim, ne yaptığımı öğrenmek istiyorsunuz. Bu tanıdığın birdenbire yaptığı ziyaret yüzünden tüm gün boyunca neden korktuğumu, neden kendimi kaybettiğimi öğrenmek istiyorsunuz. Odamın kapısı açıldığında neden rahatsız olduğumu, neden böylesine kızardığımı, neden konuklarımı ağırlamayı başaramadığımı ve gerçek konukseverlik duygusunun ağırlığı altında neden böylesi bir utançla öldüğümü bilmek istiyorsunuz."

"Evet, elbette!" diye yanıtladı Nastenka, "Tüm mesele bu. Bakın, o kadar harika anlatıyorsunuz ki... Bu olağanüstü üsluptan vazgeçmenizin bir yolu yok mu? Sanki bir kitaptan okur gibi konuşuyorsunuz."

"Nastenka!" dedim ciddi ve sert bir ses tonuyla, gülmemek için kendimi zor tutarak, "Sevgili Nastenka, ne kadar harika anlattığımı biliyorum. Fakat suçluyum, başka türlü de anlatamam. Ben şu anda, sevgili Nastenka, Kral Süleyman'ın yedi mühürle mühürlenip bir küpün içinde bin yıl boyunca tutulan, fakat en nihayetinde mühürler söküldükten sonra serbest kalan ruhuna benziyorum. Şimdi, sevgili Nastenka, böylesine uzun bir ayrılıktan sonra kavuştuğumuz için – çünkü sizi çok uzun zamandır tanıyorum, Nastenka, çünkü uzun zamandır birini arıyorum ve bu da özellikle sizi aradığımın, kavuşmamızın kaderde yazılı olduğunun bir işareti – kafamın içindeki binlerce kaynak açılıverdi. Sözlerim bir nehir gibi akmalı bu yüzden, yoksa boğulacağım. Bu yüzden, sözümü kesmemenizi, sessiz ve uysalca beni dinlemenizi rica edeceğim sizden, Nastenka. Aksi halde susacağım."

"Yo, yo, hayır, susmayın! Devam edin! Tek kelime bile etmeyeceğim."

"Devam ediyorum. Dostum Nastenka, gün içinde ziyadesiyle sevdiğim bir vakit vardır. Bu, sıradan işlerin, görev ve sorumlulukların bittiği saattir. Herkes akşam yemeği yemek ve dinlemek için evine koşar. Bu sırada sokaklarda, akşama, geceye ve artakalan boş zamanların tamamına dair başka neşeli şeyler yaşanmaktadır. Tam o vakitte kahramanımız –

kahramanımız diyerek hikâyeyi üçüncü şahsın gözünden anlatmama müsaade edin Nastenka, birinci şahsın ağzından anlatmak korkunç şekilde utanç verici oluyor – evet, tam o vakitte kahramanımız da bütün işlerini bitirmiş şekilde, diğerlerinin ardından yürür. Kahramanımızın çarpılmış gibi görünen soluk yüzünde, tuhaf bir memnuniyet duygusu sezilir. Petersburg'un üstündeki soğuk gökyüzünde yitip gitmekte olan akşam kızıllığını kayıtsız kalmadan seyreder. Seyreder derken yalan söylüyorum. Aslında seyretmez, o an sanki daha ilgi çekici olan başka bir nesneye odaklanmış ya da bu nesneyle meşgulmüş gibi bilinçsizce tefekkür etmektedir. O anda çevresindeki her şeye neredeyse gönülsüzce ve çok az zaman ayırabilir. Halinden memnundur, çünkü usandığı *işlerle* yarına kadar ilgilenmesi gerekmemektedir. Ders boyunca sınıfta oturduğu sıradan kalkmış, oyuna ve haylazlığa koşan küçük bir okul çocuğu gibi mutludur. Ona şöyle bir yandan bakarsanız Nastenka, bir memnuniyet duygusunun, onun zayıf sinirlerini ve hastalık seviyesinde huysuzlaşan hayallerini mutlulukla etkilediğini hemen fark edersiniz. İşte bakın şu an bir şeyler düşünüyor. Sizce yemekte ne yiyeceğini mi düşünüyor? Yoksa bu akşamı mı? Nereye bakıyor öyle? Şahlanan atların çektiği, harika bir faytonla önünden geçmekte olan bir hanımefendiye doğru, sanki bir tablodan çıkmış şekilde eğilip selam veren vakur görünüşlü beyefendiye mi? Hayır, Nastenka, tüm bunlar artık onun için o kadar önemsiz ki! O şu anda *kendi şahsi* yaşamıyla zaten zengin. Birdenbire bir şekilde zengin oluveriyor. Batmakta olan güneşin elveda diyen ışınlarının, onun önünde öylesine neşeyle parlaması, sıcacık kalbinden bir dolu imgeyi hareketlendirmesi boşuna değil. O andan sonra, normalde en küçük ayrıntının bile onu fazlasıyla etkileyeceği yolu neredeyse hiç fark etmiyor. 'Hayal Tanrıçası'* (Jukovski'yi okumuşsunuzdur, sevgili Nastenka), becerikli ellerine altın kasnağını çoktan aldı ve eşi benzeri görülmemiş, fantastik bir hayatın nakışlarını işlemeye başladı. Ve kim bilir belki de hayalperest, eve doğru giderken mermer döşeli muhteşem kaldırımdan tanrıçanın becerikli elleriyle kristal gökyüzüne yükseldi. Onu tam bu anda durdurmayı deneyin bakalım. Nerede olduğunu, hangi sokakta yürüdüğünü soruverin. Büyük ihtimalle nereye gittiğini ve o anda nerede olduğunu hatırlamayacak, öfkeden kızaracak ve durumu kurtarmak için bir şeyler uyduracaktır. İşte bu nedenle, oldukça saygıdeğer ve yaşlı bir hanımefendinin, kaybettiği yolu sormak için kaldırımın ortasında kibarca durdurduğu hayalperest, silkelenir, neredeyse çığlık atar ve korkuyla etrafına bakınır. Memnuniyetsizce kaşlarını çatan hayalperest, yürümeye devam eder. Gelip geçen birkaç kişinin gülümseyerek arkasından baktığını; küçük bir kızın, korkarak yolundan çekildiğini, sonra bu kızın gözlerini dört açtığını, hayalperestin yüzündeki geniş ve dalgın gülümsemeye ve elleriyle yaptığı hareketlere bakarak sesli bir şekilde güldüğünü neredeyse fark etmez. Fakat aynı imge, yaşlı hanımefendiyi de, yoldan meraklı gözlerle geçip gidenleri de, gülen kızı da, Fontanka'daki birbiri ardına sıralanmış (diyelim ki o sırada kahramanımızın orada yürüyor) barakalarında gece-

---

* Yazar, Rus edebiyatında romantizm akımını başlatan ünlü şair A. V. Jukovski (1783-1852) "Moya Boginya" (*Tanrıçam*) adlı şiirine gönderme yapıyor. (Çev. N.)

leyen adamları da hayalperestin oyunbaz kaçışında yakaladı; herkesi ve her şeyi, tıpkı bir örümceğin ağını örmesi gibi kendi tuvaline ele avuca gelmez şekilde işledi. Bu kaçık, zihninin elde ettiği yeni izlenimlerle çoktan kendi rahat oyuğuna çekildi, yemek masasına oturdu, karnını doyurdu ve ancak, her daim hizmete hazır olan, dalgın ve sürekli üzgün Matryona, masadaki her şeyi toplayıp piposunu getirdikten sonra kendine geldi; kendine gelip tüm bunların nasıl olup bittiğini en baştan bir daha düşünerek çoktan yemeğini bitirmiş olduğunu şaşkınlıkla anımsadı. Oda karanlığa gömülmüş, ruhu ise boş ve kederli. Hayallerden oluşan krallığın tamamı bir anda etrafında hiçbir iz bırakmadan, hiçbir gürültü ve patırtı çıkarmadan parçalara ayrıldı, bir rüya gibi geçip gitti. Fakat kahramanımız ne hayal ettiğini anımsamıyor bile. Göğsünü yavaşça sızlatan ve onu endişelendiren karanlık bir his, yeni bir istek, baştan çıkarıcı bir şekilde kahramanımızın hayalini gıdıklamaya ve uyandırmaya başlıyor, birtakım yeni imgeleri fark ettirmeden çağırıyor. Küçük odada sessizlik hüküm sürüyor. Yalnızlık ve tembellik, imgeleri besleyip büyütüyor. Bu imge belli belirsiz yanar için için, belli belirsiz kaynar tıpkı yan taraftaki mutfakta sessizce hareket eden yaşlı Matryona'nın kahve cezvesinde kaynayan su gibi. İşte imge, şimdi kıvılcımlar çıkartarak yavaşça ortaya çıkıyor. İşte amaçsızca, öylesine alınmış, henüz üçüncü sayfasına bile ulaşılmamış bir kitap, hayalperestimin elinden düşüyor. İmge yeniden kuruluyor, harekete geçiyor ve aniden yeni bir dünya, büyülü yeni bir hayat, kahramanımızın önünde parlayarak uzayıp giden bir yörüngede yanıp sönüyor. Yeni bir rüya, yeni bir mutluluk demektir! Yeni, lezzetli ve tatminkâr bir zehir! Ah, gerçek hayatımız onun neyine! Onun yozlaşmış bakış açısına göre, sen ve ben Nastenka, tembelce, sakince, solgunca yaşıyoruz. Onun gözlerinde biz, kaderimizden memnun değiliz, hayatlarımızdan bitap düşmüşüz! Gerçekten de, aramızdaki her şeyin ilk bakışta aslında ne kadar da soğuk, kasvetli ve oldukça hiddetli olduğuna bir bakın... 'Sefiller' diye düşünüyor benim hayalperestim. Bunda şaşılacak bir şey yok! Ön plandaki figürün, elbette hayalperestimizin ve onun değerli kişiliğinin olduğu, sihirli ve hayat bulmuş bu tabloda, şu büyülü imgelerin nasıl da büyüleyici, tuhaf, sınırsız ve geniş bir şekilde bir araya geldiğine bir bakın hele. Çeşit çeşit maceralara, bitmek tükenmek bilmeyen rüyaların ne kadar çılgın olduğuna bir bakın. Belki de ne hayal ettiğini sormak istersiniz. Bu soruya ne gerek var! Her şey hakkında düşünür. Önce hiç tanınmayan, sonradan göklere çıkarılan şairi, Hoffman'ın* dostluğunu, Aziz Bartolomeus Gecesi'ni**, Diana Vernon'u***, İvan Vasilyeviç'in Kazan seferindeki kahramanlığını****, Clara Mowbray'i*****, Effie Deans'ı******, Konstanz Konsilipisko-

---

* Romantizmin akımı döneminde hikâyeler yazan ünlü bir Alman öykücü (1776-1822) (Çev. N.)
** Paris'te 24 Ağustos 1572'de Aziz Bartolomeus Yortusu'nda Katoliklerin Protestanları katlediği gece (Çev. N.)
*** Walter Scott'un 1817 yılında yazdığı *Rob Roy* adlı romanın kahramanlarından biri (Çev. N.)
**** Korkunç İvan lakaplı Rus Çarı İvan Vasilyeviç, 1552'de Tatarlar üzerine düzenlediği seferde Kazan'ı fethetmiştir (Çev. N.)
***** Walter Scott'un 1823'te yazdığı *Saint Ronan's Well* adlı romanın kahramanlarında biri (Çev. N.)
****** Walter Scott'un 1818'de yazdığı *The Heart of Midlothian* adlı romanın kahramanlarında biri (Çev. N.)

poslarının önündeki Hus'u*, Robert'taki ölülerin ayaklanmasını (Müziği hatırlıyor musunuz? Mezar kokuyor sanki!)**, Minna ve Brenda'yı***, Berezina Savaşı'nı****, Kontes V.D.'nin evindeki şiir okumalarını*****, Danton'ı******, Kleopatra ei suoi amanti'yi,******* Kolomna'daki küçük evi, kendi küçük köşesini, sizin şu anda beni dinlediğiniz gibi bir kış gecesinde sizi ağzı ve gözleri açık dinleyen tatlı bir varlığı, benim küçük meleğim... Hayır, Nastenka, sizinle benim hasretini çektiğimiz o hayat, bu sefa düşkünü tembelin neyine! O bu hayatın öngörülemez, sefil ve zavallı olduğunu düşünüyor. Belki, günün birinde, bu zavallı hayatın tek bir günü için hayallerle ördüğü tüm yıllarını vereceği kederli an kendisi için geldiğinde, bunu tatmin olmak ya da mutluluğu için yapmayacak; o kederli anda, pişmanlığı ve engelleyemediği ıstırabı da bırakmak istemeyecek. Ancak şimdilik bu korkunç zaman henüz gelmedi. Hiçbir şey arzu etmiyor, çünkü artık tüm arzularının üzerinde bir yerde duruyor, çünkü her şeye sahip, çünkü doymuş, çünkü artık o kendi yaşa-

---

* Jan Hus. 14. Yüzyılda Katolik dünyasında Papalık seçimleriyle ilgili ortaya çıkan ikiliği çözmek için Konstanz'da toplanan konsil tarafından, reformcu tutumları nedeniyle yakıldı. (Çev. N.)
** Alman opera bestecisi Giacomo Meyerbeer'in (1791-1864) bestelediği ve ilk romantik opera olarak kabul edilen *Robert le diable* adlı operası. (Çev. N.)
*** Walter Scott'un 1822 yılında yazdığı *The Pirate* adlı romanın iki kadın kahramanı. (Çev. N.)
**** 1812 yılında Moskova'da bozguna uğrayan ve geri çekilmek zorunda kalan Napolyon ile Rus komutan Kutozov'un Berezina'da komuta ettiği muharebe. Bu muharebede Ruslar galip gelmiş, fakat Napolyon güçlükle olsa da ordusunu Berezina nehrinin diğer kıyısına geçirebilmiştir. (Çev. N.)
***** 1818-1856 yılları arasında yaşayan Kontes Vorontsova-Daşkova (Çev. N.)
****** 1759-1794 yılları arasında yaşayan, Fransız Devrimi'nin en önemli liderlerinden Georges Jacques Danton.
******* *İt.* Kleopatra ve Sevgilileri

mının ressamı ve bu yaşamı keyfi nasıl isterse öyle çiziyor. Ve bu olağanüstü, fantastik dünya öylesine kolay, öylesine doğal çiziliyor ki! Sanki tüm bunlar gerçekte hayal değilmiş gibi! Aslında başka zaman olsa, tüm bu hayatın duyguların bir yansıması, bir mucize ya da hayallerin bir kandırmacası olmadığına; bu hayatın tamamen somut, gerçek ve hakiki olduğuna inanmaya da hazır! Söyleyin bana Nastenka, neden böyle anlarda nefesini tutar ki insan? Böyle gizemli bir keyfiyet nedeniyle insanın kalp atışları büyülü bir şekilde neden hızlanır? Hayalperestin gözlerinden neden yaşlar süzülür? Solgun ve nemli yanakları neden alev alevdir? Dayanılmaz bir memnuniyet neden hayalperestin tüm varlığını doldurur? Neden uykusuz geceler sadece bir anmış gibi yorulmak nedir bilmeyen bir neşe ve mutluluk içinde gelip geçiverir?

Petersburg'daki gibi, şafak kızıl ışıklarıyla pencerede söktüğünde ve gün aydınlığı, batıyor mu doğuyor mu şüphe uyandıran büyülü ışıklarıyla odaya yansıdığında, bitkin düşmüş ve işkence görmüş hayalperestimiz, neden kendini yatağa bırakır ve kendi hastalıklı, şaşkın ruhunun hazzından donarak, yüreğinde artık bıkkınlık vermiş bir ağrıyla uykuya dalar? Evet, Nastenka, insan kendini kandırır ve gönülsüzce gerçek ve içten bir tutkunun, ruhunu endişelendirdiğine inanır; ruhani hayallerinde canlı ve elle tutulur bir şeyler olduğuna gönülsüzce inanır! Bu öyle bir kandırmacadır ki, bitip tükenmek bilmeyen bütün mutluluğuyla, işkence eden tüm kederiyle, kahramanımızın göğsüne doluveren aşk gibidir örneğin... Ona bakar bakmaz ikna olursunuz! İnanır mısınız Nastenka, ona bakar bakmaz, o esrik rüyalarda gerçekten de âşık olduklarıyla hiçbir zaman tanışmadığını fark edersiniz. Belki de onu baştan çıkarıcı hayallerinden birinde görmüş ve elinde yalnızca bu tutku kalmıştır? Her ikisi de, tüm dünyayı bırakıp kendi dünyalarını ve kendi hayatlarını bir diğerininkiyle birleştirerek gerçekten de yaşamlarındaki uzun yılları el ele geçirmemişler midir? Geç bir saatte ayrılık vakti aniden geliverdiğinde, kadın hıçkırarak ve kederlenerek acımasız gökyüzünde kopan fırtınayı, siyah kirpiklerinden gözyaşlarını koparıp götüren rüzgârı hissetmeden adamın göğsüne yaslanmamış mıdır? Tüm bunlar bir hayal olabilir mi? Sık sık birlikte yürüdükleri, umut ettikleri, acı çektikleri, âşık oldukları, birbirlerini uzun uzun sevdikleri, "incelikle sevdiler birbirlerini uzun zaman"* diyebileceğiniz o mahzun, terk edilip yosun tutmuş patikaların olduğu, tenha ve kasvetli bahçe de mi bir hayal? İkisini de korkutan, birbirlerine duydukları aşkı çocukların yaptığı gibi kederle ve utançla saklamalarına neden olan ketum, aksi, yaşlı ve kasvetli bir kocayla yıllarını yalnız ve kederli geçiren bu kadının yaşadığı o tuhaf, babadan kalma ev de mi bir hayal? Nasıl da acı çekiyorlardı, nasıl da korkuyorlardı, nasıl da masumdu, saftı aşkları ve (doğal olarak, Nastenka) insanlar ne kadar kötüydü! Ve Tanrım, adam, daha sonra kendi vatanının kıyılarından uzakta, başka bir göğün altında, öğle vakti, havası sürekli sıcak olan harika bir şehirde, bir balonun ihtişamında, sarayda (özellikle de sarayda), müziğin gürlediği, alevlerin denizde kaybolduğu o anda, mersinlerle ve

---

* Ünlü Alman şairi Christian Johann Heinrich Heine'nin (1797-1856) şiirinden bir alıntı. (Çev. N.)

güllerle kaplanmış balkonda kendisini tanır tanımaz aceleyle maskesini çıkarıp titreyerek ve fısıldayarak 'Özgürüm,' diyen kadınla karşılaşmadı mı? Kadın, şaşkınlıktan haykırarak kendini adamın kollarına bırakmadı mı? Kederi, ayrılığı, katlandıkları tüm eziyetleri, kasvetli evi, yaşlı adamı, artık çok uzakta kalmış olan vatanlarındaki o karanlık bahçeyi, kadının, adamın kederden ve mutsuzluktan taş kesmiş kollarından son kez tutkuyla öpüşerek kurtulduğu o bankı bir anlığına unutup birbirlerine sarılmadılar mı? Ah Nastenka, uzun boylu, gürbüz, neşeli ve muzip bir delikanlı olan davetsiz misafiriniz birden kapınızı açıp hiçbir şey olmamış gibi 'Ah, kardeşim, Pavlovsk'tan şimdi geldim. Tanrım! Yaşlı kont ölmüş. Kelimelerle anlatılamaz bir mutluluk başlamış. Bu insanlar da Pavlovsk'tan geliyorlar,' diye bağırdığında, siz de takdir edersiniz ki, komşunun bahçesinden çaldığı elmayı az önce cebine sokuşturuvermiş bir okul çocuğu gibi, birden heyecanlanır, kafanız karışır ve kızarırsınız."

Acınası feryatlarımı bitirerek acınası şekilde sustum. Tüm gücümü toplayıp bir şeylere gülmek istediğimi hatırlıyorum, çünkü içimde küçük, hain şeytanın kıpırdandığını, boğazımı sıkmaya, çenemi çekmeye başladığını ve gözlerimin gittikçe nemlendiğini hissediyordum. Zeki gözlerini iyice açmış beni dinleyen Nastenka'nın bastıramadığı çocuksu, neşeli bir kahkaha atmasını bekledim. Çok ileri gittiğimi, uzun zamandır yüreğimde kaynayan ve hakkında kitaptan okur gibi konuşabileceğim bir şeyi boşuna anlattığımı düşündüğümden daha o an söylediğim sözlerden pişman oldum. Çünkü çok uzun zamandır böyle bir konuşma hazırlıyordum. Kabul etmek gerekir ki beni anlamalarını bile beklemeden, bu şeyi artık sesli şekilde okumadan duramazdım. Fakat o beni şaşırtıyor ve suskunluğunu koruyordu, bir süre sonra sakince elimi tuttu ve çekingen bir tavırla sordu:

"Gerçekten de tüm hayatınızı böyle mi yaşadınız?"

"Tüm hayatımı böyle yaşadım, Nastenka," dedim. "Galiba böyle de öleceğim."

"Hayır, bu mümkün değil," dedi endişelenerek, "böyle bir şey olmayacak, çok yazık ki, ben de bütün hayatımı ninemin dizinin dibinde geçiriyorum. Bakın, böyle yaşamanın hiç de iyi olmadığını biliyorsunuz değil mi?"

"Biliyorum, Nastenka, biliyorum!" diye haykırdım, duygularımı daha fazla tutamayarak. "Artık, eskiden bildiğimden daha çok şeyin farkındayım, en iyi yıllarımı bir hiç uğruna yitirdiğimi biliyorum! Bunun bilincinde olduğum için daha çok acı çekiyorum. Çünkü işte bunu kanıtlamanız için Tanrı bizzat sizi bana gönderdi, benim temiz kalpli meleğim. Şu anda, sizin yanınızda otururken, sizinle sohbet ederken, gelecekle ilgili düşünmek bana korkunç geliyor. Çünkü gelecekte yeniden yalnızlık, yine sönük, gereksiz bir hayat var. Sizin yanınızda böylesine mutluyken gelecek için neyin hayalini kurabilirim ki? Ah, ömrünüz uzun olsun, siz, sevgili Nastenka, ilk anda beni yanınızdan uzaklaştırmadığınız, şu hayatımda şimdiden en azından iki gece yaşadım diyebilecek olmama yardım ettiğiniz için."

"Ah, hayır, hayır!" diye haykırdı Nastenka ve gözyaşları süzüldü gözlerinden, "Hayır, bu böyle devam etmeyecek, sizinle hiç ayrılmayacağız. İki gece de neymiş ki!"

"Ah, Nastenka, Nastenka! Beni kendimle ne kadar uzun

süreliğine barıştırdığınızı biliyor musunuz? Ve biliyor musunuz ki, artık kendimle ilgili önceden düşündüğüm kadar kötü düşünmeyeceğim. Biliyor musunuz, hayatımda, suçlu ve günahkâr olduğum için acı çekmeyeceğim bundan böyle. Çünkü aslında tam tersi, böyle bir hayat sürmekte bir suç ve günah yok mudur? Ve Nastenka, bir şeyleri abarttığımı düşünmemenizi rica ediyorum. Çünkü ara ara böyle acılar üstüme geliveriyor. Çünkü böyle anlarda sanki bir daha hiç gerçek bir hayat yaşayamayacağımı düşünmeye başlıyorum. Çünkü böyle anlarda sanki şu andaki, gerçeklikteki, tüm inceliğimi ve duyguyu kaybetmişim gibi geliyor. Çünkü en sonunda, kendi kendimi lanetliyorum. Çünkü fantastik gecelerimden sonra hakikaten korkunç bir hayal kırıklığı peyda oluyor içimde! Bu sırada çevrende, canlı bir girdaptaki insan kalabalığının gürlediğini ve döndüğünü duyarsın. Dinlersin ve insanların nasıl yaşadığını görürsün. Gerçeklikte yaşıyorlar. Onlar için yaşamın ödünç alınmadığını, hayatlarının bir rüya, sanrı gibi uçup gitmediğini, hayatlarının sürekli yenilenmekte olduğunu, daima genç kaldığını, geçirdikleri tek bir saatin bir diğerine benzemediğini görürsün. İşte o zaman fantezi dediğin şey, mutsuz ve sıradanlık seviyesinde bir örnek oluyor, gölgelerin, fikirlerin kölesi oluyor, güneşin arkasından aniden çıkıverdiği ve kendi güneşine değer veren gerçek bir Petersburglu'nun kalbini sıkıntıyla boğan ilk bulutun kölesi oluyor. Ne kadar da acı var bu fantezide! Bu sonsuz fantezinin, sonsuz bir devinim içinde tükendiğini, yorulduğunu hissedersin. Çünkü bu fantezi ve önceki idealler seni olgunlaştırmıştır, hayatta kalmışsındır. İdealler parçalara ayrılmıştır, tozlara karışmıştır, başka bir hayat yoksa, o zaman bu parçalardan oluşturursun bu hayatı. Ruh ise bu sırada başka bir şey arar ve arzular! Ve hayalperest, sönen ateşten kalanları yeniden alevlendirmek, soğuyan kalbini ateşle yeniden hayata döndürmek ve bu alevlerin içinde önceden tatlı olan, ruhu okşayan, kanını kaynatan, gözlerinden yaşlar akıtan ve onu görkemli bir şekilde kandıran her şeyi en baştan diriltmek için küllerin içinde bir kıvılcım arayarak eski hayallerini, sanki küllermiş gibi alt üst eder. Ne sonuca vardım biliyor musunuz, Nastenka? Biliyor musunuz, kendi duygularımın yıl dönümünü kutlamam gerekiyor, önceden o kadar tatlı olan, ama gerçekte hiç olmamış duygularımın yıl dönümünü... Çünkü bu yıl dönümü tüm o aptal ve boş hayaller için kutlanacak. Bunu yapmam gerekiyor, çünkü bu aptal hayaller yok, onları yaşatmanın bir anlamı yok, hayatta kalamıyorlar çünkü. Biliyor musunuz, kendime göre mutlu olduğum yerleri hatırlamayı ve belirli zamanlarda ziyaret etmeyi artık seviyorum. Şu anımı, geri döndüremeyeceğim geçmişle uyum içinde inşa etmeyi seviyorum. Bir gölge gibi, umutsuz ve amaçsız, dolaşıyorum Petersburg'un cadde ve sokaklarında, üzüntülü ve kederli. Nasıl da anılarım var! Bundan tam bir yıl önce, mesela, tam bu zamanlarda, tam bu saatlerde, tam da bu kaldırımda, şimdi yürüdüğüm gibi o kadar yalnız ve üzgün yürüdüğüm geliyor aklıma. Çok parlak olmasa da, hayallerimin eskiden de hüzünlü olduğu aklıma geliyor. Ancak her şeyden önce o zamanlarda yaşamanın, sanki daha kolay ve huzurlu olduğunu; şimdi içime saplanan bu kara düşüncelerin, bu sancılı merhametin, gece gündüz vicdanıma huzur vermeyen sancılı karanlığın ve kasvetin olmadığını hissediyorum. Kendi kendime soruyorum: Nerede hayallerim? Kafamı sallıyorum, yıllar nasıl da uçup gitmiş diye! Ve sonra yine bir soru kendine. Gelip geçen yıllarda ne yaptın? En güzel yıllarını nereye sakladın? Yaşadın mı yaşamadın mı? Bak dersin kendi kendine, bak, yeryüzüne nasıl da soğuk çöküyor. Daha önümüzde yıllar akıp gidecek, arkalarından kasvetli bir yalnızlık gelecek, bastonlu, titremeli bir ihtiyarlık gelecek, ardından da keder ve ümitsizlik. Fantastik dünyan donuklaşacak, buz tutacak, hayallerin solacak sarı yaprakların ağaçlardan dökülmesi gibi dökülecek... Ah Nastenka! Tamamen bir başına, tamamen yalnız kalmak, üzülecek hiçbir şey bulamamak, hem de hiçbir şey bulamamak korkunç olacak. Çünkü yitirilen, her şey, her şey bir hiçtir, aptal, yuvarlak bir sıfırdır, sadece hayaldir!"

"Daha fazla üzmeyin beni lütfen!" dedi Nastenka, gözlerinden süzülen yaşları silerek. "Artık hepsi bitti! Artık iki kişiyiz, artık bana ne olursa olsun, hiç ayrılmayacağız. Bakın, ben basit bir kızım. Ninem bana bir öğretmen tutmuş olsa da ben çok az okudum. Fakat gerçek şu ki sizi anlıyorum. Çünkü biraz önce bana anlattığınız şeyleri, ninem beni elbisesine iğnelediğinde kendim de yaşadım. Elbette ben yaşadıklarımı sizin anlattığınız kadar iyi anlatamam. Okula gitmedim ben," diye utangaçlıkla ekledi. Benim acınası konuşmama karşı saygı duyuyordu, "İçinizi bana açtığınız için çok memnunum. Artık sizi tanıyorum, her şeyinizi biliyorum. Biliyor musunuz? Şimdi ben de kendi hikâyemi anlatmak istiyorum size. Hiçbir sırrı atlamadan. Her şeyi anlatacağım sonra bana tavsiyede bulunmanızı rica edeceğim. Siz akıllı bir insansınız. Bana öğüt vereceğinize söz verir misiniz?"

"Ah, Nastenka," diye yanıtladım. "Ben hiçbir zaman iyi

akıl veremedim. Daha da fenası zekice öğütler veremem. Fakat gördüğüm şu ki bundan böyle hep bu şekilde yaşayacaksak, bunu yapmam iyi olacak, ikimiz de birbirimizden zekice tavsiyeler alacağız! O halde, benim güzel Nastenka'm, nasıl bir öğüde ihtiyacınız var? Bana her şeyi açıkça anlatın. Artık o kadar neşeli, mutlu, cesur ve akıllı oldum ki hiçbir sözü sakınmayacağım sizden."

"Hayır, hayır!" diye sözümü kesti Nastenka gülerek, "Sadece tek bir mantıklı tavsiyeye ihtiyacım yok. Sanki tüm yaşamınız boyunca beni kardeşçe sevmişsiniz gibi, yürekten öğüt vermeniz gerek!"

"Peki, Nastenka, kabul!" diye bağırdım heyecanla! "Sizi yirmi yıldır seviyor olsaydım bile, bu şimdikinden daha güçlü olamazdı!"

"Elinizi verin!" dedi Nastenka.

"İşte, tutun elimi!" dedim elimi uzatarak.

"O halde benim hikâyeme başlayalım!"

Nastenka'nın Hikâyesi

"Hikâyenin yarısını zaten biliyorsunuz. Yaşlı bir ninem olduğunu size anlatmıştım."

"Diğer yarısı da o kadar uzun değilse, o zaman..." diye sözünü kestim gülmeme mani olamayarak.

"Susun ve dinleyin. Öncelikle anlaşalım, sözümü kesmeyin yoksa kafam karışır. Bu yüzden beni sakince dinleyin.

Yaşlı bir ninem var benim. Annem ve babam ben çok küçükken ölünce, ninem beni yanına almış. Galiba ninem önceden daha zengindi. Çünkü sürekli eski güzel günleri yâd edip duruyor. Ninem Fransızcayı bana kendi öğretti, sonra da öğretmen tuttu. On beş yaşıma geldiğimde (şu anda on yedi yaşındayım) eğitimi tamamladık. O sıralarda bir yaramazlık yaptım. Ne yaptığımı size söylemeyeceğim. Sadece yaptığım şeyin çok da önemli olmadığını bilin. Bir sabah ninem beni yanına çağırdı, kör olduğu için beni takip edemediğini söyledi. Toplu iğneyi aldı eline ve kendi elbisesini benim elbiseme iğneledi; akıllanmazsam ölene kadar böyle kalacağımızı söyledi. İlk günlerde, ninemin yanından başka bir yere gitmek hiç mümkün değildi. Çalışırken, ders çalışırken, öğrenirken sürekli onun yanındaydım. Bir keresinde kurnazlık yapmayı denedim ve yerime Fyokla'nın oturmasını istedim. Fyokla da bizim evde çalışan hizmetçi, kulakları duymuyor. Fyokla, yerime oturdu, ninem o sırada koltukta uyuyordu. Ben de evimize çok yakın bir yerde oturan arkadaşıma kadar gittim. Eh, işin sonu kötü bitti. Ben yokken ninem uyanmış ve yanında olduğumu sanarak bir şey sormuş. Ninemin bir şey söylediğini gören, fakat ne sorduğunu duyamayan Fyokla, düşünmüş, düşünmüş ve en sonunda iğneyi çıkarıp kaçmaya karar vermiş."

Nastenka durdu ve kahkaha atmaya başladı. Ben de onunla birlikte güldüm. O sırada birden durdu.

"Bakın, nineme gülmeyin lütfen. Ben gülüyorum çünkü komik. İnsanın ninesi böyleyse, elden ne gelir. Hem az da olsa seviyorum onu. Gerçi, yeniden ninemin yanında oturmaya başladığımda, hiçbir şekilde hareket etme imkânım olmadı.

Aslında size söylemeyi de unuttum. Evimiz, yani ninemin evi üç pencereli, küçük ahşap bir ev. En az ninem kadar yaşlı. Evin küçük bir tavan arası var. İşte bu tavan arasına yeni bir kiracı taşınmıştı."

"Yaşlı bir kiracı olsa gerek?" deyiverdim.

"Evet, öyleydi," diye yanıtladı Nastenka. "Ne zaman susması gerektiğini sizden daha iyi bilen biriydi. Gerçi, dilini neredeyse hiç kullanamıyordu ya. Kiracı, artık yeryüzünde yaşaması mümkün olmayan, kupkuru, sessiz sakin, kör, topal, yaşlı bir adamdı. Zaten ölüp gitti. Ardından yeni bir kiracı almamız gerekti. Çünkü kiracı olmadan yaşayamayız. Ninemin emekli aylığı neredeyse tek gelirimiz. Yeni kiracı, şans bu ya, şehre sonradan gelmiş, buralı olmayan genç bir adamdı. Kirayı pazarlık yapmadan kabul ettiği için ninem evi tutmasına izin vermiş, ardından da 'Nastenka, yeni kiracı genç mi değil mi?' diye sormuştu bana. Yalan söylemek istemediğimden 'Derler ya, nineciğim, ne çok genç, ne de çok yaşlı,' dedim. 'Yakışıklı mı?' diye sordu ninem.

Yine yalan söylemek istemedim. 'Yakışıklı bir beyefendi, nineciğim!' dedim. Ninem, 'Ah bela aldık! Bela aldık! Bak sana diyorum torunum, sakın ona ters bir gözle bakmayasın. Zaman kötü, kızım! Böyle sıradan bir kiracı, fakat çok iyi görünümlü. Eskiden böyle miydi?'

Ninem hep eski günleri özler durur! Eskiden daha gençmiş, güneş eskiden daha parlakmış, krema eskiden hemen ekşimezmiş, her şey geride kalmış! İşte ben de oturdum, sustum ve kendimle ilgili düşünmeye başladım. Ninem neden bana böyle bir öğüt verdi diye. Neden adamın iyi olup olmadığını, genç mi yaşlı mı olduğunu sordu? Bunu bir an öylesine düşünüverdim. Sonra ilmeklerimi saymaya, çorap örmeye devam ettim. Bir süre sonra her şeyi unuttum.

Bir sabah vakti kiracı, odasına duvar kâğıdı kaplanacağına dair verilen sözü sormak için bize geldi. Laf lafı açtı, ninem de konuşmayı sever hani. Bir ara 'Nastenka, yatak odama git de hesap defterimi getiriver,' dedi ninem. Yerimden kalktığımda nedendir bilinmez kıpkırmızı oldum. Nineme iğneli olduğumu unutmuşum. Kiracı görmesin diye, yavaşça iğneyi açmam gerekiyordu, fakat ben acele edince iğneyi çıkaramadım, ninemin kanepesi de bu nedenle hareket ediverdi. Kiracının artık benimle ilgili her şeyi bildiğini fark edince kıpkırmızı oldum. Yerin dibine girdim ve birden ağlamaya başladım. O an o kadar utandım, kendimi o kadar kötü hissettim ki nereye bakacağımı şaşırdım! Ninem, 'Ne diye duruyorsun öyle?' diye bağırdı. Böyle olunca daha da kötü hissettim... Utandığımı gören kiracı selam verip hemen çıktı!

O günden bu yana en ufak bir gürültüde bile irkilmeye başladım. Böyle anlarda kiracının bize geldiğini zannediyordum, ne olur ne olmaz diye iğneyi usulca çıkarıyordum. Fakat bir daha hiç gelip gitmedi. İki hafta geçti. Kiracı, Fyokla'yla konuşmuş. Pek çok Fransızca kitabı olduğunu, bu kitapların iyi olduğunu, ninem de isterse, sıkılmasın diye bu kitapları ona okuyabileceğimi söylemiş. Ninem de bu teklifi memnuniyetle kabul etti. Fakat önce bu kitapların ahlaka uygun olup olmadığını sordu. Çünkü bu kitaplarda ahlaksız şeyler anlatılıyorsa, 'Sana şöyle diyeyim Nastenka, insanlar bu kitaplardan kötü şeyler öğrenebilir,' dedi.

'İnsan bunlardan neler öğrenir, nine? Ne yazar bu kitaplarda?'

'Ah!' dedi, 'Bu kitaplarda delikanlıların, genç kızların nasıl kanına girdiği, evlenme bahanesiyle bu kızları, anne-babalarının evinden alıp götürdükleri, daha sonra da bu şanssızları kendi kaderleriyle baş başa bıraktıkları ve bu kızların olabilecek en kötü şekilde mahvoldukları yazar.' 'Ben,' dedi ninem, 'böyle kitaplardan çok okudum. Hepsi de, bütün gece boyunca uyumadan bu kitapları sinsi sinsi okuyanları öyle güzel anlatıyordu ki. İşte bu yüzden Nastenka, senin bu kitapları okumaman gerek. Kimin kitaplarını getirmiş kiracı?'

'Walter Scott'un romanları hepsi, nine.'

'Walter Scott'un romanları! Bir dakika, bu bizi kandırıyor olmasın? Bak bakalım kitapların arasına, aşk mektubu falan koymuş mu?'

'Hayır, nineciğim, mektup yok.'

'Cildin arasına bak. Bazen oraya sıkıştırırlar. Eşkiyalar.'

'Hayır, nine burada da bir şey yok.'

'Tamam, o halde.'

Walter Scott okumaya başladık. Neredeyse bir ay sonra kitabın yarısına geldik. Daha sonra bize başka kitaplar da verdi. Puşkin'in kitaplarını getirdi. En azından artık kitaplarım vardı ve Çin prensiyle evlenme hayalleri kurmayı bırakmıştım.

İşte böyle. Günlerden bir gün, bizim kiracıyla merdivenlerde karşılaştım. Ninem beni bir şeyler almaya yukarıya göndermişti. Kiracı durdu. Ben kızardım, o kızardı. Gülümsüyordu. Selamlaştık. Ninemin sağlığını sordu. 'Kitapları okudunuz mu?' Ben de şöyle dedim: 'Okudum.' 'En çok hangisini beğendiniz?' Şöyle dedim: 'Ivanhoe. Fakat Puşkin hepsinden daha iyi.' Sohbetimiz bu şekilde bitti.

Bir hafta sonra, yine merdivenlerde karşılaştık. Bu sefer, ninem beni bir şeyler almaya göndermemişti. Bana bir şey lazım olmuştu. Saat ikiyi geçiyordu. Kiracı da eve bu saatlerde gelirdi. 'Merhaba!' dedi. Ben de ona, 'Merhaba!' dedim.

'Bütün gün,' dedi, 'ninenizle birlikte oturmaktan sıkılmıyor musunuz?'

Bunu sorduğu anda, nedendir bilinmez, yanaklarım kızardı, utandım. Başkalarının bu konuyla ilgili açıkça soru sormaya başlamalarına alındım. O an bu soruya yanıt vermeden uzaklaşmak istedim, fakat kendimde o gücü bulamadım.

'Dinleyin,' dedi, 'Siz temiz kalpli bir kızsınız! Sizinle böyle konuştuğum için beni affedin. Fakat sizi temin ederim, tıpkı nineniz gibi ben de sizin iyiliğinizi istiyorum. Ziyaretine gidebileceğiniz hiç mi kız arkadaşınız yok?'

Hiç arkadaşım olmadığını, yalnız olduğumu söyledim. Bir zamanlar Maşenka'yla arkadaş olduğumu, onun da Pskov'a gittiğini anlattım.

'Bakın,' dedi. 'Benimle tiyatroya gelmek istemez miydiniz?'

'Tiyatroya mı? Ninem ne olacak?'

'Ninenizden habersiz benimle gelirsiniz.'

'Hayır,' dedim, 'ninemi kandırmak istemiyorum. Görüşmek üzere!'

'Tamam, görüşmek üzere,' dedi, başka da bir şey söylemedi.

Akşam yemeğinden sonra bize geldi. Oturdu, ninemle uzun uzun sohbet etti. Nineme dışarı çıkıp çıkmadığını, tanıdığı kimse olup olmadığını sordu. Sonra aniden şöyle dedi: 'Bugün *Sevil Berberi* operasına loca ayırttım. Arkadaşlarım benimle birlikte geleceklerdi fakat son anda vazgeçtiler. Benim de elimde fazladan bilet kalmış oldu.'

'*Sevil Berberi*!' diye haykırdı ninem, 'Önceden oynadıkları 'berber' mi bu?'

'Evet,' dedi kiracı, 'aynısı.' Sonra da bana bir bakış attı. Her şeyi anladım ve kıpkırmızı oldum. Kalbim, endişeyle çarpmaya başladı!

'Nasıl da bilmem!' dedi ninem. 'Ben de önceden özel bir gösteride Rosina'yı oynamıştım!'

'Bugün de gelmek ister misiniz operaya?' diye sordu kiracı. 'Yoksa biletler boşa gidecek.'

'Elbette geliriz,' dedi ninem. 'Gitmemek için bir sebep göremiyorum. Ayrıca Nastenka'm da daha önce hiç operaya gitmedi.'

Tanrım, nasıl bir mutluluktu bu! Hemen hazırlandık, en iyi elbiselerimizi giyip yola koyulduk. Ninem, ne olup bittiğini görmese de müziği duymak istiyordu. Ayrıca, ninemin kalbi temizdi. Aslında daha çok benim eğlenmemi istiyordu. Yoksa biz kendimiz operaya falan gitmezdik. *Sevil Berberi*'nde neler gördüğümü burada anlatmaya gerek yok. Gece boyunca kiracımız, bana öyle güzel baktı, benimle öyle güzel konuştu ki sabah bana tiyatroya yalnız gelmek isteyip istemediğimi sorduğunda aslında beni denemiş olduğunu anladım. Nasıl da mutluydum! O gece gururla, neşeyle girdim yatağa. Kalbim öylesine çarpıyordu ki biraz ateşim bile çıktı. Tüm gece boyunca Seville Berberi'ni düşünüp durdum.

O geceden sonra, kiracının bizi daha sık ziyaret edeceğini düşünmüştüm. Fakat öyle olmadı. Neredeyse bize uğramaz oldu. Ayda bir kere uğruyordu, o da yine operaya davet etmek için. Operaya bir iki kez daha gittik. Fakat bu durumdan rahatsızdım. Ninemin bana iyi davranmadığını gören kiracımızın bana sadece acıdığını biliyordum. Gerisi yoktu. Gittikçe daha çok huzursuzlanmaya başladım. Yerimde duramıyor, okuyamıyor ve çalışamıyordum. Arada sırada gülüyor ve ninemi rahatsız edecek bir şeyler yapıyordum. Geri kalan zamanlarda ise ağlıyordum. En sonunda zayıfladım. Neredeyse hastalığa yakalanıyordum. Opera sezonu da bitmişti. Kiracı, bizi ziyaret etmeyi hepten kesti. Merdivende karşılaştığımızda, sanki konuşmak istemiyormuş gibi gayet ciddi şekilde sessizce selam veriyor ve verandaya çıkıyordu. Merdivenlerin yarısına çıkmışken kalakalıyor, onunla karşılaştığım için kan beynime sıçramaya başladığından domates gibi kızarıyordum.

Sonra her şey bitti. Tam bir yıl önce, mayıs ayında, kiracı ninemle konuşmaya geldi. Buradaki bütün işlerini bitirdiğini ve bir yıllığına yeniden Moskova'ya dönmesi gerektiğini söyledi. Bunu duyar duymaz betim benzim attı, ceset gibi sandalyeye yığıldım. Ninem, hiçbir şey fark etmedi. Kiracımız, evden çıktığını söyleyerek, selam verip gitti.

Ne yapabilirdim ki? Düşündüm, düşündüm, acı çektim, kederlendim, en sonunda bir karar verdim. Yarın evden ayrılıyordu. Ninem uyuduğunda her şeyi bitirmeye karar verdim. Öyle de oldu. Ne kadar kıyafetim, ne kadar çamaşırım varsa bir bohçaya doldurdum. Sonra elimde bohça, yarı canlı, yarı ölü, kiracının yaşadığı tavan arasına çıktım. Merdivenleri çıkmak sanki bir saatimi almıştı. Kapısını açtım. Beni gördüğünde küçük bir çığlık attı. Hayalet olduğumu zannetmiş. Ayakta zor durduğumdan hemen su getirdi bana. Kalbim öylesine çarpıyordu ki başıma ağrı girmiş, zihnim bulanmıştı. Kendime geldiğimde, önce bohçamı yatağının üzerine koydum, kendim de bohçanın yanına oturup yüzümü kapattım, hıçkıra hıçkıra ağlamaya başladım. Sanırım, o an her şeyi anladı ve solgun bir yüzle önümde durdu. Bana öyle bir kederle baktı ki kalbim parçalandı.

'Dinleyin,' dedi, 'beni dinleyin, Nastenka, elimden bir şey gelmez. Ben yoksul bir adamım. Neredeyse hiçbir şeyim yok. Kalacak bir yerim bile yok. Sizinle evlensem, nasıl yaşarız?'

Uzun uzun konuştuk. En sonunda kendimi kaybettim ve ninemle yaşayamayacağımı, ondan uzaklara gideceğimi, iğneyle bağlanmak istemediğimi, eğer o da isterse, onunla Moskova'ya gidebileceğimi, çünkü onsuz yaşayamayacağımı söyledim. Utançla, aşkla ve gururla, her şey bir anda doldu içime. Neredeyse sarsılarak, yatağa yığılıveriyordum. Reddedilmekten o kadar korkuyordum ki!

Birkaç dakika konuşmadan öylece oturdu. Sonra ayağa kalktı, yanıma gelip elimi tuttu.

'Dinleyin, benim temiz kalpli, canım Nastenka'm!' Bir anda gözyaşlarına boğuldu, 'Dinleyin, Size yemin ederim, bir gün evlenecek duruma gelirsem, bana mutluluk verecek kişi sizsiniz. Sizi temin ederim, şu anda beni mutlu edebilecek tek kişi sizsiniz. Bakın, şimdi Moskova'ya gidiyorum, fakat tam bir yıl sonra yeniden buraya geleceğim. Durumumu düzeltebileceğimi umuyorum. Geri döndüğümde, hâlâ beni seviyor olursanız, size yemin ederim birlikte mutlu olacağız. Fakat şimdilik bu mümkün değil, yapamam. Size söz verecek kadar cesur değilim. Fakat tekrar ediyorum. Bir yıl sonra olmasa bile, elbette bir süre sonra kesinlikle olacaktır. Tabii beni bir başkasına tercih etmemiş olursanız. Çünkü ne sizi bağlayacak bir söz verebilirim, ne de bu sözü vermeye cesaret edebilirim.'

Bana en son bu sözleri söyledi, ertesi gün de Moskova'ya gitti. Nineme, bu yaşananlarla ilgili hiçbir şey söylememeye karar verdik. Öyle olmasını istemişti. İşte hepsi bu, hikâyem burada bitiyor. Tam bir yıl geçti. Şimdi Petersburg'a döndü. Tam üç gündür burada. Fakat..."

"Fakat ne?" diye haykırdım hikâyenin sonunu duymak için sabırsızlanarak.

"Fakat şu ana kadar ortaya çıkmadı!" dedi Nastenka, sanki tüm gücünü toplamış gibi, "Ne bir ses, ne bir soluk..." Bir süre konuşmadı. Kafasını eğdi ve elleriyle yüzünü kapattı. Bir anda öylesine hıçkırmaya başladı ki kalbim bu hıçkırıklarla alt üst oldu.

Hikâyenin böyle bitmesini beklemiyordum.

"Nastenka!" dedim utangaç, fakat güvenilir bir ses tonuyla, "Nastenka! Tanrı aşkına, ağlamayın! Neden biliyor musunuz? Belki de henüz buraya..."

"Burada o, burada!" diye araya girdi Nastenka. "O burada, biliyorum. O gece, o Moskova'ya gitmeden önce bir konuda anlaştık. Biraz önce size anlattığım gibi her şeyi konuştuktan sonra, dışarı çıktık ve buraya, tam da nehrin bu kıyısına geldik. Saat ondu. Bu banka oturduk. Artık ağlamıyordum. Konuşmasını dinlemek o kadar hoşuma gidiyordu ki... Döner dönmez doğrudan bize geleceğini söyledi. Hâlâ ondan vazgeçmediysem her şeyi nineme söyleyecektik. Şimdi buraya geldi, biliyorum bunu, fakat ortada yok işte!"

Ve yeniden hıçkırıklara boğuldu.

"Aman Tanrım! Sizin acınızı dindirmek için yapabileceğim hiçbir şey yok mu gerçekten?" diye haykırdım, oturduğum banktan umutsuzlukla fırlayarak. "Söyleyin bana Nastenka, ona ulaşmanın bir yolu yok mu?"

"Böyle bir şey gerçekten mümkün mü?" diye sordu birden kafasını kaldırarak.

"Hayır, elbette değil!" dedim aklımı başıma toplayarak. "Bakın, ona mektup yazabilirsiniz."

"Hayır, bu mümkün değil, olmaz!" dedi kararlılıkla, bir yandan da bana bakmamak için kafasını diğer yana çevirdi.

"Neden mümkün değil? Niçin?" diye sordum, kendi fikrimi desteklemeye devam ederek. "Nasıl bir mektup yazacağınızı biliyor musunuz, Nastenka! Mektuptan mektuba fark var. Ah Nastenka, aynen öyle! Güvenin bana, güvenin! Size saçma bir tavsiye vermiyorum. Her şeyi halletmek mümkün. İlk adımı siz attınız. Neden şimdi de olmasın..."

"Hayır, asla olmaz! Sanki onu, beni görmesi için zorluyormuş gibi anlaşılırım..."

"Ah, benim temiz kalpli Nastenka'm!" diye araya girdim, gülümsememi gizlemeden. "Aslında bunu yapmaya hakkınız var. Çünkü baksanıza, size söz veren o. Ayrıca, gördüğüm şu ki o, kibar bir adam, size iyi davranmış," diye devam ettim sözlerime, kendi iddialarımın ve inandığım şeyin mantığına gittikçe hayran kalarak. "Nasıl davrandı size? Bir söz vererek kendini size bağlamış oldu. Sizin dışınızda kimseyle evlenmeyeceğini söyledi ve size, şu anda bile ondan vazgeçebilme özgürlüğünü vermiş oldu... Bu durumda, ilk adımı siz atabilirsiniz. Buna hakkınız var. Onun karşısında bir ayrıcalığa sahipsiniz. Mesela, onun verdiği sözden feragat etmesini sağlamasını bile isteyebilirsiniz..."

"Peki, siz olsanız nasıl yazardınız?"

"Nasıl yani?"

"İşte, mektubu?"

"Şöyle yazardım: 'Saygıdeğer Beyefendi...'"

"Gerçekten saygıdeğer demeye gerek var mı?"

"Kesinlikle! Bu arada nasıl olur ki? Sanırım..."

"Hadi, devam edin!"

"'Saygıdeğer Beyefendi! Sizden bir konuda beni affetmenizi...' Hayır, hayır, özür dileyecek bir şeyiniz yok! Olaylar, her şeyi doğruluyor zaten. O yüzden basitçe şöyle yazın: 'Size yazıyorum. Sabırsızlığım için kusura bakmayın. Fakat tam bir yıl boyunca bana mutluluk getiren bir ümidin arkasına sığındım. Şimdi bir günü daha şüphe içinde geçirmeye dayanamadım diye beni suçlayamazsınız, değil mi? Artık, siz de geldiğinize göre, belki de, fikrinizi değiştirdiniz. Eğer öyleyse, bu mektubu bu durumdan şikâyetçi olmadığımı ve sizi suçlamadığımı bilmeniz için yazıyorum. Yüreğinizin üzerinde hiçbir güce sahip olmadığım için sizi suçlayacak değilim. Böyleymiş kaderim!

Siz yüce gönüllü bir adamsınız. Sabırsızca yazdığım bu satırlara gülmez, kızmazsınız. Bu satırları, zavallı bir kadının yazdığını, o kadının yalnız olduğunu, kimsenin ona bir şey öğretmediğini, tavsiye vermediğini ve bu kadının kendi yüreğine sahip çıkamadığını lütfen unutmayın. Ruhum, bir anlığına da olsa şüpheyle dolduğu için beni affedin. Siz, böylesine sevmiş ve sevmekte olan bir kadını incitmeyi aklınızdan bile geçirmezsiniz.'"

"Evet, evet, bunlar tam da benim düşüncelerim!" diye haykırdı Nastenka, gözlerinden mutluluk fışkırıyordu. "Ah! Kaygılarımı gideriverdiniz. Sizi bana Tanrı gönderdi. Size minnettarım, minnettarım size!"

"Neden? Beni Tanrı gönderdiği için mi?" diye sordum, onun mutlulukla parlayan küçük yüzüne hayranlıkla bakarak.

"Evet, tam da o yüzden."

"Ah, Nastenka! Bizimle aynı anda yaşadıkları için bile

olsa diğer insanlara minnettar olmalıyız. Benimle karşılaştığınız, sizi hayatımın sonuna kadar hatırlayacağım için minnettarım size!"

"Tamam, bu kadarı yeterli! Fakat şimdi size bir şey söylemem gerekiyor. Anlaşmamıza göre, buraya gelir gelmez temiz kalpli tanıdıklarımdan birine bir mektup bırakarak bana geldiğini haber verecekti. Bu tanıdıkların hiçbir şeyden haberleri yok ve hiçbir şey bilmiyorlar. Bana mektup yazması mümkün değilse, çünkü mektuplarda her zaman her şey söylenmez, geldiği günün akşamı tam saat onda buraya gelecek ve sizinle durduğumuz o yerde buluşacaktık. Onun buraya geldiğini zaten biliyorum. Fakat üç gün oldu, ne kendisi ne de mektubu geldi. Sabahları ninemi bırakıp dışarı çıkmam mümkün değil. Mektubumu alın ve yarın size anlattığım o tanıdıklara götürün. Onlar da mektubu ona iletecek. Mektuba yanıt gelirse de, tam onda o yanıtı buraya bana getirmenizi rica ediyorum."

"Tamam, peki ya mektup? Her şeyden önce bir mektup yazmak gerek! Yani ancak ertesi gün olur bu dedikleriniz."

"Mektup..." dedi Nastenka, hafifçe gülümseyerek. "Mektup..."

Fakat sözünü bitiremedi. Önce küçük yüzünü benden kaçırdı. Gül gibi kızardı. Aniden avucumda mektubu hissettim. Görünen o ki mektubu çoktan yazmıştı, her şeyi hazırlamış ve zarflamıştı bile. Aklımda, tanıdık, ince bir anı canlanıverdi.

"R, o – Ro, si – si, na – na," diye başladım.

"Rosina!" Sözcük aynı anda çıkıverdi ağzımızdan. Hayranlık içinde neredeyse sarılıyordum ona. O ise, kızarabileceği kadar kızararak, inci tanelerine benzeyen ve kirpiklerinde titreyen gözyaşları içinde gülümsüyordu bana.

"Tamam, bu kadarı yeterli! Şimdilik elveda!" dedi hızlı bir şekilde. "İşte size mektup ve onu bırakacağınız adres. Elveda! Görüşmek üzere! Yarın görüşürüz!"

Ellerimi içtenlikle tuttu, başını eğdi ve ara sokakta tıpkı bir ok gibi kayboluverdi. Gözlerimle ona veda ederek, olduğum yerde uzun süre bekledim.

O, sokakta gözden kaybolurken "Görüşmek üzere! Görüşmek üzere!" diye geçirdim aklımdan.

Üçüncü Gece

Tıpkı önümde uzanan yaşlılığım gibi kederli, yağmurlu, karanlık bir gündü. Tuhaf düşünceler, karanlık hisler işkence ediyordu bana. Kafamda yanıtı belli olmayan öyle çok soru dolaşıyordu ki ne bunları çözecek gücüm, ne de isteğim vardı. Bu sorunları çözmek bana göre değildi işte!

Bugün buluşmayacaktık. Dün, vedalaşırken, bulutlar gökyüzünü kaplamaya başladı ve şehrin üstüne sis indi. Yarın havanın kötü olacağını söyledim. Yanıt vermedi. Kendi dileklerinin aleyhine konuşmak istemedi. Onun için gün parlıyordu ve aydınlıktı. Mutluluğunu hiçbir bulut gölgeleyemezdi.

"Yağmur yağarsa, görüşemeyiz!" dedi, "Gelemem ben."

Bugün yağmuru da fark etmez sanmıştım ama o gelmedi.

Dün bizim, üçüncü görüşmemiz, üçüncü beyaz gecemizdi. Fakat mutluluk ve keyif insanı nasıl da mükemmelleştiriyor! Yürek aşkla nasıl da kıpırdanıyor! Sanki yüreğinde ne varsa, bir başka yüreğe dökmek istiyorsun, her şeyin neşeli, herkesin güleç olmasını istiyorsun. Ve ne kadar bulaşıcı bu mutluluk! Dünkü sözleri ne kadar da keyifliydi, yüreğinde bana karşı ne kadar da büyük bir iyilik taşıyordu. Bana karşı ne kadar da meraklıydı, ne kadar da şefkatli, bana nasıl da cesaret verdi, kalbimin üzerine nasıl da titredi! Ah mutluluğu ne kadar da nazlı yapmıştı onu! Fakat ben... Ben bardağın dolu tarafını gördüm. Düşündüm ki o...

Fakat Tanrım, bunu nasıl da düşünebilirim? Nasıl bu kadar kör olabilirim, zaten benim olmayan her şeyi bir başkası çoktan almışken; nihayetinde, onun şefkati, endişesi, aşkı, evet bana olan aşkı, bir başkasıyla yakında gerçekleşecek buluşmanın mutluluğundan ve o mutluluğa beni de dahil etme arzusundan başka bir şey değilken... Onu boşuna beklediğimizde, beklediği kişi gelmediğinde, yüzü karardı, korktu ve cesareti kırıldı. Tüm hareketleri, tüm sözleri ağırlaşmaya, mutsuz olmaya başladı. Tuhaf bir şekilde, kendisi için dilediği, fakat gerçekleşmeyeceğinden bizzat korktuğu şeyleri içgüdüsel olarak benimle paylaşmayı arzulamış gibi, bana olan ilgisini iki kat artırdı. Benim Nastenka'm öyle mahzun, öyle sinmişti ki sanırım, en sonunda onu sevdiğimi fark etmiş ve umutsuz aşkıma insaf etmişti. Çünkü mutsuz olduğumuzda, başkalarının mutsuzluklarını da daha güçlü hissederiz; his denilen şey, parçalara ayrılmaz, daha da yoğunlaşır...

Onunla buluşmaya tüm yüreğimle gidiyor, buluşmayı sabırsızlıkla bekliyordum. Şu anda böyle hissedeceğimi önceden bilemezdim, her şeyin böyle biteceğini de önceden bilmiyordum. Nastenka mutlulukla ışık saçıyordu, bir karşılık bekliyordu. Beklediği karşılık, o adamın kendisiydi. Gelmesi gerekiyordu, Nastenka'nın çağrısına koşarak gelmeliydi. O benden bir saat önce gelmişti. Önce her şeye kahkahalarla güldü, her sözüm onu güldürdü. Konuşmaya başlıyor ve ardından susuyordum.

"Neden bu kadar mutlu olduğumu biliyor musunuz?" diye sordu, "Size bakmaktan neden mutluluk duyduğumu, sizi bugün neden böyle sevdiğimi?"

"Neden?" diye sordum içim titreyerek.

"Bana âşık olmadığınız için sizi seviyorum. Sizin yerinizde bir başkası olsaydı, kaygılanmaya, huzursuzlanmaya, gittikçe daha çok sızlanmaya ve acı çekmeye başlardı, fakat siz o kadar hoşsunuz ki!"

Sonra elimi o kadar sıktı ki neredeyse bağıracaktım. Gülmeye başladı.

"Tanrım! Nasıl bir dostsunuz siz!" dedi bir dakika sonra tüm ciddiyetiyle. "Sizi bana Tanrı gönderdi! Şu anda yanımda olmasaydınız, ben kim bilir ne yapardım? Hiçbir çıkarınız yok! Beni ne kadar güzel seviyorsunuz! Ben evlendiğimde, sizinle çok yakın arkadaş olacağız, kardeşten de öte. Neredeyse ona gösterdiğim kadar ilgi göstereceğim size..."

Bu sözler o anda canımı öyle acıttı ki... Fakat bir yandan da içimde bir yerlerde gülüşe benzer bir şeyler harekete geçiyordu.

"Siz çok üzgünsünüz," dedim. "Korkmuşsunuz, onun gelmeyeceğini düşünüyorsunuz."

"Hiç de bile!" dedi, "Daha az mutlu olsaydım, galiba, sizin bu şüpheciliğiniz, bu serzenişleriniz nedeniyle ağlardım. Fakat siz beni düşünmeye ittiniz ve pek çok şey üzerine uzun uzun akıl yürütmemi sağladınız. İleride de düşünmeye devam edeceğim. Fakat şimdilik doğruları söylediğinizi kabul ediyorum. Evet! Bir şekilde kendimde değilim. Beklenti içindeyim sürekli. Her şeyin kolayca olup bittiğini hissediyorum. Neyse, duygulardan konuşmayı bırakalım gitsin!"

O anda, uzaktan birinin adımları duyuldu. Biri karşıdan bize doğru karanlıkta yaklaşıyordu. İkimiz de titredik. Nastenka neredeyse bir çığlık atıyordu. Kolundan çıktım ve uzaklaşmak istermiş gibi bir hareket yaptım. Fakat ikimiz de yanılmıştık, bu beklediğimiz kişi değildi.

"Neden korktunuz? Neden kolumu bıraktınız?" diye sordu, kolunu yeniden bana uzatarak. "Neden? Onu birlikte karşılıyoruz işte. Onun, birbirimizi ne kadar sevdiğimizi görmesini isterdim."

"Birbirimizi ne kadar da seviyoruz!" diye haykırdım.

"Ah Nastenka, Nastenka!" diye geçirdim içimden, "Bu sözleri ne kadar da sık söylediniz! Böylesine bir düşkünlük, *her geçen saatle* kalbi soğutuyor ve ruhu ağırlaştırıyor. Senin ellerin soğuk, benimkilerse ateş gibi sıcak. Ne kadar da körsün, Nastenka! Ah! Mutlu insanlar, bazen ne kadar da katlanılmaz oluyor! Fakat sana kızamıyorum işte!"

Sonunda yüreğim taşıverdi.

"Biliyor musunuz, Nastenka!" diye haykırdım, "Tüm gün neler yaptım?"

"Ne yaptınız? Hemen anlatın bana! Anlatmak için neden bu kadar beklediniz?"

"Öncelikle, Nastenka, verdiğiniz tüm görevleri yerine getirdikten sonra mektubu teslim ettim, sizin şu temiz kalpli tanıdıklarınıza uğradım... Sonra eve, uyumaya gittim."

"Bu kadar mı?" diye sözümü kesti gülerek.

"Evet, aşağı yukarı bu kadar," dedim istemeyerek, çünkü gözlerimde çoktan aptal gözyaşları kıpırdanmaya başlamıştı bile. "Buluşmamızdan bir saat önce uyandım. Fakat sanki hiç uyumamış gibiydim. Bana ne oldu inanın bilmiyorum. Sanki benim için zaman durmuş gibi, sanki o duran zamandan gelen bir his, bir duygu içimde sonsuza kadar kalmalıymış gibi, sanki tek bir dakika sonsuza kadar sürecekmiş ve tüm hayatım önümde duruyormuş gibi size tüm bunları anlatmak için geldim. Uyandığımda, uzun zamandır bildiğim, daha önce bir yerlerde duyduğum, sonra unuttuğum tatlı bir ezgiyi yeniden hatırladığımı fark ettim. Bu ezgi, hayatım boyunca ruhumun içinde bana yalvarıyormuş gibi geldi... Ve şimdi de..."

"Aman Tanrım, Aman Tanrım!" diyerek sözümü kesti Nastenka, "Tüm bunlar ne anlama geliyor? Söylediklerinize anlam veremiyorum."

"Ah Nastenka! Size bu tuhaf hissi bir şekilde aktarabilmek isterdim," dedim, içinde oldukça uzak da olsa hâlâ bir umudun olduğu hüzünlü bir ses tonuyla.

"Devam edin lütfen!" diye başladı konuşmaya ve bir anda tahmin etti, muzip!

Birden alışılmadık şekilde gevezeliğe, neşelenmeye ve şakalara başladı. Koluma girdi, güldü, benim de gülmemi istedi. Kafam karıştığı anda dile getirdiğim her söz, öylesine sesli, öylesine uzun gülmesine neden oldu ki... Sonunda sinirlenmeye başladım, bir anda benimle flört etmeye başlamıştı.

"Bakın," dedi, "bana âşık olmadığınız için biraz kızgınım. İnsan ruhunu anlamak hiç de mümkün değil! Fakat yine de, siz, sadık beyefendi, bu kadar sıradanım diye beni suçlayamazsınız ya. Size her şeyi anlatıyorum, her şeyi. Kafamda parlayan her türlü saçmalığı."

"Dinleyin! Saat on bir değil mi?" dedim, şehirdeki uzak bir kulenin çanı saat başını vururken. Aniden durdu, kahkaha atmayı kesip çan sesini saymaya başladı.

"Evet, on bir," dedi, utangaç, tereddütlü bir ses tonuyla.

Onu korkuttuğuma, saati saymaya zorladığıma o an pişman oldum ve verdiğim bu kindar tepki için kendime lanet okudum. Onun haline acımaya başlamıştım ve bu günahı, nasıl telafi edebileceğimi bilmiyordum. Onu rahatlatmaya, adamın gelmeyişine dair sebepler bulmaya, iddialar ve gerekçeler öne sürmeye başladım. O anda kimseyi onun kadar kolayca kandırmak mümkün değildi. Aslında, tam da o anda, herhangi biri, her türlü teselli sözünü mutlulukla dinler, mazeretin gölgesi bile ortaya çıksa memnun olurdu.

"Başka bir gülünçlük ise," diye başladım, ortaya sürdüğüm kanıtların sıra dışı şekilde açık olmasına gittikçe daha çok heyecanlanarak ve hayran kalarak. "Zaten gelemezdi. Siz beni yanılttınız ve aklımı karıştırdınız. Çünkü zaman mevhumunu kaybettim. Şöyle bir düşünün. Mektubu şu anda henüz almamış olabilir, gelememiş olabilir, mektuba yanıt verecek olabilir, belki de mektup eline yarın geçecektir. Yarın sabah olur olmaz mektubun peşine düşeceğim. Düşünsenize, binlerce ihtimal var. Belki de mektup geldiğinde evde değildi ve belki de bu saate kadar mektubu okuyamadı. Her şey olabilir."

"Evet, evet!" dedi Nastenka, "Bu, aklıma gelmemişti.

Elbette, her şey olabilir," diye devam etti. Sözcükler var güçleriyle çıkıyordu ağzından. Fakat bu sözcüklerin içinde hüzünlü bir ahenksizlik vardı, bir şekilde farklı olan bir düşünce duyuluyordu. "Yarın yapacağınız iş," diye devam etti sözlerine, "yarın gidebileceğiniz kadar erken gidin, eğer elinize bir şey geçerse, hemen o anda bana haber verin. Zaten nerede yaşadığımı biliyorsunuz, değil mi?" Yeniden oturduğu yeri tarif etmeye başladı.

Sonra birden, bana karşı öylesine kırılgan, öylesine çekingen oluverdi ki... Galiba, ona söylediğim şeyleri dikkatle dinliyordu. Fakat ona herhangi bir soru yönelttiğimde sessizliğe gömülüyor, gülüyor ve başını diğer yana çeviriyordu. Gözlerinin içine baktım. İşte, ağlıyordu.

"Neden, neden? Küçük bir kız gibisiniz! Ne kadar da çocukça! Bu kadar yeter!"

Gülümseyip sakinleşmeyi denedi, fakat çenesi titriyor ve göğsü inip kalkıyordu.

"Sizi düşünüyorum da," dedi bir süre sessiz kaldıktan sonra, "o kadar temiz kalplisiniz ki taş gibi olurdum, o duyguyu hissetmesem... Şu an aklımdan ne geçti biliyor musunuz? İkinizi karşılaştırdım. Neden o, ama siz değil? Neden o sizin gibi değil? O sizden daha kötü, fakat ben yine de onu seviyorum."

Hiçbir karşılık vermedim. Galiba bir şeyler söylememi bekledi.

"Elbette, ben, belki de, onu hiç anlamıyorum, onu hiç tanımıyorum. Biliyor musunuz, sanki ondan her zaman korkmuş gibiyim. Her zaman o kadar ciddiydi ki, gururluymuş gibi. Elbette, bunun, yalnızca onun böyle görünmesinden kaynaklandığının, onun yüreğinde benimkinden daha fazla şefkat olduğunun farkındayım. Hatırlarsanız size anlatmıştım. Elimde bohçamla kapısına gittiğimde bana nasıl baktığını hatırlıyorum. Fakat yine de ona oldukça büyük bir saygı duyuyorum. Bu da onunla eşit olmadığımızı göstermez mi?"

"Hayır, Nastenka, hayır," dedim. "Bu, sizin onu dünyadaki her şeyden, en çok da kendinizden daha çok sevdiğiniz anlamına gelir."

"Diyelim ki öyle," dedi naif Nastenka, "şu an aklıma ne geldi biliyor musunuz? Artık onun hakkında konuşmayacağım. Aslında bunları çok uzun süredir düşünüp duruyorum. Neden hiç kimse birbirine kardeş gibi davranmaz? Neden en iyi insan bile başkalarından bir şeyler saklıyormuş ve bu nedenle de sesini çıkarmazmış gibi görünür? İnsan, duvara konuşmadığını biliyorsa, neden yüreğinde olanı hemen ve doğrudan dile getirmez? Neden herkes gerçekte olduğundan sanki daha sertmiş gibi ve aklından geçenleri çok erken itiraf ederse duygularına ihanet etmekten korkarmış gibi görünür?"

"Ah Nastenka! Doğru diyorsunuz fakat bunun birçok sebebi var," diye sözünü kestim o anda, kendi duygularımdan daha önce hiç çekinmediğim kadar çekinerek.

"Hayır, hayır!" dedi derin bir duyguyla. "Mesela siz, diğerleri gibi değilsiniz. Aslında, hissettiklerimi size nasıl anlatacağımı bilmiyorum. Fakat bana öyle geliyor ki... Siz işte, mesela... Şimdi de olsa... Benim için sanki bir şeyleri kurban ediyormuşsunuz gibi," diye ekledi gözlerini benden kaçırarak ürkekçe. "Size bunları söylediğim için beni affedin. Sıradan bir kızım ben. Pek bir şey görmedim henüz dünyada. Bazen konuşmayı bilemiyorum," dedi bastırılmış bir duygudan dolayı titreyen bir sesle gülümsemeye çalışarak, "fakat tüm bunları hissettiğim için memnuniyet duyduğumu size söylemek istiyorum sadece. Ah, Tanrı size bu mutluluğu versin. Yani bana şu hayalperestinizle ilgili uzun uzun anlattığınız şeyler hiç de gerçek değil. Demek istediğim şey, anlattıklarınız sizin için geçerli değil. Siz iyileşiyorsunuz, siz gerçekte, tarif ettiğinizden tamamen farklı bir insansınız. Bir gün birine âşık olursanız, Tanrı size onunla mutluluklar versin! Onun için bir şey dilemiyorum çünkü sizinle zaten mutlu olacaktır. Biliyorum çünkü ben de bir kadınım. Size böyle diyorsam, bana inanın."

Sustu ve sertçe elimi sıktı. Ben de heyecandan bir şey diyemiyordum. Böyle birkaç dakika geçti.

En sonunda, "Belli ki bugün de gelmeyecek," dedi kafasını kaldırarak. "Geç oldu."

"Yarın gelecektir," dedim en ikna edici ve sert ses tonumla.

"Evet," diye araya girdi neşelenerek, "ben de yarın geleceğini düşünüyorum. O halde, hoşça kalın, yarın görüşmek üzere! Yağmur yağarsa gelemeyebilirim. Fakat ertesi gün gelirim. Bana ne olursa olsun kesinlikle gelirim. Tam burada olacağım. Sizi görmek, size her şeyi anlatmak istiyorum."

Vedalaşırken, bana elini verdi ve gözlerime baktı,

"İşte, artık sonsuza kadar birlikte olacağız, öyle değil mi?" diye sordu.

Ah! Nastenka, Nastenka! Şu an nasıl bir yalnızlığın içinde olduğumu bilseydin!

Saat dokuzu vurduğunda, odamda kalamadım, giyindim

ve kötü havaya rağmen dışarı çıktım. Oradaydım, bizim banka oturdum. Nastenka'nın sokağına gittim. Sonra utandım, geri döndüm. Evinin penceresine bakmamış, evlerine iki adımdan fazla yaklaşmamıştım. Daha önce hiç yaşamadığım bir kederle eve döndüm. Ne kadar sıkıcı, kasvetli bir andı! Hava iyi olsaydı, gece boyunca dolaşırdım.

Fakat yarın görüşmek üzere! Yarın bana her şeyi anlatacak.

Fakat bugün mektup gelmedi. Ne fark eder ki, mektup gelecek. Onlar artık birlikteler...

Dördüncü Gece

Tanrım, her şey nasıl da sona erdi! Nasıl da bitti her şey! Saat dokuzda geldim. Nastenka benden önce gelmişti. Onu uzaktan hemen fark ettim. İlk kez karşılaştığımız gibi, kanalın korkuluklarına yaslanmış, dirsekleri küpeşteye dayalı duruyordu. Yaklaştığımı duymamıştı.

"Nastenka!" diye seslendim, kaygılarımı güçlükle bastırarak.

Hızla bana doğru döndü.

"Hadi!" dedi, "Hadi, çabuk!"

Tereddütle ona baktım.

"Ee, mektup nerede? Mektubu getirdiniz mi?" diye tekrarlayarak sordu kollarını küpeşteden çekerek.

"Hayır, mektup bende değil," dedim sonunda. "Hâlâ gelmedi değil mi?"

Tuhaf bir şekilde beti benzi attı ve hareket etmeden uzun süre beni izledi. Onun son umudunu da yok etmiştim.

"İyi, Tanrı'ya emanet olsun!" dedi en sonunda titreyen bir sesle, "Tanrı yanında olsun, beni böyle bırakıp gidiyorsa."

Gözlerini devirdi, sonra bana bakmak istedi fakat yapamadı. Birkaç dakika boyunca duygularını bastırabildi. Fakat aniden diğer yana dönerek korkuluklara yaslandı ve gözyaşlarına boğuldu.

"Bu kadar yeter!" dedim fakat devam edecek gücü kendimde bulamadım. Ona bakmadan nasıl konuşabilirdim ki?

"Beni rahatsız etmeyin," dedi ağlayarak. "Onun hakkında konuşmayın. O gelecek demeyin. Onun beni böylesine ağır ve merhametsizce bırakıp gitmediğini söylemeyin bana. Niçin? Niçin? Gerçekten mektubumda, o şanssız mektubumda ne olabilir?"

Tam bu sırada bir hıçkırık sözünü kesiverdi. Yüzünü göremesem de yüreğim acıdı.

"Bu o kadar ağır ve merhametsizce ki!" diye başladı yeniden. "Tek bir satır, tek bir satır bile yok! En azından, beni artık istemediğini, beni geri çevirdiğini yazabilirdi. Fakat üç gündür tek bir satır bile yok. Tek suçu onu sevmek olan zavallı, savunmasız bir kızın kalbini kırmak ve incitmek onun için ne kadar da kolay. Ah, üç gündür nasıl da dayanıyorum! Aman Tanrım, Aman Tanrım! Onun kapısına ilk kez gittiğim anı, onun önünde kendimi küçük düşürdüğümü, ağladığımı, bir damlacık aşk için yalvardığımı hatırlıyordum da... Sonra ne oldu? Dinleyin," dedi bana dönerek, siyah gözleri parlamaya başlamıştı, "böyle olmaz! Bu böyle olamaz, çünkü normal değil! Ya siz, ya ben kandırılıyoruz. Belki de mektubu almadı? Belki de şimdiye kadar olanlardan haberi yok? Nasıl olabilir, siz kendiniz düşünün, bana söyleyin Tanrı aşkına, açıklayın çünkü anlayamıyorum. Bana onun davrandığı gibi barbarca bir kabalıkla nasıl davranabilir insan? Tek kelime yok! Yeryüzündeki en düşük varlık bile daha merhametlidir. Belki de bir şeyler duydu, belki de benim hakkımda ona birisi bir şeyler söyledi?" diye haykırdı soruyu bana yönelterek, "Sizce böyle bir şey olabilir mi?"

"Dinleyin, Nastenka, yarın sizin adınıza ona gideceğim."

"Gerçekten mi?"

"Her şeyi ona soracağım, anlatacağım."

"Evet!"

"Siz de bir mektup yazın. Hayır demeyin, Nastenka, hayır demeyin! Onun sizin bu hareketinize saygı göstermesini sağlayacağım, her şeyi öğrenecek ve eğer..."

"Hayır, dostum, hayır," diyerek sözümü kesti. "Bu kadar yeter! Benden hiçbir kelime, tek bir kelime bile almayacak o. Bu kadar yeter! Tanımıyorum onu, artık onu sevmiyorum. Ben onu u-nu-ta-ca-ğım..."

Fakat sözünü bitiremedi.

"Sakin olun, sakin olun! Oturun lütfen, Nastenka!" dedim onu banka oturtarak.

"Tamam, sakinim. Bu kadar yeter! Tamam! Bunlar sadece gözyaşları, onlar da yakında kururlar! Kendimi mahvettiğimi, kendimi boğduğumu düşünüyor musunuz?"

Yüreğim dopdoluydu. Konuşmaya başlamak istiyor fakat yapamıyordum.

"Dinleyin!" diye devam etti, elimi tutarak, "Söyleyin bana, siz de böyle mi davranırdınız? Size bizzat gelen bir kadını bırakıp gider miydiniz? Onun zayıf ve aptal yüreğine karşı, yüzünüzde arsız bir gülüşle çekip gider miydiniz? Ona sahip çıkmaz mıydınız? Onun yalnız olduğunu, kendine bakamadığını, kendini size duyduğu aşktan kurtaramadığını, suçlu olmadığını, eninde sonunda hiç suçu olmadığını ve hiçbir şey yapmadığını aklınızdan geçirir miydiniz? Aman Tanrım, Aman Tanrım!"

"Nastenka!" diye haykırdım en sonunda, duygularımın üstesinden gelemeyerek. "Nastenka, bana eziyet ediyorsunuz. Yüreğimi yaralıyor, beni öldürüyorsunuz, Nastenka! Sessiz kalamam! Artık konuşmam gerek. Şuramda, yüreğimde kopan fırtınaları size itiraf etmem gerek."

Bunu derken banktan kalktım. Elimden yakalayıp şaşkınlıkla bana baktı.

"Neyiniz var?" diye sordu en sonunda.

"Dinleyin!" dedim kararlı bir sesle. "Beni dinleyin, Nastenka! Şimdi tüm zırvaları, yaşanması mümkün olmayacak her şeyi, aptalca olan her şeyi söyleyeceğim size! Bunun hiçbir zaman olmayacağını biliyorum fakat susamam. Şu anda ıstırap çektiğiniz şeyin adına, bu söyleyeceklerim nedeniyle beni şimdiden affetmeniz için size yalvarıyorum."

"Yani, nedir, anlatın?" diye sordu, ağlamayı bırakıp dikkatlice yüzüme bakıyordu. Şaşkın gözlerinin içinde, tuhaf bir merak parıldıyordu. "Neyiniz var?"

"Bunun gerçekleşmesi hiçbir zaman mümkün değil, fakat sizi seviyorum Nastenka. İşte buydu söylemek istediğim. Artık her şey söylendi," dedim elimi sallayarak. "Şimdi benimle, biraz önce konuştuğunuz gibi konuşup konuşamayacağınızı, size söyleyeceklerime nihayetinde kulak verip veremeyeceğinizi göreceksiniz artık!"

"Evet, ne olmuş?" diye sözümü kesti Nastenka, "Yani? Sizin beni sevdiğinizi uzun süredir biliyordum. Fakat ben yalnızca benden hoşlandığınızı zannediyordum. Ah, aman Tanrım, aman Tanrım!"

"Başta basit bir hoşlanmaydı, Nastenka. Fakat şimdi, şimdi... Elinizde bohça, onun kapısına gittiğinizde nasılsanız, ben de şimdi öyleyim. Sizden daha da kötü bir durumdayım hatta. Çünkü o, o sırada kimseyi sevmiyordu, fakat siz seviyorsunuz."

"Neler diyorsunuz? Artık sizi hiç anlamıyorum. Bakın, neden bu böyle? Yani, neden? Neden böylesiniz, aniden böyle... Tanrım! Aptalca konuşuyorum. Fakat siz..."

Nastenka'nın kafası karışmıştı. Yanakları kızardı. Gözlerini yere indirdi.

"Ne yapabilirim, Nastenka? Ne yapmam gerek? Suçluyum. Suiistimal ettim sizin... Fakat hayır, suçlanması gereken kişi ben değilim, Nastenka. Çünkü yüreğim, bana haklı olduğumu söylüyor. Bunu işitiyor, bunu hissediyorum. Çünkü sizi hiçbir şekilde incitemem, sizin kalbinizi kıramam. Sizin arkadaşınızdım. Şimdi de arkadaşınızım. Benden yana hiçbir şey değişmedi. Şimdi gözlerimden yaşlar akıyor, Nastenka. Bırakın aksınlar, bırakın aksınlar. Kimseyi rahatsız etmiyorlar. Kuruyacaklar, Nastenka!"

"Fakat oturun, oturun lütfen," dedi beni banka doğru çekerek. "Ah Tanrım!"

"Hayır! Nastenka, oturmayacağım. Burada daha fazla kalamam. Beni daha fazla görmenize lüzum yok. Her şeyi söyleyeceğim ve gideceğim. Keşke sizi sevdiğimi hiç öğrenmeseydiniz demek istiyorum size. Bunu bir sır olarak saklasaydım. En azından size şu an acı çektiriyor olmazdım bencilliğimle. Hayır! Fakat şu an dayanamıyorum. Siz kendiniz bu konu hakkında konuşmaya başladınız. Suçlu sizsiniz. Her şeyin suçlusu sizsiniz. Bense masumum. Beni yanınızdan kovamazsınız."

"Hayır, işte, hayır, sizi kovmuyorum ki zaten, hayır!" dedi, utancını ve zayıflığını elinden geldiğince gizleyerek.

"Beni kovmuyor musunuz? Hayır! Ben kendim sizden kaçmak istiyorum. Gideceğim fakat önce size her şeyi anlatacağım çünkü siz burada konuşurken, ben kıpırdamadan duramam. Siz burada ağlarken, sizi reddeden, aşkınızı elinin tersiyle iten biri (bunu söyleyeceğim, Nastenka) yüzünden siz acı çekerken, yüreğimde sizin için ne kadar büyük bir aşk olduğunu, Nastenka, ne kadar büyük bir aşk olduğunu hissettim, duydum bunu! Size bu aşkınızda yardım edemediğim için içim o kadar acıyordu ki... Ve sessiz kalamıyordum. Konuşmam gerekiyordu, Nastenka, söylemeliydim!"

"Evet, evet. Söyleyin bana bunları," dedi Nastenka, hiç kıpırdamadan. "Belki de sizinle bu şekilde konuşmamı tuhaf buluyorsunuz. Fakat konuşun! Sonra size söyleyeceğim! Size her şeyi anlatacağım!"

"Bana acıyorsunuz, Nastenka! Bana sadece acıyorsunuz, ah dostum benim! Olan oldu. Söylenen söylendi. Artık geri dönüşü yok. Öyle değil mi? İşte şimdi her şeyi biliyorsunuz. Bu bir başlangıç noktası. Peki, tamam! Artık her şey harika. Sadece kulak verin bana. Siz oturup ağlarken, ben de kendimi düşündüm (ah, ne düşündüğümü söylememe izin verin). Düşündüm ki (elbette, bunun olması mümkün değil Nastenka) düşündüm ki siz... Düşündüm ki sizin bir şekilde işte... Tamamen tuhaf bir şekilde artık onu sevmediğinize kanaat getirdim. Bunu o zaman, dün de, evvelsi gün de düşündüm, Nastenka, beni sevmenizi sağlamayı başarabilirdim, bunu kesinlikle yapabilirdim. Çünkü siz söylediniz. Siz kendiniz söylediniz, Nastenka, bana neredeyse âşık olduğunuzu. Başka? İşte, söylemek istediğim her şeyi söyledim. Yalnızca tek bir şey kaldı. Beni sevseydiniz nasıl olurdu? Bunun dışında anlatacak bir şey kalmadı. Dinleyin beni, sevgili dostum. Çünkü siz benim ancak dostumsunuz. Ben, elbette, sıradan, zavallı ve tamamen önemsiz bir adamım. Fakat konu bu değil. Demek istediğim şeyi tam da söylemiyorum aslında. Kafam o kadar karışık ki... Fakat sizi öylesine sevdim, öylesine sevdim ki, eğer hiç görmediğim o adamı önceden sevdiğiniz şekilde sevmeye devam etseydiniz bile, benim aşkımın bir şekilde size ağır geldiğini fark etmezdiniz. Yalnızca, her dakika, yanınızda size adanmış sıcak ve minnettar bir yüreğin, minnettar bir yüreğin çarptığını duyar, çarptığını hissederdiniz... Ah Nastenka, Nastenka! Bana neler yaptınız?"

"Ağlamayın lütfen. Ağlamanızı istemiyorum," dedi Nastenka banktan fırlayarak. "Gelin, ayağa kalkın, yanıma gelin, ağlamayın işte, ağlamayın," deyip mendiliyle gözyaşlarımı sildi. "Gidelim şimdi, belki ben de size bir şeyler söylerim... Evet, şimdi beni bırakmış olsa da, beni unutmuş olsa da, ben hâlâ onu seviyorum (sizi kandırmak istemiyorum). Fakat dinleyin beni, konuşun benimle. Mesela ben size âşık olmuş olsaydım, ben sadece... Ah, dostum, dostum benim! Bana âşık olmadığınız için sizi överken aşkınızla alay etmemin sizi nasıl incittiğini şimdi anlıyorum! Ah Tanrım! Bunun olacağını önceden bilemezdim. Bu kadar aptal olabileceğimi hiç tahmin edemezdim. Fakat... İşte şimdi size her şeyi söylemeye karar verdim."

"Dinleyin, Nastenka... Biliyor musunuz? Gidiyorum yanınızdan, işte bu kadar. Size yalnızca işkence ediyorum. Sevgimle alay ettiğiniz için vicdanınız peşinizi bırakmayacak. Kederinizin yanında bir de buna üzülmenizi istemiyorum... Ben, elbette suçluyum, Nastenka. Artık elveda!"

"Durun, beni dinleyin lütfen, bekleyemez misiniz?"

"Neyi, nasıl bekleyeyim?"

"Ben onu seviyorum. Fakat bu geçecek, geçmeli. Hep böyle kalamaz. Şimdiden geçmeye başladı bile. Hissediyorum... Kim bilir, belki de bugün geçer çünkü ondan nefret ediyorum. Sizin benimle birlikte burada ağlamanıza, beni onun yaptığı gibi incitmemenize ve beni sevmenize rağmen, tüm bunlar olurken onun beni sevmemesi ve benimle alay etmesi nedeniyle ondan nefret ediyorum... Çünkü en nihayetinde, sizi bizzat sevdiğim için... Evet, seviyorum! Sizin beni sevdiğiniz gibi seviyorum sizi. Bunu daha önce de söylemiştim size, kendiniz de duymuştunuz bunu. Sizi seviyorum çünkü siz ondan daha iyisiniz, çünkü siz ondan daha değerlisiniz, çünkü, çünkü o..."

Zavallı kızın duyguları o kadar yoğundu ki sözlerini bitiremedi. Başını önce omzuma, sonra da göğsüme yasladı ve acı acı ağlamaya başladı. Onu neşelendirmeye, ikna etmeye çalıştım fakat bir türlü ağlamayı bırakmadı. Sürekli elimi sıkıyor ve hıçkırıklar arasında şöyle diyordu: "Bekleyin, bekleyin, şimdi geçecek ağlamam! Size söylemek istiyorum... Bu gözyaşlarının öyle zayıflıktan aktığını düşünmeyin, bir dakika, şimdi geçecek..." Sonunda gözyaşları dindi, gözlerini sildi ve yeniden yürümeye başladık. Ben bir şey söylemek istesem de her defasında konuşmamamı söyledi. Biz de sustuk... Nihayet cesaretini topladı ve konuşmaya başladı...

Yüreğimin tam ortasına saplanan ve içinde tatlı bir acı veren bir şeyin çınladığı zayıf ve titreyen bir sesle "Şimdi," dedi aniden. "Aklımın bir karış havada olduğunu düşünmeyin. Öyle kolayca ve çabucak unutabileceğimi ve değişebileceğimi de... Tam bir yıl onu sevdim ve Tanrı'ya yemin ederim, ona karşı sadakatsizlik aklımın ucundan bile geçmedi. O bütün bunları hor gördü. Benimle alay etti. Ne hali varsa görsün. Fakat beni yaraladı ve kalbimi kırdı. Onu sevmiyorum. Çünkü ancak yüce gönüllü olan, beni anlayan ve benim de saygı duyduğum birini sevebilirim. Çünkü ben böyleyim ve o bana layık değil. Ne hali varsa görsün! Aslında iyi de yaptı. Beklentilerimde yanıldığımı ileride fark etseydim ve onun nasıl biri olduğunu ya o zaman öğrenseydim? İşte, şimdi bitti! Kim bilir, benim sevgili dostum," diye devam etti kolumu sıkarak, "kim bilir, belki de tüm aşkım, duygularımın, izlenimlerimin beni aldatmasından ibaretti, belki de ninemin sıkı gözetimi altında olduğumdan, bunu yaramazlık yapmak için, laf olsun diye yaptım. Belki de, onu değil, öyle bir insanı değil de başka birini sevmeliyim. Bana acıyacak birini... Neyse, şimdi onu bir kenara bırakalım," diyerek sözünü tamamladı Nastenka. Huzursuzca iç çekiyordu. "Size şunu demek istemiştim sadece... Söylemek istediğim, eğer onu sevmeme (yani, eskiden sevmeme) aldırmayacaksanız, hâlâ diyorsanız ki... Yani hâlâ aşkınızın, nihayetinde önceki duygularımı bastıracak kadar büyük olduğunu hissediyorsanız... Bana insaflı davranmaya, beni tesellisiz ve umutsuz şekilde kaderimle baş başa bırakmamaya, beni şu anda sevdiğiniz gibi sonsuza kadar sevmeye hazırsanız, o zaman Tanrı'ya yemin ederim, minnettarlığım, aşkım eninde sonunda sizin aşkınıza erişecek... Beni eş olarak isteyecek misiniz?"

"Nastenka," diye haykırdım, hıçkırıklardan nefessiz kalarak. "Nastenka! Ah Nastenka!"

"Yeter, yeter! Bu sefer gerçekten yeter!" dedi. Kendini zor tutuyordu. "İşte şimdi her şey söylendi, öyle değil mi? Artık, hem siz mutlusunuz, hem ben mutluyum. Bu konuda daha fazla konuşmaya gerek yok. Bu kadar yeter. Hadi başka şeyler hakkında konuşalım, Tanrı aşkına!"

"Evet, Nastenka, evet! Bu kadar yeter! Artık, mutluyum, ben... Neyse, Nastenka, neyse, hadi başka şeylerden konuşalım. Çabuk, çabuk, başlayalım konuşmaya. Evet! Hazırım..."

Ne konuşacağımızı bilmiyorduk. Güldük. Ağladık. Alakasız binlerce şey hakkında konuştuk. Biraz kaldırımda yürüyor, bir anda geri dönüyor ve sokağın karşısına geçiyorduk. Sonra duraklıyor ve yeniden kıyı tarafına geçip yürüyorduk. İki çocuk gibiydik...

"Şu anda yalnız yaşıyorum, Nastenka," dedim. "Fakat ileride... Neyse, elbette, ben, biliyorsunuz Nastenka, fakirim, sadece bin iki yüz rublem var ve bu hiçbir şey..."

"Elbette hayır, ninemin emekli aylığı var, bizden sakınmaz. Ninemi yanımıza almak gerek."

"Evet, nineyle yaşamak gerek... Bir de Matryona var..."

"Evet, bizde de Fyokla var!"

"Matryona temiz kalplidir. Sadece tek bir kusuru var, hayal gücü yok, Nastenka, kesinlikle hiç hayal gücü yok. Fakat bu önemli değil!"

"Fark etmez. İkisi de bizimle birlikte yaşayabilir. Fakat yarın bize taşınmalısınız."

"Nasıl yani? Size mi? Tamam, ben hazırım..."

"Evet, bizim evdeki odayı tutun. Evin tavan arası boş. Kiracımız vardı, yaşlı bir soyluydu. Taşındı. Ninem de odayı genç bir delikanlıya kiralamak istiyor. Neden genç bir delikanlıya diye sorduğumda, bana 'Ben artık yaşlıyım, anlamıyor musun Nastenka, seni onunla evlendirmek istiyorum,' dedi. Ben de zaten bunun için olduğunu tahmin etmiştim..."

"Ah, Nastenka!"

İkimiz de güldük.

"Bu kadar yeterli! Siz nerede yaşıyordunuz? Unuttum da."

"Köprünün orada, Barannikov apartmanında."

"O büyük binada mı?"

"Evet, o büyük binada."

"Evet, biliyorum, güzel bir binadır o. Fakat siz oradan ayrılın ve vakit kaybetmeden bize taşının..."

"Hemen yarın, Nastenka, hemen yarın. Biraz kira borcum var fakat önemli değil... Çok yakında aylığımı alacağım..."

"Biliyor musunuz, ben de belki ders veririm. Önce konuyu kendi kendime öğrenir sonra da ders veririm."

"İşte bu harika olur... Ben yakında ikramiye de alacağım, Nastenka."

"O halde hemen yarın bizim kiracımız olacaksınız..."

"Evet, *Sevil Berberi*'ne gideriz birlikte, çünkü çok yakında gösteriler yeniden başlayacak."

"Evet, gideriz," dedi gülerek Nastenka. "Fakat belki de *Sevil Berberi*'ne değil de başka bir oyuna gideriz..."

"Evet, tamam, başka birine. Elbette öylesi daha iyi olur, düşünemedim..."

Konuşurken, ikimiz de hayal dünyasındaymış, bir sisin içindeymişiz gibi, birbirimizle ne yapacağımızı bilmiyormuş gibi yürüyorduk. Kâh duraklıyor ve aynı yerde uzun süre sohbet ediyor, kâh yeniden yola koyuluyor ve sadece Tanrı'nın bildiği bir yere doğru yürümeye başlıyor, yeniden gülüyor ve yeniden ağlıyorduk... Nastenka, aniden eve gitmek isteyince, karşı koyamadım, eve kadar ona eşlik etmek istedim. Yola koyulduk ve on beş dakika sonra kendimizi aniden kıyıdaki bankımızda bulduk. O anda hıçkırmaya başladı ve gözyaşları yeniden gözlerine hücum etti. Benim de sinirlerim bozuldu ve buz kestim... Fakat o kolumu sıktı ve beni yeniden yürümeye, gevezelik etmeye ve sohbet etmeye zorladı...

"Artık eve gitme zamanım geldi. Sanırım vakit oldukça geç oldu," dedi sonunda Nastenka. "Bu kadar çocukluk ikimize de yeter!"

"Evet, Nastenka, ben artık uyuyamam, eve gitmeyeceğim."

"Ben de galiba uyuyamayacağım, fakat yine de eve kadar bana eşlik edin..."

"Elbette!"

"Bu sefer, sokağa kadar değil, eve kadar birlikte yürüyelim kesinlikle."

"Evet, kesinlikle..."

"Bana söz verin. Eninde sonunda evinize dönüp uyumanız gerekiyor!"

"Söz," dedim gülerek.
"Hadi gidelim!"
"Gidelim."
"Gökyüzüne bakın, Nastenka, bakın! Yarın harika bir gün olacak. Gökyüzü ne kadar da mavi, peki ya aya ne demeli? Bakın, oradaki sarı bulut şimdi ayı kapatacak, bakın, bakın! Hayır, önünden geçti. Bakın, bakın!"

Fakat Nastenka buluta bakmıyordu. Taşa dönmüş bir halde sessizce ayakta duruyordu. Bir an sonra, çekinerek, gergince sokuldu bana. Elleri, ellerimin arasında titriyordu. Gözlerimi ona diktim... Gittikçe daha da sokuluyordu bana.

Tam o sırada, önümüzden genç bir adam geçip gitti. Adam bir süre sonra aniden durdu. Gözlerini bize dikti ve sonra birkaç adım daha attı. Kalbim titredi.

"Nastenka!" dedim kısık sesle, "O kim, Nastenka?"

"İşte o!" dedi fısıldayarak, gittikçe daha da huzursuzlanarak bana sokuluyordu. Ayakta zor duruyordum.

"Nastenka! Nastenka! Bu sensin!" Arkamızdan bir ses duyuldu. Genç adam bize doğru birkaç adım atmıştı...

Aman Tanrım, nasıl da çığlık attı! Nasıl da ürperdi! Kendini kollarımdan kurtardı ve onun kollarına attı! Öylece durdum, ceset gibi onlara baktım. Nastenka, tam ona uzanmak, kendini tam ona bırakmak üzereydi ki aniden arkasını döndü ve rüzgâr gibi, şimşek gibi yanıma geldi. Ben daha ne olduğunu anlamadan, kollarını boynuma doladı, sert ve tutkulu bir şekilde öptü beni. Sonra, bana tek kelime etmeden, yeniden ona döndü. Koluna girdi ve onu arkasından sürüklemeye başladı.

Uzunca bir süre durdum ve arkalarından onları seyrettim. En sonunda ikisi birden gözden kayboldu.

Sabah

Gecem gündüzüme karışmıştı. Günüm iyi geçmedi. Yağmur yağıyor, damlalar pencereme vuruyordu. Küçük odam karanlıktı, avlu pusluydu. Başım ağrıyor ve dönüyordu. Tüm vücudumu yavaş yavaş ateş basıyordu.

"Size bir mektup var efendim, postacı getirdi," dedi Matryona başımda dikilerek.

"Mektup mu? Kimden?" diye bağırdım, sandalyeden fırlayarak.

"Ben bilmem, efendim, belki de kimden olduğu yazıyordur."

Mührü söktüm. Ondandı!

"Affedin beni, affedin beni!" diye yazmıştı Nastenka, *"Dizlerimin üstüne çökerek yalvarıyorum size, beni affedin! Hem sizi, hem kendimi kandırdım. Bu bir rüyaydı, bir hayaldi. Bugün sizin için kahroluyorum, affedin, affedin beni lütfen!*

Suçlamayın beni. Çünkü size karşı hissettiklerim değiş-

medi. Size, sizi seveceğimi söyledim. Sizi şimdi de seviyorum. Hatta daha çok seviyorum. Ah Tanrım! Keşke ikinizi de aynı anda sevebilseydim! Keşke siz, o olsaydınız!"

'Keşke siz, o olsaydınız!' sözleri kafamda dönüp durdu. Sözlerini unutmadım, Nastenka!

"Tanrı biliyor, sizin için şimdi neler yapardım! Sizin için bunun ağır ve kederli olduğunun farkındayım. Kalbinizi kırdım, fakat biliyorsunuz, insan seviyorsa, uzun sürmez kırgınlığı. Siz de beni seviyorsunuz!

Size minnettarım! Evet! Bu aşk için size minnettarım. Çünkü bu aşk, hafızama kazındı ve uzun süre hatırlanan tatlı bir rüya gibi yaşayacak. Çünkü yüreğinizi bana dostça açtığınız; göz kulak olmak, neşelendirmek ve iyileştirmek için cansız kalbimi öylesine bir yüce gönüllülükle hediye olarak kabul ettiğiniz o anı, sonsuza kadar hatırlayacağım... Eğer siz beni affederseniz, hatıranız, kalbimden hiçbir zaman silinmeyecek, sonsuz bir minnettarlık duygusuyla içimde yükselecek... Bu hatırayı koruyacak, ona dürüst olacak, ona ve kendi kalbime ihanet etmeyeceğim. Yüreğim çok sadıktır. Dün, yüreğim her zaman ait olduğu yere, ona çabucak geri dönüverdi işte.

Sizinle görüşmeye devam edeceğiz, siz bize geleceksiniz, bizi bırakmayacaksınız, sonsuza kadar arkadaş, kardeş kalacağız... Ve beni gördüğünüzde, elinizi uzatacaksınız... Değil mi? Bana elinizi vereceksiniz. Beni affettiniz, değil mi? Beni eskisi gibi seviyor musunuz?

Ah, sevin beni. Benden vazgeçmeyin, çünkü ben sizi tam da şu anda öylesine seviyorum ki... Çünkü sizin aşkınıza layığım, çünkü onu hak ediyorum... Sevgili dostum benim!

Gelecek hafta onunla evleneceğim. Bana âşık olarak geri döndü, beni hiçbir zaman unutmamış... Onunla ilgili yazıyorum diye bana kızmıyorsunuz ya? Onunla birlikte sizi ziyaret etmek istiyorum. Onu seversiniz, değil mi? Affedin, unutmayın ve sizin olanı sevin.

Nastenka'nız!"

Mektubu tekrar tekrar okudum gözlerimden yaşlar süzülürken. En sonunda, mektup ellerimden düştü ve yüzümü kapattım.

"Beyefendi! Beyefendi!" diye seslendi Matryona.

"Ne var, ihtiyar?"

"Tavandaki örümcek ağlarının hepsini temizledim. Artık ister evlenin ister misafir çağırın, tam vakti..."

Matryona'ya baktım. Hâlâ içten, *genç* bir yaşlıydı. Fakat nedendir bilmem, onu o sırada, fersiz gözleri, yüzündeki kırışıklıkları, kamburlaşmış sırtıyla çökmüş bir kadın olarak hayal ettim... Yine nedendir bilinmez, odamı da bu ihtiyar kadın gibi yaşlanmış olarak hayal ettim. Duvarlar ve zemin renksiz görünüyordu, her şeyin rengi solmuştu, örümcek ağları artık daha da sıktı. Neden bilmiyorum, pencereden dışarı baktığımda, karşıdaki evin de eskidiğini, renginin kendi payına düşecek şekilde solduğunu, duvar kâğıtlarının kalkıp parçalandığını, pervazların kararıp açıldığını, parlak koyu sarıya boyanmış duvarların lekelendiğini hayal ettim.

Belki de bulutların arasından aniden kendini gösteren gün ışığı, yeniden yağmur bulutlarının arasına saklanmıştı ve bu nedenle her şey gözlerimde yeniden kararmıştı. Geleceğimin hayali, gözlerimin önünde neşesiz ve kederli bir şekilde parlayıp sönmüştü ve kendimi şimdi olduğu gibi, tam on beş yıl sonra, aynı odada, geride bıraktığı yıllara rağmen akıllanmayan aynı Matryona'yla, yalnız bir şekilde hayal ettim.

Sana nasıl kin tutabilirim ki, Nastenka! Senin parlak, sakin mutluluğuna kara bulutlar düşürmek, kederli serzenişlerimle yüreğini acıyla doldurup onu gizli bir pişmanlıkla zehirlemek ve mutlu olduğun sırada onu elemle bir kenara atmanı sağlamak, sen onunla birlikte sunağa doğru giderken kara buklelerine iliştirdiğin narin çiçeklerden birini olsun ezmek... Ah, hayır, hiçbir şekilde olamaz bunlar! Göğün aydınlık olsun, tatlı gülümsemen ışıklı ve açık olsun, o diğer, yalnız ve minnettar kalbe sunduğun sevinç ve mutluluk anı için kutsanmış ol.

Aman Tanrım! Tam bir mutluluk anı! İnsanın bütün ömrünü düşünürseniz, böyle bir an gerçekten çok küçük sayılabilir mi?

Bir Yufka Yürek

Kısa Roman

Aynı binanın dördüncü katında, Arkadiy İvanoviç Nefedeviç ve Vasya Şumkov adında, aynı devlet dairesinde çalışan iki arkadaş birlikte yaşıyordu... Yazar, okurların böyle bir ifade şeklini uygunsuz ve kısmen resmi bulmamaları için neden kahramanlardan birine tam ve baba adıyla, diğerine ise kısaltılmış ve arkadaşlarının samimi adıyla seslenmeyi tercih ettiğini açıklama gereği hissediyor. Yazar bunu yapmasaydı, söz konusu kişilerin kademesini, yaşını, sınıfını, unvanını ve nihayetinde kişiliğini önceden açıklamak ve betimlemek gerekirdi. Çünkü pek çok benzer yazar, eserlerine özellikle böyle başladığından, aşağıda okuyacağınız eserin yazarı tam da bu nedenle, onlara benzememek için (yani, belki de, bazılarının dediği gibi, kendini beğenmişlikten dolayı) konuya doğrudan girmek istedi. Böyle bir girişten sonra, yazar artık hikâyesine başlayabilir.

Şumkov, yılbaşından bir gün önce, akşam saat altıya doğru eve döndü. Yatağında uzanan Arkadiy İvanoviç uyandı ve

...lerini aralayarak arkadaşına baktı. Arkadaşının en iyi pantolonunu ve en temiz gömleğini giydiğini fark etti. Bu durum onu, elbette çok şaşırttı. "Vasya, bu halde nereye gitti? Yemeği de evde yemedi!" diye düşündü. Bu arada Şumkov bir mum yakınca, Arkadiy İvanoviç, arkadaşının sanki kendisini kazayla uyandırmaya çalışıyormuş gibi yaptığını hemen anladı. Vasya, iki kere öksürdü, odada bir oraya bir buraya gidip geldi, en sonunda, sobanın yanında, köşede doldurmaya başladığı pipoyu bu sefer gerçekten yanlışlıkla elinden düşürdü. Arkadiy İvanoviç'i bir gülme aldı.

"Vasya, bu kadar oyun yeter!" dedi.

"Arkaşa, sen uyumuyor muydun?"

"Kesin bir şey diyemesem de, bana uyumuyorum gibi geldi."

"Ah, Arkaşa! Merhaba, sevgili dostum! Kardeşim! Kardeşim benim! Sana söyleyeceğim şeyi tahmin bile edemezsin!"

"Kesinlikle tahmin edemem. Gelsene buraya!" Vasya, bu çağrıyı bekliyormuş gibi, Arkadiy İvanoviç'ten bir kötülük geleceğini düşünmeden hemen yaklaştı. Tam o sırada Arkadiy, Vasya'yı kolundan ustaca bir hareketle yakaladı. Yüz üstü çevirdi ve derler ya, kurbanını "tuşa" getirdi. Bu durum, oyun oynamayı seven Arkadiy İvanoviç'i belli ki inanılmaz keyiflendirmişti.

"Yakaladım!" diye bağırdı, "Yakaladım!"

"Arkaşa, Arkaşa, ne yapıyorsun? Bırak beni, Tanrı aşkına, frakım buruşuyor!"

"Boş ver, frak senin neyine? Kendini benim elime düşürecek kadar neden bana güvendin öyle? Anlat, nereye gittin, nerede yemek yedin?"

"Arkaşa, Tanrı aşkına, bırak beni!"
"Nerede yemek yedin?"
"Ben de bunu anlatacaktım."
"Anlat o zaman."
"Önce bırak beni."
"Hayır, olmaz, anlatana kadar bırakmam!"
"Arkaşa! Arkaşa! Bu mümkün değil, bu halde olmaz, anlamıyor musun?" dedi sıska Vasya, düşmanının sert pençelerinden kurtulmaya çalışarak. "Bazı konular var!"
"Nasıl konularmış?"
"Bu haldeyken anlatmaya başladığında önemini kaybedecek konular. Gülünç olur yoksa. Ama anlatacağım şey hiç de gülünç değil, aksine çok ciddi."
"Şuna bak sen, ciddiymiş! Yeni aklına gelmiş! Beni güldürecek şeyler anlat bana. Böyleyse anlat, önemli bir şey duymak istemiyorum. Yoksa arkadaşlığın ne anlamı kalır? Söyle bakalım, öyle bir arkadaş mı olmak istiyorsun?"
"Arkaşa, Tanrı aşkına, olmaz!"
"O zaman duymasam da olur..."
"Arkaşa!" diye başladı sözlerine Vasya, yatağa enine uzanıp tüm gücüyle söyleyeceklerinin önemini vurgulamaya çalışarak. "Arkaşa! Sadece şunu söylemek istemiştim..."
"Hadi!"
"Nişanlandım!"
Arkadiy İvanoviç, arkadaşını tebrik etmek için tek bir kelime bile etmeden, hiç de kısa olmayan, aksine bir o kadar sıska ve uzun Vasya'yı bir çocuğu kucağına alır gibi sessizce kucağına aldı ve odada bir oraya bir buraya, sanki bebek uyutur gibi pışpışlayarak taşımaya başladı.

"Şimdi seni kundaklayacağım, damat!" dedi. Fakat Vasya'nın tek bir kelime bile etmeden hareketsizce kucağında durduğunu fark edince, belli ki, şakanın çok ileriye gitmiş olabileceğini düşündü ve Vasya'yı odanın tam ortasında yere indirip en içten duygularla, kardeşçe yanaklarından öpmeye başladı.

"Vasya, bana kızmadın değil mi?"

"Arkaşa, dinle..."

"Ama yeni yıl için..."

"Ben iyiyim de, sen neden böyle aklını kaçırmış gibi davranıyorsun? Sana kaç kere söyledim Arkaşa, bu komik değil, Tanrı aşkına, hem de hiç komik değil!"

"Fakat bana kızmadın değil mi?"

"Hayır, iyiyim ben, kimseye hiçbir zaman kızmam! Fakat kalbimi kırdın anlıyor musun?"

"Kırdım mı? Nasıl kırdım?"

"İçimdekileri dökmek, mutluluğumu paylaşmak için arkadaşça yanına geldim..."

"Nasıl bir mutluluk bu? Neden söylemiyorsun ki?"

"Ben evleniyorum!" dedi Vasya kızgınlıkla, gerçekten de biraz sinirlenmişti.

"Sen mi? Sen evleniyorsun ha! Ciddi misin?" diye bağırdı Arkadiy var gücüyle. "Hayır, bu ne şimdi? Hem böyle konuşuyorsun, hem gözyaşı döküyorsun! Vasya, Vasyam benim, kardeşim, bu kadar yeter! Gerçek mi bu?" Arkadiy İvanoviç, Vasya'yı yine kucaklayıverdi.

"Neden üzüldüğümü şimdi anladın mı?" diye sordu Vasya. "Biliyorum sen temiz kalpli bir arkadaşsın. Sana mutlulukla, öyle bir sevinçle geliyorum ve birden yüreğimdeki tüm mutluluğu, tüm sevinci yatakta yuvarlanarak, ciddiyetsiz bir şekilde sana açmak zorunda kalıyorum. Anla işte, Arkaşa," diye devam etti Vasya yarı gülümseyerek, "komik bir durumdu bu. Bir şekilde o sırada kendim değildim. Bu durumla dalga geçemezdim... O sırada kızın adını sorsaydın yemin ederim, beni öldürseydin bile, sana ismini söylemezdim."

"Neden sakladın o zaman? Daha önce söyleseydin ya. O zaman böyle oyun oynamaya kalkışmazdım ben de," diye bağırdı Arkadiy İvanoviç gerçekten üzgün bir sesle.

"Tamam, bu kadar yeter! İşte böyle... Tüm bunlar neden oluyor biliyorsun. Benim iyi yürekliliğimden. Üzüldüğüm şey ne biliyor musun? Seni istediğim gibi mutlu edememek, sevindirememek ve her şeyi güzel güzel anlatamamak... Gerçekten, Arkaşa seni öyle seviyorum ki, sen olmasaydın ben evlenemezdim, hatta bu dünyada yaşayamazdım bile!"

Nadiren duygusallaşan Arkadiy İvanoviç, Vasya'yı dinlerken kâh ağladı, kâh güldü. Vasya da öyle. Daha sonra kucaklaştılar ve her şeyi unuttular.

"Bu nasıl olur? Nasıl olur bu, Vasya, her şeyi anlat bana! Kusura bakma kardeşim, şaşkınım, hem de çok şaşkınım. Beynimden vurulmuşa döndüm. Tanrı aşkına! Hayır, kardeşim, hayır! Sen bunları uyduruyorsun, uydurdun, yalan söyledin!" diye bağırdı Arkadiy İvanoviç ve gerçek bir şüpheyle Vasya'nın yüzüne baktı. Vasya'nın yüzünde, çok yakında gerçekleşecek evliliğe dair verilen kesin kararın parlaklığını görünce, kendini yatağa bırakıp oradan oraya öyle zıplamaya başladı ki duvarlar sarsıldı.

"Vasya, otur şuraya!" diye haykırdı, en sonunda yatağa oturarak.

"Kardeşim, konuya nereden girsem bilemiyorum!" Her ikisi de mutluluktan kaynaklanan bir heyecanla birbirlerine bakıyorlardı.

"Kim bu kız, Vasya?"

"Artyomevler'in kızı!" dedi Vasya mutluluktan zayıf düşmüş bir ses tonuyla.

"Ciddi misin?"

"Evet, bir ara sana onlardan bahsetmiştim, fakat sonra bir daha hiç söz etmedim. Sen de hiçbir şey fark etmedin. Ah, Arkaşa, senden bu konuyu saklarken o kadar zorlandım ki. Ama korktum, konuşmaktan korktum! Elimdeki her şeyi kaybedeceğimden korktum. Ama işte, âşığım, Arkaşa! Aman Tanrım, Aman Tanrım! Kız geçmişte öyle şeyler yaşamış ki!" diye başladı Vasya. Heyecandan bazen konuşamıyordu. "Kızın bir nişanlısı vardı daha bir yıl önce. Sonra aniden bunun görev yerini değiştiriyorlar. Ben de tanıyorum adamı. Tuhaf biri, Tanrı'ya emanet olsun! Adam, kıza yazmıyor, birden ortadan kayboluyor. Bekliyorlar da bekliyorlar, bunun ne anlama geldiğini bilemiyorlar. Aniden, dört ay önce, adam şehre geliyor, evlenmiş. Ve bunların kapılarının önünden bile geçmiyor. Kaba, aşağılık herif! Tabii, onların arkasında duracak kimse de yok. Kız ağlıyor da ağlıyor, zavallı. Ben de işte ona âşık oldum... Aslına bakarsan, çok uzun süredir seviyordum onu! İşte ben de böylece, onları ziyaret etmeye, evlerine gidip gelmeye başladım. Nasıl olduğunu bilmiyorum ama, birden o da bana âşık oluverdi. Bir hafta önce kendimi tutamadım, ağlamaya başladım ve gözyaşları içinde ona aşkımı itiraf ettim. Bir seferde söyledim, işte bu kadar! O da

'Sizi sevmeye hazırım, Vasiliy Petroviç. Fakat ben zavallı bir kızım, benimle alay etmeyin ama birini sevmeye cesaretim yok işte!' dedi. Kardeşim, anlıyor musun? Anlıyor musun? O anda sözlendik. Düşündüm, düşündüm, düşündüm ve bu durumu annesine nasıl söyleyeceğini sordum. Zor olacağını, biraz daha beklememi, annesinin de korktuğunu, belki de benimle evlenmesine izin vermeyeceğini, annesinin sürekli ağladığını söyledi. Fakat ona söylemeden bugün annesine gittim ve her şeyi açıkladım. Lizanka dizlerinin üzerine çöktü, ben de çöktüm annesinin önünde. Kadın ikimizi de kutsadı. Arkaşa, Arkaşa! Dostum benim. Hep birlikte yaşayacağız. Hayır! Senden hiçbir şekilde ayrılamam ben."

"Vasya, sana bakıyorum da, inanamıyorum. Tanrım! Nasıl inanayım, yemin ederim! Ama bana öyle geliyor ki... Demek evleniyorsun ha? Nereden bilecektim? Aslında, Vasya, şimdi şöyle söyleyeyim, ben de evlenmeyi düşünüyordum, kardeşim. Ama şimdi sen evleniyorsun ya gerisi önemli değil! Mutluluğun daim olsun, Vasya!"

"Kardeşim, yüreğim o kadar tatlı, ruhum o kadar hafif ki şu anda..." dedi Vasya, yataktan kalktı ve odanın içinde heyecanla dolaşmaya başladı. "Gerçekten sen de aynı şeyi hissetmiyor musun? Yoksulluk çekeceğiz elbette ama mutlu olacağız. Kuru bir hayal değil bu. Mutluluğumuz kitaplarda anlatılan bir mutluluk da değil, biz gerçekten mutlu olacağız!"

"Vasya, beni dinle!"

"Ne oldu?" diye sordu Vasya, Arkadiy İvanoviç'in tam önünde durarak.

"Aklımı kurcalayan bir şey var. Aslında sana bunu nasıl söyleyeceğimi bilmiyorum! Affet beni, kaygımı hoş gör. Fakat nasıl geçineceksiniz? Biliyorsun, evleneceğin için çok mutluyum, gerçekten çok mutluyum, fakat kendime de hâkim olamıyorum. Nasıl geçineceksiniz?"

"Tanrım! Nasıl bir arkadaşsın sen, Arkaşa?" diye sordu Vasya, Nefedeviç'e derin bir şaşkınlıkla bakarak, "Aklından ne geçiyor? Yaşlı annesi bile, bir dakika olsun düşünmedi ona her şeyi açık açık anlattığımda. Nasıl geçineceğimizi sen mi soruyorsun? Baksana, yılda beş yüz ruble üçüne de yetiyor. O da babaları vefat ettikten sonra onlara kalan emekli maaşı. Kendisi var, yaşlı annesi var, bir de küçük erkek kardeşi var. Hatta bu parayla kardeşinin okul masraflarını bile karşılıyorlar. İşte onlar böyle yaşıyor! Senle ben, parayı seven tarafız! Ayrıca, önceki senelerde, her şey iyi giderse yıllık yedi yüz kazandığım bile oldu!"

"Dinle Vasya, kusura bakma. Tanrım, işte her şeyi düşünüyorum ben, bunda bozulacak bir şey yok. Nasıl yedi yüz ruble, sadece üç yüz kazanıyorsun sen?"

"Üç yüz mü? Yulian Mastakoviç'i unuttun mu?"

"Yulian Mastakoviç. O iş kesin değil, kardeşim. Ayrıca, onun verdiği para, yıllık üç yüz ruble kazandığın ve her kuruşuna güvenebileceğin bir iş gibi değil. Yulian Mastakoviç elbette, büyük bir insan. Ona saygım var, rütbesi bizden yüksek de olsa onu anlıyorum. Hatta Tanrı biliyor ya, seni sevdiği için onu ben de seviyorum. Sana iş veriyor. Ama ya ödeme yapmazsa? Ya senin yaptığın işin yerine bir memur atarsa. Bu söylediğime karşı çıkamazsın ya, Vasya? Dinle, mantıklı konuşuyorum burada. Bak, seninki gibi el yazısı olan birini, tüm Petersburg'u arasan hayatta bulamazsın, bunun farkındayım. Git dene istersen," dedi Arkadiy sözlerini isteksiz bir şekilde bitirerek. "Ya sen onu artık sevmezsen, ya adamı memnun edemezsen, ya adama gelen işler duruverirse, ya başkasını işe alırsa? Nihayetinde hayatta ne olacağı belli değil! Yulian Mastakoviç de gelip geçici, Vasya!"

"Bak, Arkaşa, şu başımızın üstündeki tavan da aniden çökebilir..."

"Tabii, elbette fakat aynı şey değil."

"Hayır, bir dinle beni. Dinle ki gör. Benimle yollarını ayırması mümkün değil ki... Hayır, sadece dinle, dinle beni. Bana verdiği görevi gayretle yerine getiriyorum. O da öyle iyi bir insan ki Arkaşa, daha bana bugün, daha bana bugün elli gümüş ruble verdi!"

"Gerçekten mi, Vasya? Ödül niyetine mi?"

"Ödül niyetine! Ama kendi cebinden verdi! Dedi ki, kardeşim beş aydır para almıyorsun. İstersen biraz al. Teşekkürler dedi, senden memnunun dedi. Tanrım. Sonuçta dedi, bana iyilik olsun diye çalışmıyorsun dedi! Gerçekten dedi bunları. Gözlerim doldu, Arkaşa. Tanrım!"

"Dinle beni Vasya, kâğıtları kopyalamayı bitirdin mi?"

"Hayır, daha bitirmedim."

"Vasenka! Canım benim! Ne yaptın sen?"

"Dinle, Arkadiy, önemli değil, iki gün sonra teslim edeceğim, yaparım..."

"Neden şimdiye kadar yazmadın?"

"Neden mi? Neden bana canımı alacakmış gibi bakıyorsun? Öyle ki içim dışıma çıkıyor, yüreğime ağrı saplanıyor!

Ne oluyor? Her zaman böyle öldürüyorsun beni! Böyle bağırarak: Aaaaa! Sen kendin söyle. Ne demek bu? Elbette bitireceğim, Tanrım, bitireceğim işte..."

"Ya bitiremezsen?" diye bağırdı Arkadiy, yerinden fırlayarak. "Adam sana daha bugün ödül verdi be! Evleneceksin de... Of, of, of!"

"Bir şey olmayacak," diye bağırdı Şumkov. "Şimdi oturuyorum işin başına, şu dakika oturuyorum. Halledeceğim!"

"Neden erkenden bitirmedin, Vasyutka?"

"Ah Arkaşa, nasıl yapacaktım? Yapacak durumum mu vardı? Dairede bir an bile oturmadım. Kalbim dayanmıyordu neredeyse... Ah! Ah! Şimdi bu gece çalışacağım, yarın gece çalışacağım, ertesi gün de o zaman... Sonra bitecek!"

"Daha çok var mı?"

"Tamam, meşgul etme, Tanrı aşkına, meşgul etme beni, sus artık..."

Arkadiy İvanoviç, yatağa doğru parmak uçlarında yürüdü ve oturdu. Sonra aniden ayağa kalkmak istedi. Fakat arkadaşını rahatsız edebileceğini düşünerek yeniden oturma ihtiyacı hissetti. Aslında heyecandan oturamıyordu. Haberin onu alt üst ettiği ve ilk anda yaşadığı heyecanın hâlâ içinde kaynadığı belliydi. Şumkov'a baktı. Şumkov da ona baktı, gülümsedi, işaret parmağını salladı ve sonra sanki yaptığı işteki tüm güç ve başarı kaş çatmaktaymış gibi, kaşlarını ciddiyetle çattı ve gözlerini kâğıtlara dikti.

Belli ki o da henüz heyecanını bastıramamıştı. Kalemlerini değiştiriyor, sandalyede kıpırdanıyor, masasını düzenliyor, sonra yeniden yazmaya koyuluyor, fakat eli titriyor ve hareket etmeyi reddediyordu.

"Arkaşa! Onlara senden bahsettim," diye haykırdı aniden, sanki yeni hatırlamış gibi.

"Öyle mi?" diye başladı konuşmaya Arkadiy, "Aslında ben de bunu sormak istemiştim sana. Ne dediler peki?"

"Neyse! Sonra sana her şeyi anlatırım! Neyse, suç bende. Dört yaprak yazana kadar, hiçbir şey hakkında konuşmak istemiyordum. Fakat sonra hem seni, hem onları düşündüm birden. Kardeşim, hiçbir şekilde yazamıyorum, sürekli sizi düşünüyorum..." Vasya gülümsedi.

Bir sessizlik oldu.

"Of! Bu kalem de ne kadar berbat!" dedi Şumkov, masaya kızgınlıkla vurarak. Eline başka bir kalem aldı.

"Vasya! Dinle, bir şey diyeceğim..."

"Tamam! Çabuk söyle, bu son olsun ama."

"Daha çok mu var?"

"Ah, kardeşim!" dedi Vasya yüzü öyle değişti ki, sanki yeryüzünde bu sorudan daha önemli ve ölümcül bir soru yoktu. "Çok, korkulacak kadar çok!"

"Aslında aklıma bir fikir geldi biliyor musun?"

"Neymiş?"

"Neyse, neyse, yazmaya devam et!"

"Ne geldi?"

"Saat altıyı geçiyor, Vasyuk!"

Bunu der demez gülümsedi Nefedeviç ve Vasya'ya yaramazca göz kırptı. Fakat aklına gelen fikri Vasya'nın nasıl karşılayacağını bilmediğinden biraz da çekingendi.

"Yani, n'olmuş?" diye sordu Vasya. Yazmayı hepten bırakmıştı, Arkadiy'in gözlerinin içine bakıyordu ve hatta yüzü beklentiyle belli belirsiz sararmıştı.

"Biliyor musun?"

"Tanrı aşkına, neyi?"

"Biliyor musun? Şimdi çok heyecanlısın, daha önce de çok yaptın böyle. Bekle, bekle, bekle, bekle! Anlıyorum, dinle beni!" diye söze girdi Nefedeviç, heyecanla yataktan fırladı. Konuşmaya çalışan Vasya'nın sözlerini, ondan gelecek her türlü itirazı geri çevirerek kesmeye çalışıyordu. "Her şeyden önce sakinleşmen, kendini toplaman gerek, değil mi?"

"Arkaşa! Arkaşa!" diye bağırdı Vasya, sandalyeden aniden kalkarak. "Bütün gece uyumayacağım, Tanrım, çalışacağım!"

"Evet, elbette! Sabaha doğru uyusan..."

"Uyumak mı? Uyumak falan yok..."

"Hayır, kesinlikle öyle olmaz, elbette uyuyacaksın. Saat beşte uyu. Ben seni saat sekizde uyandırayım. Yarın tatil, oturup bütün gün çalış... Sonra gece de çalışsan, o kadar çok mu işin kaldı?"

"Evet, öyle gibi, bak!"

Vasya, heyecanla ve beklentiyle elleri titreyerek defterleri aldı ve Arkaşa'ya gösterdi.

"Bak!"

"Bak, kardeşim, o kadar da çok değil bu..."

"Canım kardeşim benim, daha çok var," dedi Vasya, çekingen bir tavırla Nefedeviç'e bakarak. Sanki dışarıya çıkıp çıkmayacakları onun izin verip vermemesine bağlıydı.

"Ne kadar var?"

"İki... Tomar..."

"Yani ne olmuş? Dinle! Yetiştiririz biz bunu, Tanrı'nın izniyle, yetişir!"

"Arkaşa!"

"Vasya, beni dinle! Yeni yıldan önce herkes ailesiyle bir araya geliyor. Bizim ne gidecek bir kapımız, ne ziyaret edecek bir kimsemiz var. Vasenka!"

Nefedeviç Vasya'yı kucaklayıp kollarının arasında sıktı...

"Arkadiy, tamam karar verilmiştir!"

"Vasyuk, ben de tam sana bunu söylemek istemiştim. Bak, Vasya, çarpık bacaklım benim! Dinle! Dinle beni! Görüyorsun ya..."

Arkadiy ağzı açık öylece durdu. Çünkü heyecandan konuşamıyordu. Vasya omuzlarından tutunmuş, Arkadiy'in tam gözlerinin içine bakıyor, onun yerine konuşmak istermiş gibi dudaklarını hareket ettiriyordu.

"Yani?" diyerek konuşmaya başladı en sonunda.

"Beni onlarla bugün tanıştırsana!"

"Arkadiy! Hadi bir çay içmeye gidelim onlara! Ne diyeceğim, bak yeni yıl akşamında da çok oturmayalım, erken çıkalım," dedi Vasya gerçek bir tutkuyla.

"İki saatimiz var demek oluyor bu. Ne az, ne çok!"

"Daha sonra iş bitene kadar ayrılık!"

"Vasyuk!"

"Arkadiy!"

Birkaç dakika sonra Arkadiy en iyi kıyafetlerini giymişti. Vasya ise sadece üstünkörü fırçalayabilmişti. Çünkü hemen işe koyulduğundan üstünü başını değiştirmeye vakti olmamıştı.

Az sonra dışarıya çıktılar. İkisi de birbirinden mutluydu. Yolları, Petersburg tarafından Kolomna'ya gidiyordu. Arkadiy İvanoviç, adımlarını cesur ve canlı şekilde atıyordu. Çünkü gittikçe daha da mutlu olan Vasya'nın şansından duyduğu keyfi herkesin ilk bakışta anlamasını istiyordu. Vasya ise daha ufak adımlar atıyor, fakat mağrur tavrından da bir şey kaybetmiyordu. Tam tersine, Arkadiy İvanoviç, onu daha önce hiç bu kadar iyi görmemişti. O sırada ona biraz saygı bile duyuyordu. Arkadiy İvanoviç'in iyi yüreğinde her zaman derin bir sempati uyandıran, okuyucunun şu ana kadar haberdar olmadığı, Vasya'nın bedensel kusuru (Vasya'nın bedeni biraz çarpıktı), artık arkadaşına karşı hissettiği duyguyu özellikle derinleştiriyordu. Vasya da kesinlikle bu duyguyu hak ediyordu. Hatta Arkadiy İvanoviç, mutluluktan ağlamak istedi de kendini tuttu.

"Nereye gidiyorsun, Vasya? Buradan daha yakın!" diye seslendi, Vasya'nın Voznenskiy'e doğru saptığını fark edince.

"Karışma, Arkaşa, karışma..."

"Gerçekten, daha yakın olur, Vasya."

"Arkaşa! Biliyor musun?" diye başladı Vasya, mutluluktan donmuş bir ses tonuyla.

"Neyi biliyorum?"

"Lizanka'ya küçük bir hediye almak istedim..."

"N'olmuş yani?"

"Tam burada, kardeşim, köşede Madam Lera'nın harika bir dükkânı var!"

"Şimdi anladım!"

"Şapka, kardeşim, şapka. Bugün öyle güzel bir şapka gördüm ki... Sordum Manon Lesko* modası dediler. Harika

---

* Manon Lescaut, konusunu 1731'de Fransız yazar Abbé Prévost tarafından yazılan Manon Lescaut romanından alan ve Giacomo Puccini tarafından bestelenen 4 perdelik bir opera (Çev. N.)

bir şey! Kurdeleleri vişne kırmızısı, pahalı değilse eğer... Arkaşa, umarım pahalı değildir!"

"Sen, bana göre, tüm şairlerden öndesin, Vasya! Hadi gidelim!" Koşmaya başladılar. Birkaç dakika sonra dükkândan içeri girmişlerdi bile. Dükkâna girdiklerinde, müşterilerini görür görmez onlardan daha neşeli ve mutlu bir hale bürünen kıvırcık saçlı, kara gözlü bir Fransız kadın karşıladı. Vasya, heyecandan Madam Lera'yı öpebilirdi.

"Arkaşa!" diye seslendi kısık sesle. Dükkânın muazzam masasında, ahşap sıralarla ayrılan bölmelerde sergilenen harika ve şık şapkalara öylesine bakarak. "Harika! Nedir bu? Şuna bir bak, ne kadar da güzel, görüyor musun?" diye fısıldadı Vasya en köşedeki şapkalardan birini işaret ederek. Fakat almak istediği o değildi. Çünkü masanın diğer ucunda, daha güzel ve özgün bir şapkayı uzaktan gözüne kestirmişti. Vasya şapkaya öyle bir bakıyordu ki... Sanki birisi Vasya alamasın diye şapkayı çalacak ya da şapka kendiliğinden kanatlanıp havalara uçacaktı.

"İşte," dedi Arkadiy İvanoviç, birini göstererek, "bence en iyisi bu!"

"Neyse, Arkaşa! Zevkine hayranlık duymamak elde değil, hatta doğrusunu söylemek gerekirse zevkine saygı duymaya da başlıyorum," dedi Vasya, yüreğinde Arkaşa'ya duyduğu sevgiye rağmen sesinde kurnaz bir ifade vardı. "Peki, bir de şuradakine bakalım."

"Hangisine, kardeşim? O daha mı iyi?"

"Buraya bak!"

"Bu mu?" diye sordu Arkadiy şüpheyle. O sırada, Vasya, kendini daha fazla tutacak gücü bulamadığı için, uzun süre rafta bekledikten sonra böyle iyi bir müşterinin eline geçtiği için mutluluktan havaya uçacağını düşündüğü şapkayı bölmeden kaptı. O anda şapkanın kurdeleleri, dantelleri ve bağları hışırdadı, Arkadiy İvanoviç'in güçlü göğsünden beklenmedik bir çığlık duyuldu. Sattığı şeyleri kendi zevkleriyle seçmeye çalışırken müşterilerini tartışmasız bir ağırbaşlılıkla ve hâkimiyet kurarak izleyen ve yalnızca müsamaha göstermek istediği için sessiz kalan Madam Lera bile, bu seçimi takdir ettiğini gösteren kocaman bir gülümsemeyle Vasya'yı ödüllendirdi. Madam Lera'nın her yönü, tavırları ve o gülümsemesi adeta "Evet, doğru seçimi yaptınız ve sizi bekleyen mutluluğa layıksınız," diyordu.

"Gözlerden uzak nazlanıyordun değil mi?" diye sordu şapkaya bakan Vasya. Bu, sevimli şapkaya duyduğu tüm sevgiyi gösteriyordu. "Bilerek saklıyordu kendisini, yaramaz şey!" Şapkayı öptü, daha doğrusu onu çevreleyen havayı öptü. Bu mücevhere dokunmaktan korkuyordu çünkü.

"İşte hakiki fazilet ve erdem kendisini böyle saklıyor," dedi Arkadiy hayranlık içinde. Sabah okuduğu bir mizah gazetesindeki yazıdan alıntı yapmıştı. "Yani, Vasya, ne diyorsun?"

"Çok yaşa, Arkaşa! Bugün pek de esprilisin. Hani kadınlar kendi aralarında derler ya, sen galiba *coşkulusun* bugün. Madam Lera, Madam Lera!"

"Buyurun?"

"Sevgili Madam Lera!"

Madam Lera, Arkadiy İvanoviç'e baktı ve lütfedermiş gibi gülümsedi.

"Şu anda size ne kadar hayranım bilemezsiniz... Sizi öpmeme müsaade edin..." Vasya, bunu der demez kadını yanaklarından öpüverdi.

Gerçekten de, Madam Lera'nın o sırada bu delikanlının seviyesine inmemek için tüm vakarını koruması gerekiyordu. Fakat Madam Lera, Vasya'nın coşkusunu kabul ederken sergilediği içten gelen bir samimiyete, yumuşak başlılığa ve zarafete de sahipti. Madam, Vasya'yı hoşgördü. Böyle bir durumda nasıl zekice ve anlık bir zarafetle davranılacağını çok iyi biliyordu! Gerçekten de Vasya'ya sinirlenmiş olabilir miydi?

"Madam Lera, bu kaç para?"

"Beş gümüş ruble," dedi Madam yeni bir gülümsemeyle kendine gelerek.

"Peki ya bu ne kadar, Madam Lera?" diye sordu Arkadiy İvanoviç kendi seçtiğini göstererek.

"Sekiz gümüş ruble."

"Bir dakika! Bekleyin! Hangisinin daha güzel, zarif ve tatlı olduğu, sizin hangisini tercih ettiğiniz konusunda bir anlaşalım, Madam Lera."

"Bu daha zengin duruyor, fakat sizin seçtiğiniz c'est plus coquet.*"

"O zaman bunu alıyoruz."

Madam Lera, oldukça ince bir kâğıt aldı, şapkayı sardı ve güzelce iğneledi. Kâğıtla sarılan şapka, sanki kâğıttan daha hafif gibiydi. Vasya, paketi dikkatlice, neredeyse nefesini tutarak aldı, Madam Lera'yı başıyla selamladı ve dükkândan çıkarken oldukça kibar birkaç söz daha söyledi.

---
* *Fr.* Daha bir nazlı. (Çev. N.)

"Ah zevkime ne kadar da düşkünüm, Arkaşa! Zevkime düşkün olmak için doğmuşum!" dedi Vasya, belli belirsiz duyulan, gergin bir kahkaha atarak. Vasya, aynı anda değerli şapkasına zarar vereceklerinden şüphelendiği için gelip geçenlerin yanından hızla uzaklaşıyordu.

"Dinle, Arkadiy, beni dinle!" dedi birkaç dakika sonra yeniden konuşmaya başlayarak. Sesinde ciddi ve oldukça tutkulu bir keyif yankılanıyordu. "Arkadiy, öyle mutluyum, öyle mutluyum ki!"

"Vasenka! Ben de senin kadar mutluyum, canım arkadaşım!"

"Hayır, Arkaşa, hayır. Bana duyduğun sevginin sınırının olmadığını biliyorum. Ama şu anda hissettiklerimin yüzde birini bile hissedemezsin. Kalbim öyle dolu, öyle dolu ki! Arkaşa! Bu mutluluğu hak etmiyorum. Bunu duyuyorum içimde, hissediyorum. Benim neyime," dedi hıçkırıklara boğulan sesiyle. "Ben ne yaptım böyle, söyle bana. Çevrene bir bak, ne kadar çok insan, ne kadar çok gözyaşı, ne kadar çok keder, ara vermeden yaşanan ne kadar çok günübirlik hayat var! Peki ben? Beni öyle bir kız seviyor ki... Birazdan sen de göreceksin onun ne kadar yüce gönüllü olduğunu. Mütevazı bir ailede doğdum, ama şimdi bir memurum ve kimseye muhtaç olmadan kendi paramı kazanıyorum. Bedensel bir kusurla geldim dünyaya, biraz çarpık bedenim. Ama bak, beni olduğum gibi sevdi o. Bugün Yulian Mastakoviç o kadar şefkatli, o kadar düşünceli ve kibardı ki... Benimle neredeyse hiç sohbet etmez fakat bugün gelip 'Ee, Vasya (gerçekten de Vasya dedi bana) bu tatilde iyi vakit geçirecek misin, ha?' dedi ve kendi kendine güldü!

'Böyle, böyle, Ekselansları, maalesef işim var,' dedim. Fakat o anda bir cesaret geldi ve 'Keyifli vakit geçiririm belki, Ekselansları,' dedim. Bunu gerçekten söyledim. Bana para verdi, sonra da iki çift laf etti. Ağladım kardeşim, gerçekten, gözyaşı döktüm. Bana kalırsa o da etkilendi. Omzuma hafifçe vurdu ve şöyle dedi: 'Duyguların, Vasya, her zaman şu an hissettiğin gibi olsun...'"

Vasya bir anlığına sustu. Arkadiy İvanoviç arkasını döndü ve yumruklarıyla gözyaşlarını sildi.

"Dahası..." diye devam etti Vasya, "Bunu sana daha önce hiç söylemedim, Arkadiy... Arkadiy! Arkadaşlığınla beni öyle mutlu ediyorsun ki, bu dünyada sensiz yaşayamazdım. Hayır, hayır tek kelime etme, Arkaşa! Ver elini sıkayım, sana teşekkür etmek için ver de elini sıkayım..." Vasya, yine bitiremedi sözlerini.

Arkadiy İvanoviç, Vasya'nın boynuna sarılmak istedi, fakat tam o sırada karşıya geçiyorlardı ve hemen arkalarından tiz bir "Pad, pad, pad" sesi duydular. Her ikisi de korktu ve kaldırıma doğru aceleyle koşuşturdu. Arkadiy İvanoviç de bundan çok memnundu. Bu an için bir istisna da olsa, Vasya'nın minnettarlığının coşkunluğunu affetti. Aslında çok üzülmüştü. O ana kadar, Vasya için çok az şey yaptığını hissetti! Vasya, kendisine bu kadar önemsiz bir şey için müteşekkir olduğunu söyleyince, kendinden utandı bile. Fakat önlerinde uzun bir hayat vardı ve Arkadiy İvanoviç rahat bir nefes aldı...

Artyomevler, bu ziyareti beklemiyorlardı. Çoktan çaya oturmuşlardı bile! Fakat her ne kadar gençler daha akıllı da olsa, yaşlılar bazen onlardan daha ileri görüşlü oluyor! Lizanka, Vasya'nın gelmeyeceğinden çok emindi. Annesine "Hayır, anne, onun bu akşam uğramayacağını yüreğimden hissediyorum," demişti. Annesi ise içten içe, Vasya'nın kesinlikle uğrayacağını, uzak duramayacağını, koşarak geleceğini, yeni yıl tatilinden ötürü dairesinden izinli olduğunu açıkça söylemişti. Kapıyı açan Lizanka, onları hiç beklemiyordu. Gözlerine inanamadı. Nefesi kesildi. Kalbi, tuzağa düşürülen bir kuşun kalbi gibi atmaya başladı. Baştan aşağı renk değiştirmeye başladı ve çok benzediği vişnelerin kırmızı rengini alıverdi. Tanrım, bu nasıl bir sürpriz! Dudaklardan nasıl da mutlu bir "Ah!" dökülmüştü. Lizanka, "Yalancı! Sevgilim benim!" diye haykırdı, Vasya'nın boynuna atılarak. Saklanmak istiyormuş gibi Vasya'nın tam arkasında duran, hafifçe kaybolmuş Arkadiy İvanoviç'in de orada olduğunu gören Lizanka'nın nasıl şaşırdığını ve aniden utandığını hayal edebilirsiniz. Arkadiy İvanoviç'in kadınlara karşı utangaç olduğunu, hatta çok utangaç olduğunu söylemek gerekir. Hatta bir keresinde... Fakat bu başka bir hikâyenin konusu. Kendinizi onun yerine bir koyun. Bunda gülünecek bir şey yok elbette. Arkadiy İvanoviç, üstünde paltosu, ayağında lastik ayakkabıları, kafasında çıkarmak için acele ettiği şapkası, her bir yanına sardığı son derece çirkin sarı örgü atkısıyla kapının girişinde duruyordu. Tüm bunlar birinin arkasına saklanmak için yeterli nedenlerdi. Daha iyi görünmek için tüm bunların hemen birbirinden ayrılması, çıkarılması gerekiyordu. Çünkü herkes daha iyi bir görünüşe sahip olmak ister. Normalde kederli ve katlanılmaz olan fakat o sırada elbette hoş görünse de nihayetinde yine dayanılmaz ve acımasız olan Vasya, "İşte," diye haykırdı, "Lizanka, işte benim Arkadiy'im! Kim mi? Benim en iyi dostum. Kucakla onu, öp, şimdiden öp. Sonra onu daha iyi tanıdığında, karşılığını alırsın." Yani? Şimdi sorarım size, Arkadiy İvanoviç ne yapsın? O sırada atkısının yarısını bile çözememişti! Gerçek şu ki, bazen Vasya'nın gereğinden fazla gösterdiği coşkudan utanıyorum. Elbette bu durum onun temiz kalpli olmasından kaynaklanıyor. Fakat bu tuhaf, hoş değil!

Sonunda ikisi de içeri girdi. Yaşlı kadın, söylemese de, Arkadiy İvanoviç ile tanıştığına çok memnundu. Onun hakkında o kadar çok şey duymuştu ki... Fakat sözlerini bitiremedi. Odada yankılanan mutlu bir "Ah!" sesi lafını böldü. Aman Tanrım! Lizanka, birden Vasya'nın paketten çıkardığı şapkaya bakıyordu. Ellerini zarif bir şekilde birleştirdi ve gülümsedi de gülümsedi... Tanrım, Madam Lera'nın neden daha iyi bir şapkası yoktu ki?

Ah, Tanrım, daha iyi bir şapkayı nereden bulabilirsiniz? Bu şapka, birinci sınıftı! Daha iyisini nerede bulacaktınız? Bunu ciddi soruyorum. Nihayetinde birbirini seven iki insanın böyle nankörlük taslaması, biraz kızdırıyor, hatta biraz da kalbimi kırıyor. Hadi, bir de siz bakın, hanımlar beyler, bu sevimli şapkadan daha iyi ne olabilir? Hadi, bir bakın... Fakat hayır, hayır, tenkitlerim yersiz... Onlar da zaten benimle aynı fikirdeler. Anlık bir yanılgıydı benimkisi, bir sis, bir duygu yoğunluğuydu. Onları affetmeye hazırım. Fakat bir bakın... Lütfen affedin beni, hanımlar beyler... Hâlâ şapkadan söz ediyorum: Tüllü ve tüy kadar hafif bu şapkada, iki yanı dantelle kaplı vişne rengi kurdele, şapkanın tepesiyle fırfırın arasındaydı. Şapkanın arkasındaysa geniş ve uzun iki kurdele daha vardı, biraz da olsa enseye, boyna kadar düşen... Bunun için yapılması gereken tek şey şapkanın biraz boyna doğru indirilmesiydi. Bakın, bakın, siz baktıktan sonra yine fikrinizi soracağım! Evet, görüyorum, bakmıyorsunuz bu yana! Galiba sizin için fark etmiyor! Başka bir tarafa bakıyorsunuz. İnciye benzer iki irice gözyaşının bir anlığına kömür gibi kara gözlerden nasıl süzüldüğünü, uzun kirpiklerin üzerinde bir anlığına nasıl titreştiğini ve sonra Madam Lera'nın sanat eserini yaptığı malzemenin, yani tülün üzerine aynı hızda nasıl damladığını seyrediyorsunuz... Ve ben yine üzülüyorum: Bu iki damla gözyaşı tam olarak şapka için dökülmüyor aslında. Bence böyle bir özelliği insanlara yalnızca soğukkanlılıkla bahşetmek gerek. Çünkü ancak o zaman bu özelliğin gerçek değeri anlaşılabilir. İtiraf ediyorum hanımlar beyler, ben her zaman şapkanın tarafındaydım.

Vasya Lizanka'yla, Arkadiy İvanoviç de ihtiyar anneyle birlikte oturdu ve sohbet etmeye başladı. Arkadiy İvanoviç kendini hemen sevdirdi. Ona hakkını memnuniyetle teslim ederim. Ondan bunu beklemek bile oldukça zordu. Vasya, hakkında edilen bir iki sözden sonra, lafı Yulian Mastakoviç'e ve yaptığı hayırlı işe getirmeyi başardı. Vasya, zekice konuştu ve sohbet, öyle ya, bir saate sığmadı. Arkadiy İvanoviç'in de, Yulian Mastakoviç'in doğrudan ya da dolaylı olarak Vasya'ya karşı gösterdiği tutumla ilgili bazı özelliklere ustaca ve nazikçe değindiğini de söylemek gerekir. Sonunda, Arkaşa'nın bu tavrı yaşlı kadını içten bir şekilde büyüledi. Vasya'yı özellikle bir köşeye çekti ve arkadaşının ne kadar mükemmel ve hayranlık duyulacak biri olduğunu, en önemlisi de ciddi ve ağırbaşlı bir delikanlı olduğunu söyledi. Vasya, mutluluktan neredeyse kahkaha atıyordu. Ağırbaşlı Arkaşa'nın on beş dakika önce kendisini yatağa nasıl fırlattığını hatırladı. Daha sonra yaşlı kadın Vasya'ya göz kırptı, arkasından sessizce ve yavaşça yandaki odaya geçmesini söyledi. Yaşlı kadının Lizanka'ya karşı biraz yanlış davrandığını söylemek gerekir. Fakat elbette yüreğinden taşanı yapıyordu o da. Çünkü odaya geçtiklerinde Lizanka'nın Vasya'ya kendi elleriyle hazırladığı yeni yıl hediyesini gizlice göstererek kızına ihanet etmiş oldu. Altın rengi nakış işlemeli küçük bir keseydi bu. Lizanka, kesenin bir yüzünü, dört nala koşmakta olan ve adeta canlıymış gibi görünen, güçlü kuvvetli bir geyikle süslemişti. Harika bir el işiydi bu! Diğer yüze ise ünlü bir generalin portresi, yine aslına benzer bir şekilde işlenmişti. Vasya'nın ne kadar hayran kaldığından söz etmeye gerek yok. Bu arada, salonda da zaman boşa geçmiyordu. Lizanka, hemen Arkadiy İvanoviç'in yanına gitti. Elini tuttu, bir şeyden dolayı ona minnettardı. Arkadiy İvanoviç sonunda, konunun çok değerli Vasya hakkında olduğunu tahmin etti. Lizanka bile derinden etkilenmişti. Arkadiy İvanoviç'in nişanlısına karşı ne kadar içten bir arkadaş olduğunu, onu ne kadar sevdiğini, onu gözettiğini, hayat kurtaran tavsiyeleriyle her adımda ona yol gösterdiğini işitmişti. Öyle ki Lizanka, kendini ona minnettar olmaktan alıkoyamıyordu. En sonunda, Lizanka, Arkadiy İvanoviç'in Vasya'ya beslediği sevginin yarısı kadar bile olsa kendisini de sevmesini umduğunu söyledi. Ardından Arkadiy İvanoviç'i sorgulamaya başladı. Vasya kendi sağlığına dikkat ediyor muydu? Sonra Vasya'nın tez canlı kişiliğinin tehlikeli olabileceğine, Vasya'nın insanları ve günlük hayatı hiç tanımadığına dair kaygılarını dile getirdi. Zamanla, aksatmadan onu gözeteceğini, sakınacağını ve onun üzerine titreyeceğini söyledi. En sonunda da Arkadiy İvanoviç'in onlardan ayrılmaması gerektiğini ve hatta hep birlikte yaşayacaklarını söyledi.

"Üçümüz adeta tek bir kişi gibi yaşarız," diye haykırdı oldukça naif bir heyecanla.

Fakat gitme zamanı da gelmişti. Elbette, kalmaları için onları ikna etmeye çalıştılar. Ancak Vasya bunun hiç ama hiç mümkün olmadığını söyledi. Arkadiy İvanoviç de buna kesinlikle katılıyordu. Tabii, neden gitmeleri gerektiğini sordular. Bu sırada Yulian Mastakoviç'in Vasya'ya bir iş verdiği ortaya çıkmaya başladı. Acele ve çok gerekli bu işin çok büyük olduğu, ertesi gün sabahtan teslim edilmesi gerektiği ve hâlâ bitmekten çok uzak olduğu, hatta tamamen bir kenara bırakıldığı söylendi. Yaşlı anne, bunu duyar duymaz ahlayıp vahladı. Lizanka ise çok korktu ve endişelendi, hatta bu sefer Vasya'yı kendisi göndermek istedi. Son öpücük de bunu gösteriyordu. Daha kısa ve acele olmasına rağmen daha sıcak ve sertti. Sonunda ayrıldılar ve iki arkadaş eve doğru yola koyuldu.

Her ikisi de, sokağa çıkar çıkmaz, birbirine içini dökmeye başladı. Nasıl yapmayacaklardı ki? Arkadiy İvanoviç vurulmuştu, Lizanka'ya ölümüne vurulmuştu! Ve bunu, asıl mutlu adam olan Vasya'yla değil de, kiminle paylaşacaktı? O da öyle yaptı. Hiç çekinmeden içindekileri anlattı Vasya'ya. Vasya, katılarak güldü ve tuhaf bir şekilde mutlu oldu. Hatta artık eskisinden daha iyi dost olduklarını fark etti. "Nasıl davranacağımı tahmin etmişsindir, Vasya," dedi Arkadiy İvanoviç, "Evet! Onu, seni sevdiğim gibi seviyorum. O da tıpkı senin olduğu gibi, benim de meleğim olacak. Sizin mutluluğunuz benim üzerime de serpilecek, o mutluluk beni de gözetecek. O benim de ev sahibem olacak. Benim mutluluğum da onun ellerinde olacak. Senin evini nasıl idare edecekse, benimkini de öyle idare edecek. Seninle nasıl arkadaşsam, onunla da arkadaşım artık. Hiçbir zaman ayrılmayacağız. Artık senin gibi bir tane değil, iki tane harika varlık var yanımda. Hep birlikte, bir kişiyiz..." Arkadiy'in duyguları o kadar coşkuluydu ki en sonunda sustu! Vasya ise dostunun sözleriyle ruhunun derinliklerine kadar büyülenmişti. Gerçek şu ki, Vasya, Arkadiy'den bunları duymayı hiç beklemiyordu. Arkadiy İvanoviç konuşmayı hiç beceremezdi, hayal kurmayı ise hiç sevmezdi. Ama o anda hayallerini dökmüştü ortaya; en neşeli, en taze, en renkli hayallerini! "İkinizi nasıl da sakınacağım, gözeteceğim," dedi yeniden. "Öncelikle Vasya, her bir çocuğunun vaftiz babası olacağım. Sonra geleceğimizle ilgili harekete geçmemiz de gerekiyor. Mobilya almamız gerek, bir daire kiralamamız lazım. Hem sana, hem ona, hem bana ait odalar olsun ayrı ayrı. Biliyor musun Vasya, yarın sokakları dolaşıp kiralık bir yer arayacağım. Üç, hayır, iki oda yeter, daha fazlasına ihtiyacımız yok. Hatta bugün çok yersiz konuştum, Vasya, paramızla geçinebiliriz. Neden mi böyle diyorum? Kızın gözlerine baktım ve hemen paramızın yeteceğini hesapladım. Her şey onun için! Fakat öyle bir çalışacağız ki! Vasya, artık biraz risk alıp, daire için yaklaşık yirmi beş ruble kadar ödememiz gerekiyor. Daire, kardeşim, sonra her şey tamam! Yaşarken insanın neşeli olacağı, renkli hayaller kuracağı üç oda... Sonra, Lizanka hesaplarımıza ortak bakacak, hiçbir kopek boşa gitmeyecek! Restoranda yemek yemeye ne gerek vardı işte? Beni ne zannediyorsun? Artık hayatta gitmem. Aylığımıza zam da alacağız, ödüller alacağız. Çünkü yorulmadan çalışacağız. Öyle bir çalışacağız ki! Karıncalar gibi çalışacağız! Bir düşünsene..." dedi Arkadiy İvanoviç. Sesi mutluluktan zayıf çıkmıştı, "Bir bakmışsın, kişi başı yirmi beş, otuz beş gümüş ruble kadar kazanıyoruz! Fazladan kazandığımız her para, şapkaya gider, eşarba gider, çoraba ya da başka bir şeye gider! Fakat önce o bana mutlaka bir kaşkol örmeli. Baksana, benimkisi ne kadar da berbat. Sarı, pis, bugün başıma bela açıyordu! Sen iyisin tabii, Vasya. Beni tanıtan sendin, bense üzerimde bir kapan öylece duruyordum. Neyse bunun bir önemi yok! Biliyor musun, gümüş takımların hepsini ben alacağım. Sana bu hediyeyi vermeye mecburum işte. Bu bir onur, bu kendime saygı. Aylığıma ek alacağım fazladan para boşa gitmeyecek: Bu parayı Skorohodov'a vermezler değil mi? Onun cebini doldurmak istemezler. Kardeşim, sana gümüş kaşıklar alacağım; iyisinden bıçaklar, gümüş olmasa da en iyisinden olacak. Sonra yelek alacağım, yani kendime alacağım yeleği, bir beyefendi gibi olacağım! Sadece şimdilik dayan biraz, dayan işte. Senin yanındayım kardeşim, bugün de yarın da, tüm gece de bastonumla ayakta duracağım. İşteyken işkence gibi olacak bu benim için. Bitir! Bitir! Kardeşim, çabucak bitir şu elindeki işi. Sonra yeniden akşam olacak ve ikimiz de mutlu olacağız, şans oyunu oynamaya gideriz. Akşam iş başında olmamız gerek. Ah çok iyi! Of, şu şansa

bak! Sana yardım edemediğim için o kadar üzülüyorum ki. Keşke her şeyi ben yapsaydım. Her şeyi senin yerine ben yazsaydım. İkimizin el yazısı neden aynı değil ki?"
"Evet!" dedi Vasya. "Evet, acele etmek gerek! Sanırım saat birazdan on bir olacak, acele etmek gerek... Çalışmaya!" Tüm bu süre boyunca gülümseyen, arkadaşının duygularının coşkunluğuna bir şekilde hevesli karşılıklar vermeye çalışan ve tek kelimeyle, en candan duygularını gösteren Vasya, bu sözleri söyledikten sonra bir başka telden çalmaya başladı, sessizleşti ve hızlı adımlarla sokakta yürümeye başladı. Alevler içindeki kafasını ağır bir düşünce aniden dondurmuştu, galiba yüreği sıkışıyordu.

Arkadiy İvanoviç, endişelenmeye bile başladı. Art arda sorduğu sorulara Vasya'dan cevap alamıyordu. Vasya arkadaşını bir iki sözle geçiştiriyor, bazen sadece ses çıkarıyor, genelde söylenenlerle hiç ama hiç ilgilenmiyordu. "Neyin var senin, Vasya?" diye bağırdı en sonunda, neredeyse Vasya'nın ardından koşarak. "Gerçekten de o kadar endişeleniyor musun?" "Ah kardeşim bu kadar gevezelik yeter!" dedi Vasya neredeyse kızarak. "Moralini bozma hiç, Vasya," diye araya girdi Arkadiy, "İşine neredeyse hiç zaman ayıramadığının farkındayım. Ama olsun! Öyle bir yeteneğin var ki senin! Her halükârda, hızlı yazman gerek. Sonuçta taş baskıyla çoğaltmayacaklar bunları. Yaparsın! Belki şimdi için içini yiyor, kafan karışık, ama bu iş böyle yapılmaz ki!" Vasya cevap vermedi ve kendi kendine söylendi. Sonra ciddi bir endişeyle koşarak eve vardılar.

Vasya hemen kâğıtları kopyalamaya koyuldu. Arkadiy İvanoviç, kendi işiyle ilgilenmeye başladı, sessizliğe gömüldü.

Sessizce üstünü değiştirdi ve yatağa girdi, gözlerini Vasya'dan ayırmıyordu. İçine bir korku düşmüştü... "Nesi var?" diyordu kendi kendine, Vasya'nın sararan yüzüne, alev alev yanan gözlerine ve endişe dolu hareketlerine bakarak. *Elleri bile titriyor, olamaz! Acaba bir iki saat uyumasını mı söylesem? En azından şu öfkesi biraz geçer uyuyunca.* O sırada Vasya, yazdığı sayfayı tamamlamış, istemsizce Arkadiy'e bakmış ve hemen gözlerini kaçırıp eline yeniden kalemini almıştı bile.

"Dinle, Vasya," diye aniden söze girdi Arkadiy İvanoviç. "Birkaç saat uyusan fena mı olur? Baksana, ateşler içinde yanıyorsun..."

Vasya, sinirle, hatta öfkeyle Arkadiy'e baktı, fakat cevap vermedi.

"Dinle beni, Vasya, kendini hasta edeceksin."

Vasya düşündü.

"Çay içer misin, Arkaşa?" diye sordu.

"Nasıl yani? Neden?"

"Güç verir. Uyumak istemiyorum, uyumayacağım. Yazmaya devam edeceğim. Fakat en azından bir çay arası verip dinlenebilirim. En zor kısmını bitirdim."

"Şükürler olsun, kardeşim Vasya! Ben de tam sana bunu diyecektim. Acaba bu benim aklıma neden gelmedi. Ne diyeceğim... Mavra şimdi kalkmaz, o hiçbir şey için uyanmaz ya zaten..."

"Evet..."

"Olsun, önemi yok!" diye bağırdı Arkadiy İvanoviç yataktan fırlayarak. "Semaveri ben hazırlarım. İlk kez yapmıyorum ya bu işi."

Arkadiy İvanoviç mutfağa koştu ve semaveri hazırlamaya koyuldu. Vasya bu sırada yazmaya devam ediyordu. Arkadiy İvanoviç giyindi ve Vasya'nın gece boyunca aç kalmaması için bir şeyler almak üzere bir koşu fırına gidip geldi. On beş dakika sonra, semaver masanın üstünde hazırdı. Çay içiyorlardı fakat sohbet ilerlemiyordu. Vasya'nın morali bozuktu hâlâ.

"İşte," dedi en sonunda aklına yeni gelmiş gibi, "yarın kutlamaya gitmek gerek..."

"Gitmene gerek yok ki senin."

"Hayır, kardeşim, olmaz," dedi Vasya.

"Ben yarın senin yerine tüm ziyaretçi defterlerine imzanı atarım. Sen olmasan da olur, yarın çalışırsın! Bugün sabah beşe kadar oturursun, dediğim gibi, sonra da uyursun. Yoksa yarın çok kötü bir gün geçirirsin. Seni saat tam sekizde uyandıracağım."

"Benim yerime imza atman uygun olur mu ki?" diye sordu Vasya, arkadaşıyla yarı yarıya anlaşarak.

"Daha iyi bir fikrin var mı? Herkes öyle yapıyor!"

"Aslında, korkuyorum..."

"Neden korkuyorsun?"

"Fark ederler imzamı, diğerleri önemli değil de, hayırsever Yulian Mastakoviç, Arkaşa, başkasının imza attığını fark ederse ne olur?"

"Fark eder mi? Neler diyorsun sen Vasyuk! Nasıl fark edecekmiş? Senin imzanı ve harflerin kıvrımlarını, gerçekten de ne kadar iyi taklit edebildiğimi biliyorsun. Merak etme sen! Kimse fark etmez bile."

Vasya cevap vermedi ama bardağındaki çayı bir yudumda içti. Sonra başını şüpheyle sallamaya başladı.

"Vasya, canım arkadaşım! Keşke başarabilsek! Vasya, neyin var? Beni korkutuyorsun. Biliyor musun Vasya, şimdi uzanmayacağım, uyumayacağım. Daha çok işin var mı elinde?"

Vasya öyle bir baktı ki Arkadiy İvanoviç'in kalbi ters döndü, dili tutuldu.

"Vasya, neyin var senin? N'oldu sana? Neden öyle bakıyorsun?"

"Arkadiy, yarın Yulian Mastakoviç'in yeni yılını kutlamaya gideceğim."

"İyi, gidersen git o zaman!" dedi Arkadiy, arkadaşına huzursuz bir beklentiyle gözlerini dikerek. "Bana bak, Vasya, elini çabuk tut. Sana boşuna tavsiye vermiyorum burada, ciddi söylüyorum! Yulian Mastakoviç, yazının özellikle kolayca okunabilir olmasını sevdiğini kaç kere bizzat söyledi. Yalnızca Skoroplyohin yazının kopyalanmış gibi okunaklı ve güzel görünmesini istiyordu. Sonra kâğıtları cebine atıp kopyalamaları için çocuklarına götürüyordu. Çocuklarına boyama kitabı almıyordu, ahmak! Yulian Mastakoviç'in istediği ve söylediği şey ise yazının okunaklı, okunaklı ve okunaklı olması! Zor mu geliyor bu sana cidden? Vasya, sana ne söyleyeceğimi ben bile bilmiyorum... Ben de korkuyorum... Kendi kederinle beni de öldüreceksin."

"Sorun yok!" dedi Vasya ve bitkinlikle sandalyeye çöktü. Arkadiy birden korktu.

"Su içer misin? Vasya! Vasya!"

"Bu kadar yeter," dedi Vasya ve eline kalemini aldı. "Bir şeyim yok, sadece biraz üzgünüm, Arkadiy. Neden üzgün olduğumu ben de bilmiyorum. Bak, başka şeylerle ilgili konuşsan daha iyi, hatırlatma bana."

"Sakin ol, Tanrı aşkına, sakin ol Vasya. Bitireceksin, gerçekten, bitecek! Bitiremedin diyelim, olsun, önemi var mı? Sanki bir suç işleyeceksin!"

"Arkadiy," dedi Vasya. Öyle anlamlı baktı ki arkadaşı gerçekten korktu. Çünkü Vasya, hiçbir zaman böylesine korkunç bir şekilde kaygılanmamıştı. "Önceden olduğu gibi yalnız olsaydım... Hayır! Onu demiyorum. Her şeyi arkadaşa anlatır gibi anlatmak istiyorum sana... Bu arada, seni neden endişelendiriyorum? Görüyor musun Arkadiy, bazısına pek çok şey bahşedilir, bazıları da benim gibi küçük şeyler yapar. Ya senden minnettarlık ve takdir bekleselerdi ve sen bunu yapamasaydın?"

"Vasya! Seni cidden anlamıyorum!"

"Ben hiçbir zaman minnettar olmadım," diye devam etti Vasya sessizce, kendi kendini yargılayarak. "Hissettiğim her şeyi söylemeyecek durumda olsaydım, şunu derdim... Arkadiy, galiba, ben gerçekten de nankörüm. Bu duygu beni öldürüyor."

"Başka? Bu kadar mı? Gerçekten de minnettarlık, işini zamanında bitirebilmekten mi ibaret? Neler söylediğini bir düşün, Vasya! Gerçekten de minnettarlık bu anlama mı geliyor?"

Vasya, birdenbire sustu ve Arkadiy'e dikti gözlerini. Sanki Arkadiy'in beklenmedik şekilde karşı çıkışı, tüm şüphelerini dağıtmış gibiydi. Hatta gülümsüyordu. Fakat sonra hemen aynı düşünceli ifadeyi takındı yeniden. Bu gülümsemeyi ve onun ardından bir şeyleri daha iyiye götürme kararlılığını gösteren düşünceli ifadeyi tüm korkularının geçmesi olarak kabul eden Arkadiy tamamen rahatladı.

"Arkaşa, kardeşim, uyandır beni," dedi Vasya, "Göz kulak ol bana, çünkü uyuyakalırsam başım belaya girer. Şimdi çalışmaya devam edeyim... Arkaşa!"

"Ne var?"

"Hayır, Sadece, neyse... İstedim ki..." Vasya oturdu ve sustu, Arkadiy de yatağa uzandı. İkisi de Artyomevler'le ilgili tek kelime etmiyordu. Belki de her ikisi birden biraz suçlu olduklarını, ziyaretlerinin gereksiz kaçtığını hissediyordu. Biraz sonra, Arkadiy İvanoviç, Vasya'ya üzülerek uyuyakaldı. Saat tam sekizde uyanmasına kendi de şaşırdı. Vasya, elinde kalem, solmuş, bitkin düşmüş bir şekilde sandalyede uyuyakalmıştı. Mum hâlâ yanıyordu. Mavra, mutfakta semaverle uğraşıyordu.

"Vasya, Vasya!" diye bağırdı Arkadiy korku içinde... "Ne zaman uyudun?"

Vasya gözlerini açtı ve sandalyeden fırladı...

"Ah!" dedi. "Uyuyakalmışım işte!" Hemen kâğıtlara koştu, hiçbir şey olmamıştı. Her şey yerli yerindeydi. Ne mürekkep damlamıştı, ne de mumdan yağ akmıştı.

"Galiba altı gibi uyudum," dedi Vasya. "Gece ne kadar da soğuk oldu! Çay içiyordum ve sonra bir daha..."

"Kendine geldin ya?"

"Evet, evet, iyiyim, şimdi iyiyim!"

"Yeni yılın kutlu olsun, Vasya, kardeşim."

"Teşekkürler, kardeşim, teşekkürler, senin de kutlu olsun, canım." Sarıldılar. Vasya'nın çenesi titriyordu ve gözleri dolmuştu. Arkadiy İvanoviç sustu. İçi acımıştı.

Çay içmeye başladılar.

"Arkadiy! Yulian Mastakoviç'e kendim gitmeye karar verdim..."

"Fakat senin onu kutlamaya gelmediğini fark etmeyecek bile."

"Evet, kardeşim ama gitmezsem vicdanım rahat vermeyecek bana."

"Zaten Yulian Mastakoviç için oturuyorsun işin başına, onun için kendini paralıyorsun, bu kadar yeter. Ayrıca oraya uğrayacağımı da biliyorsun, kardeşim..."

"Nereye?" diye sordu Vasya.

"Artyomevler'e, hem senin yerine de yeni yıllarını kutlamış olurum."

"Canım benim, kardeşim! Eh, ben burada kalıyorum. Görüyorsun ya, çok iyi düşünmüşsün, çalışmam gerek, kutlamayla vakit kaybedemem! Bir dakika bekle, hemen bir mektup yazayım."

"Yaz, kardeşim, yaz, yaparsın. Benim artık yıkanmam, giyinmem ve frakımı temizlemem gerek. Vasya, kardeşim hem memnun, hem mutlu olacağız! Sarıl bana, Vasya!"

"Ah, keşke, kardeşim!"

"Memur Şumkov beyefendi burada mı?" Merdivenlerden bir çocuk sesi duyuldu.

"Evet, küçük, burada," diye karşılık verdi Mavra. Konuğu içeriye aldı.

"Söyle bakalım, ne istiyorsun?" diye sordu Vasya, sandalyeden fırladı ve koridora doğru hızla yürüdü. "Petenka, sen misin?"

"Merhaba, yeni yılınızı kutlama şerefine nailim, Vasiliy

Petroviç," dedi, on yaşlarında, kıvırcık siyah saçlı yakışıklı bir çocuk. "Ablam ve annem size selam gönderdi. Ablam sizi öpmemi tembih etti..."

Vasya, bu haberciyi havaya fırlattı, çocuğun Lizanka'nın dudaklarına çok benzeyen dudaklarına tatlı, uzun ve kocaman bir öpücük kondurdu.

"Hadi öp, Arkadiy!" Vasya, Petya'yı Arkadiy'e verdi. Petya, yere değmeden, kelimenin tam anlamıyla Arkadiy İvanoviç'in güçlü ve hevesli kollarına giderek el değiştirdi.

"Canım benim, çay ister misin?"

"Çok teşekkür ederim, biraz önce içtik. Sabah erken kalktık. Bizimkiler öğle yemeğine gitti. Ablam, iki saat boyunca saçlarımı kıvırmak için uğraştı, yağlar sürdü, yıkadı, pantolonumun söküğünü dikti. Çünkü dün Saşka'yla sokakta karla oynarken yırtmıştım."

"Bak sen, öyle mi?"

"Size geleceğim diye beni giydirdiler. Sonra yine saçımı yağladı, öpmeye başladı ve dedi ki: 'Vasya'ya git. Yeni yılını kutla, rahatlar mıymış sor, iyi dinlenmişler mi?' Bir de, bir şey daha soracaktım! İşte, dün gece bahsettiğiniz işiniz bitmiş mi... Yani, işiniz... Burada yazıyordu," dedi çocuk, cebinden çıkardığı kâğıttan okuyarak. "Evet, endişelenmişsiniz."

"Bitecek, bitecek! Sen ona öyle söyle. Kesinlikle bitecekmiş de, söz veriyormuş de!"

"Bir de... Ah! Unuttum, kız kardeşim size kısa bir notla bir hediye de gönderdi. Ama ben unuttum!"

"Aman Tanrım! Ah sen, canım benim! Nerede bu hediye? Bak kardeşim, ne yazmış bana. Sevgilim, canım! Biliyor musun, dün onlardayken bir not görmüştüm. Fakat henüz tamamını yazmamıştı notun. Bak ne diyor şimdi, 'Size bir tutam saç gönderiyorum. Hep yanınızda kalsın.' Bak, kardeşim, bak!"

Heyecandan kendini kaybeden Vasya, Arkadiy İvanoviç'e kalın ve simsiyah saç tutamını gösterdi. Sonra tutkulu bir şekilde öpüp göğüs cebine, kalbinin en yakınına koydu.

"Vasya! Sana bu saçları koyman için bir madalyon alacağım." dedi en sonunda Arkadiy İvanoviç kararlı bir sesle.

"Akşama biftek yapacaklar. Yarın da beyin yemeği. Annem kurabiye de yapmak istiyor. Darı ezmesi olmayacak," dedi çocuk, sözlerini nasıl bitireceğini düşünerek.

"Ah, ne kadar da iyi bir delikanlı!" diye bağırdı Arkadiy. "Vasya, sen en mutlu fanisin!"

Delikanlı çayını bitirdi, Vasya'nın notunu, binlerce öpücüğünü aldı ve geldiğinden daha mutlu ve neşeli bir şekilde ayrıldı evden.

"Eh, kardeşim," dedi keyfi yerine gelen Arkadiy İvanoviç, "görüyor musun ne kadar da harika. Bak işte! Her şey yoluna giriyor, moralini bozma, üzülme! İleriye bak! Bitir şu elindeki işi, Vasya, bitir! İki saate evde olurum. Önce onlara, sonra da Yulian Mastakoviç'e uğrayacağım."

"Görüşmek üzere, kardeşim. Hoşça kal! Ah, keşke! Tamam, neyse, git tabii," dedi Vasya. "Ben, kardeşim kesinlikle Yulian Mastakoviç'a gitmeyeceğim."

"Görüşürüz!"

"Kardeşim, beklesene biraz, onlara de ki... Uygun düşen bir şey söyle işte. Öptüğümü söyle... Daha sonra bana her şeyi anlatırsın, kardeşim benim..."

"Evet, evet, tabii ki, biliyoruz herhalde! Bu mutluluk alt

üst etti seni! Bu umulmadık mutluluk. Dünden beri kendinde değilsin. Dünkü yaşadıklarından sonra hâlâ dinlenmedin bile. Neyse, elbette! Anlaştık! Canım Vasyacığım! Haydi, görüşürüz!"

Sonunda iki arkadaş birbirinden ayrıldı. Arkadiy İvanoviç, bütün sabah morali bozuk bir şekilde dolaştı. Vasya aklından çıkmıyordu. Arkadaşının zayıf ve öfkeli karakterini tanıyordu. "Bu mutluluk alt üstü etti onu, yanılmıyorum!" dedi içinden. "Aman Tanrım! Kederini bana da bulaştırdı. Bu adam, bu durumu trajediye dönüştürebilir! Ne kadar da telaşlı! Ah, onu kurtarmak gerek! Kurtarmam lazım!" diye kendi kendine konuşuyordu Arkadiy. Belli ki kendi de, gerçekte önemsiz olan küçük bir tatsızlığı abartarak büyük bir soruna dönüştürdüğünün farkında değildi. Arkadiy, Yulian Mastakoviç'in evinin kapısına ancak saat sabah on bir gibi vardı. Kendi mütevazı ismini, saygıdeğer pek çok kişinin yanına ekleyecekti. Ziyaretçiler, isimlerini mürekkep lekeli ve köşeleri çoktan kıvrılmış olan kâğıttaki listeye yazmıştı. O sırada gözüne, Vasya Şumkov'un kendi attığı imzası çarptı. Bu durum onu çok şaşırttı. "Ne yapıyor bu?" diye düşündü. Arkadiy İvanoviç'in içinde kısa süre önce kendini gösteren umut, yerini huzursuzluğa bıraktı. Gerçekten de bir bela geliyordu. Fakat neredeydi, nasıl gelecekti?

Kolomna'ya vardığında aklındaki düşünceler ona işkence ediyordu. Lizanka'yla konuşunca, gözleri doldu. Çünkü gerçekten Vasya için korkmuştu. Eve koşarak gitti. Neva'dayken Şumkov'la burun buruna geldiler. O da koşuyordu.

"Nereye?" diye seslendi Arkadiy.

Vasya, suçüstü yakalanmış gibi kalakaldı.

"Ben, kardeşim, biraz gezeyim dedim."

"Dayanamadın, Kolomna'ya gittin değil mi? Ah, Vasya, Vasya! Peki, neden Yulian Mastakoviç'e gittin?"

Vasya, cevap vermedi, daha sonra el salladı ve şöyle dedi:

"Arkadiy! Kendimle nasıl başa çıkacağımı bilmiyorum! Ben..."

"Yeter, Vasya, yeter bu kadar! Bunun ne anlama geldiğini biliyorum ben! Sakin ol! Dünden beri yerinde duramıyorsun, sarsıldın. Unutma, kendini böyle heba etmene gerek yok! Herkes seni seviyor, herkes yardımına koşmaya hazır, işin tıkırında, bitireceksin, mutlaka bitireceksin. Fakat ben biliyorum, senin aklına taktığın bir şey var. Korktuğun bir şey var..."

"Hayır, hiçbir şeyim yok..."

"Hatırlıyor musun Vasya, bak sana hep böyle oluyor. Hatırlıyor musun, ödül kazandığında, mutluluktan ve memnuniyetten, hevesin ikiye katlanmıştı da bir hafta boyunca tüm işlerini berbat etmiştin. Şimdi de aynısı işte."

"Evet, evet, Arkadiy, fakat bu daha farklı, bu hiç ona benzemiyor..."

"Benzemiyor mu? Hiç kusura bakma! İşinin de belli ki acelesi yok, fakat kendi kendini öldürüyorsun..."

"Önemi yok, böyleyim ben. Hadi, gidelim!"

"Eve mi? Onlara gitmeyecek misin?"

"Hayır, kardeşim, hangi yüzle çıkayım karşılarına? Fikrimi değiştirdim. Sensiz duramadım bir başıma. Şimdi senle olduğuma göre, işe koyulabilirim. Gidelim!"

Yürümeye başladılar ve bir süre konuşmadılar. Vasya acele acele yürüyordu.

"Ne yani, bana ne yaptığımızı sormayacak mısın?" diye sordu Arkadiy İvanoviç.

"Ah! Evet! Hadi, Arkaşenka, nasıllar?"

"Vasya, bu sen değilsin!"

"Önemi yok, önemi yok Bana her şeyi anlat, Arkaşa!" dedi Vasya, birazdan duyacaklarından kaçmak istermiş gibi yalvaran bir sesle. Arkadiy İvanoviç içini çekti. Vasya'ya bakakalmıştı, ne diyeceğini bilemiyordu.

Fakat Artyomevler'le ilgili anlattıkları onu canlandırdı. Hatta sohbete bile katıldı. Öğle yemeği yemişlerdi. Yaşlı kadın, Arkadiy İvanoviç'in bütün ceplerini kurabiyeyle doldurmuştu. Hep birlikte yemek yemişler, eğlenmişlerdi. Vasya, yemekten sonra uyuyacağına söz verdi. Böylece gece boyunca çalışabilecekti. Gerçekten de öyle yaptı. Sabah birisi Arkadiy İvanoviç'i çaya davet etmişti. Davet eden kişi, reddedilecek birisi değildi. Arkadaşlar yeniden ayrıldı. Arkadiy, eve olabildiğince erken geleceğine söz verdi. Hatta akşam saat sekiz gibi evde olmaya çalışacaktı. Üç saatlik ayrılık, ona üç yıl gibi geldi. En sonunda Vasya için eve döndü. Odaya girdi ama her yer karanlıktı. Vasya evde değildi. Mavra'ya sordu. Mavra, Vasya'nın sürekli yazıp durduğunu, hiç uyumadığını sonra odada bir süre dolaştığını, bir saat kadar önce de on beş dakikaya döneceğim diyerek koşarak çıktığını, üç dört kez "Olur da Arkadiy İvanoviç gelirse, ona böyle söyle, tamam mı hanım, gezmeye gitti de," diye kendisine tembihlediğini söyledi.

Artyomevler'e gitti! diye düşündü Arkadiy İvanoviç ve başını salladı.

Birkaç dakika sonra içinde yeşeren bir umutla yerinden fırladı. *İşini bitirmiştir,* diye düşündü. *Öyledir kesin,* sonra

da dayanamadı oraya koştu. *Ama hayır! Beni beklemesi gerekiyordu... Bakalım neler yapmış?*
Mumu yaktı ve Vasya'nın çalışma masasına doğru yöneldi. Yazılar yazılmış, az kalmıştı. Arkadiy İvanoviç biraz daha bakınmak isterken, aniden Vasya içeri girdi.
"Sen burada mısın?" diye haykırdı, korkudan nefesi kesilmişti. Arkadiy İvanoviç bir şey söylemedi. Vasya'ya sormaktan korkuyordu. Arkadiy, gözlerini devirdi ve hiçbir şey söylemeden kâğıtları karıştırmaya devam etti. En sonunda gözleri buluştu. Vasya, öyle af dileyen, yalvaran ve ölmüş gözlerle bakıyordu ki bu bakışı gören Arkadiy'in tüyleri diken diken oldu. Yüreği titriyor, dolup taşıyordu.
"Vasya, kardeşim, neyin var senin? Ne oldu?" diye sordu sesini yükselterek. Vasya'ya doğru yöneldi ve arkadaşını kucakladı. "Söyle bana, anlayamıyorum seni, senin üzüntünü, neyin olduğunu, acı çeken arkadaşım benim. Neyin var? Hiçbir şeyi saklamadan anlat bana. Belki de bunu tek başına..."
Vasya, birden kendini Arkadiy'e bırakıverdi ve bir şey söyleyemedi. Ruhu titriyordu.
"Yeter, Vasya, yeter! Bitirmezsen bitirme, ne varmış bunda? Anlamıyorum seni, canını sıkan şeyi anlat bana. Bak, ben sana yardım etmek için buradayım... Aman Tanrım, aman Tanrım!" dedi ve odada dolaşmaya başladı. Önüne gelen her şeyi elinden düşmesin diye tutuyor, sanki usulca Vasya'ya ilaç arıyordu. "Ben, senin yerine, yarın bizzat Yulian Mastakoviç'e gideceğim. Sana biraz daha vakit vermesi için rica edeceğim, yalvaracağım ona. Her şeyi anlatacağım, her şeyi, eğer bu durum sana böyle işkence ediyorsa..."

"Tanrı korusun!" diye bağırdı Vasya ve beti benzi attı. Olduğu yerde kalakalmıştı.

"Vasya, Vasya!"

Vasya kendine geldi. Dudakları titriyor, bir şeyler söylemek istiyordu. Sonra hiçbir şey demeden Arkadiy'in elini yıkılmış bir şekilde sıktı. Elleri soğuktu. Arkadiy, Vasya'nın önünde acı ve kederli bir beklentiyle duruyordu. Vasya, başını kaldırıp Arkadiy'e baktı.

"Vasya! Tanrı yardımcın olsun, Vasya! Yüreğimi parçalıyorsun. Arkadaşım, canım benim."

Gözyaşları çığ gibi büyüdü Vasya'nın gözlerinde. Kendini Arkadiy'in göğsüne bıraktı.

"Sana yalan söyledim, Arkadiy!" dedi. "Seni kandırdım. Affet beni, affet! Senin arkadaşlığını kötüye kullandım..."

"Ne var, Vasya? Bu ne böyle?" diye sordu Arkadiy. Gerçekten korkuyordu artık.

"Bak!"

Vasya, umutsuzluğunu gösteren bir tavırla masanın çekmecesinden çıkardığı altı kalın defteri eline aldı. Daha önce kopyaladığı defterlere benziyorlardı.

"Ne olmuş?"

"İşte ertesi güne yapmam gereken işin tamamı bu. Ben daha çeyreğini bile bitirmedim. Sorma, bunun nasıl olduğunu sorma bana!" diye devam etti Vasya. Tüm bunların ona işkence ettiğini işaret ediyordu. "Arkadiy, canım arkadaşım! Bana ne oldu ben de bilmiyorum. Sanki bir rüyadan uyandım. Üç hafta boyunca hiçbir şey yapmadım. Hep... Ben... Ona gidip durdum... Yüreğim ağrıyor. İşkence gibi... Bu belirsizlik... Yazamıyorum. Yazmayı düşünemiyorum bile.

Sadece şimdi, mutluluk bana geldiğinde, ben de kendime geldim."

"Vasya!" dedi Arkadiy İvanoviç ciddiyetle. "Vasya! Seni kurtaracağım. Hepsini anlıyorum. Şaka değil bu. Kurtaracağım seni! Dinle, beni dinle. Yarın doğrudan Yulian Mastakoviç'e gideceğim... Başını sallama, hayır, dinle beni! Her şeyi anlatacağım ona, olduğu gibi. Böyle yapmama müsaade et. Ona açıklayacağım. Kesinlikle gideceğim! Nasıl acı çektiğini, nasıl kendi kendini kemirdiğini anlatacağım."

"Şimdi beni öldürdüğünün de farkında mısın?" diye söze girdi Vasya. Endişeden buz kesmişti.

Arkadiy İvanoviç'in de beti benzi atmıştı. Fakat hâlâ aklı yerindeydi ve birden güldü.

"Hepsi bu mu? Bu mu hepsi?" diye sordu, "Söz ver bana, Vasya! Utanmıyorsun ya? Bak, dinle! Sana acı çektirdiğimi biliyorum. Fakat bak, seni anlıyorum. Aklından ne geçirdiğini biliyorum. Beş yıldır birlikte yaşıyoruz, Tanrı'ya şükür! Sen iyi yüreklisin, şefkatlisin, fakat zayıfsın, bağışlanamaz şekilde, zayıfsın. Lizaveta Mihaylovna da fark etmiş bunu. Bununla birlikte hayalperestsin de, ki bu da hiç iyi değil. Olur ya, insan aklını kaçırır kardeşim! Bak, ne istediğini de biliyorum! Mesela sen, evleniyorsun diye Yulian Mastakoviç'in mutluluktan kendinden geçmesini, hatta belki de mutluluktan bir balo düzenlemesini istiyorsun... Orada dur işte! Somurtuyorsun. Baksana, ettiğim tek bir kelime yüzünden, Yulian Mastakoviç'in yerine sen alınıyorsun. Tamam, onu bir kenara bırakayım. Ben de ona en az senin kadar saygı duyuyorum! Sen evleniyorsun diye yeryüzünde mutsuz hiç kimsenin kalmamasını diliyorsun. Bu düşünceme karşı çıkamazsın, beni bundan dolayı sorgulayamazsın işte. Evet, kardeşim, takdir edersin ki mesela benim, en iyi arkadaşının bir anda yüz bin ruble bulmamı; dünyada eşi benzeri olmayan tüm düşmanların ortada hiçbir sebep yokken barışıp sokakta mutluluktan birbirlerine sarılmalarını ve sonra buraya, senin evine misafirliğe gelmelerini istiyorsun. Dostum! Canım! Gülmüyorum. Bu böyle. Tüm bunları farklı şekillerde de olsa geçmişte söyledin bana. Sen mutlusun ya, herkesin ama herkesin bir anda seninle birlikte mutlu olmasını istiyorsun. Hastasın sen, senin için tek başına mutlu olmak çok ağır! Çünkü şu an tüm kuvvetinle, bu mutluluğa layık olmak ve elbette vicdanını rahatlatmak için bir şekilde başarıya ulaşmak istiyorsun! Evet, kendi coşkunu, becerini, belki de senin dediğin gibi minnettarlığını göstermen gerekirken birden ihmalkâr davrandığın için nasıl da işkence çekmeye hazır olduğunu da anlıyorum. Senin omuzlarına yüklediği beklentileri yerine getiremediğini gören Yulian Mastakoviç'in kaşlarını çatacağı ve hatta kızacağı düşüncesi seni ne kadar da korkutuyor. Hayırsever dediğin kişinin tam da bu sırada seni fırçalamasını duyacak olmak seni hasta ediyor! Yüreğinin mutlulukla dolu olduğu, minnettarlığını kime dökeceğini bilemediğin sırada... Böyle değil mi? Yalan mı? Böyle değil mi?"

Arkadiy İvanoviç titreyen bir sesle sözlerini bitirdi, sustu ve içini çekti.

Vasya, arkadaşına sevgiyle baktı. Dudaklarında bir gülümseme parlayıp söndü.

Hatta bir umut beklentisi yüzünü canlandırmış gibiydi.

"Şimdi bak beni dinle," diye söze girdi Arkadiy, daha

cesaretli bir umutla, "Yulian Mastakoviç, sana karşı cömert tavırlarını değiştirecek değil ya. Öyle değil mi canım? Yani bu konuda?"

"Böyle olsa bile, ben," dedi Arkadiy yerinden fırlayarak, "senin için kendimi feda etmeye hazırım. Yarın Yulian Mastakoviç'e gideceğim. Sen de bana karşı çıkmayacaksın! Sen Vasya, yaptığın şeyi bir suçmuş gibi abartıyorsun. Fakat o, Yulian Mastakoviç affedicidir, yumuşak kalplidir. Senin gibi değildir! Vasya, kardeşim, o bizi dinleyecek ve bu beladan kurtaracaktır. İşte! Sakinleştin mi biraz?"

Vasya, gözlerinde yaşlar, Arkadiy'in elini sıktı.

"Yeter, Arkadiy, yeter," dedi. "Sorun çözüldü. Bitiremedim işte, olsun, bitiremediysem bitiremedim işi. Senin de gitmene gerek yok, ben kendim gidip her şeyi anlatacağım. Şimdi sakinim, tamamen sakinleştim. Sadece sen gitme... Duydun mu beni?"

"Vasya, canım benim!" Arkadiy İvanoviç, mutlulukla haykırdı. "Söylediklerine bakılırsa, fikrini değiştirdiğin ve kendine geldiğin için memnunum. Fakat sana ne olursa olsun, başına ne gelirse gelsin, ben senin yanındayım bunu unutma! Yulian Mastakoviç'e bir şeyler söyleyecek olmam düşüncesinin seni endişelendirdiğini fark ediyorum. Söylemeyeceğim, hiçbir şey anlatmayacağım. Sen kendin anlatırsın. Bak, yarın gidersin... Yahut sen gitme. Sen otur işine devam et, anladın mı beni? Ben de bu işin aslını öğrenmeye gideyim. İş acil mi değil mi, zamanında mı teslim etmen gerekiyor bakayım. Hem işi geciktirirsen de ne olmuş yani? Sonra hemen koşar gelirim yanına... Bak, görüyor musun? Umut var hâlâ. İşin acele olmadığını düşünsene bir, her şey yoluna girer. Yulian Mastakoviç belki de hatırlamaz bile, o zaman her şey çözülür."

Vasya, şüpheyle kafasını salladı. Fakat minnettar bakan gözlerini de arkadaşından ayırmadı.

"Bu kadar yeterli! O kadar zayıfım, o kadar yorgunum ki," dedi iç geçirerek, "ben kendim bile düşünmek istemiyorum. Hadi başka şeylerden konuşalım! Bak şimdi yazı yazmayacağım, sadece paragrafın sonuna kadar gelmek için birkaç satır daha yazacağım o kadar. Bak... Uzun zamandır sana sormak istediğim bir şey var. Beni nasıl bu kadar iyi tanıyabiliyorsun?"

Vasya'nın gözyaşları Arkadiy'in ellerine döküldü.

"Sana karşı duyduğum sevginin ne kadar olduğunu bilseydin Vasya, bunu bana sormazdın. İşte o kadar!"

"Tamam, tamam Arkadiy. Bunu bilmiyorum. Çünkü beni niçin sevdiğini bilmiyorum. Eh, Arkadiy, bana karşı duyduğun sevginin canımı acıttığını biliyor musun? Biliyor musun, kaç kere, yatağa yattığımda kendimi düşündüğümü (çünkü uyumadan önce hep kendimi düşünürüm), gözyaşlarına boğulduğumu ve kalbimin sıkıştığını... Şeyden, şeyden... Beni bu kadar sevdiğinden. Yüreğimi hiçbir şeyle iyileştiremedim. Sana hiçbir şekilde teşekkür edemedim..."

"Görüyor musun Vasya, nasıl birisin sen! Bak, şu anda ne kadar da üzgünsün," dedi Arkadiy. Ruhu o anda kahroluyor ve dün sokakta yaşadıkları şey geliyordu aklına.

"Tamam, sakinleşmemi istiyorsun, fakat şu anda daha önce hiç olmadığım kadar sakin ve mutluyum! Biliyor musun? Bak, keşke sana her şeyi anlatabilseydim. Ama moralini bozarım diye korkuyorum... Her şeye moralin bozuluyor ve bana sesini yükseltiyorsun. Ben de korkuyorum... Baksana nasıl da titriyorum şu an, neden bilmiyorum. Sana bir şeyler söylemek istediğimi görüyor musun? Galiba önceden kendimi tanımıyordum. Evet! Başka insanları da daha dün tanıdım. Kardeşim, hissetmiyordum, aklım yerinde değildi. Yüreğim... Hissizleşmişti içimde... Dinle, bu dünyadaki kimseye ama kimseye bir iyilik yapmadığımdan, yapamadığımdan, hatta bedenim göze hoş görünmediğinden böyle oldu bu... Ama herkes bana iyilik yaptı! Mesela herkesten daha çok sen, fakat ben bunu göremiyorum işte. Bense, sadece sustum, sadece sustum!"

"Vasya, yeter!"

"Neden Arkaşa? Niçin? Bir şeyim yok..." diye araya girdi Vasya. Hıçkırmaktan güçlükle konuşabiliyordu. "Dün sana Yulian Mastakoviç'i anlattım. İşte, sen kendin de biliyorsun, çok sert ve ciddi birisidir. Zaten sen de birkaç kere karşılaştın onunla. Ama o dün bana karşı latifeler yaptı, şefkatli davrandı ve alçakgönüllülüğünün arkasına sakladığı temiz kalbini bana açtı."

"Peki, ne olmuş, Vasya? Bu sadece mutluluğa layık olduğunu gösterir."

"Ah, Arkaşa! Tüm bunların sona ermesini öyle çok istiyorum ki! Fakat hayır, mutluluğumu berbat edeceğim! Bu benim içime doğuyor! Fakat hayır, böyle değil," dedi Vasya. Arkadiy o sırada kesinlikle hemen bitirilmesi gereken işe, masadaki kâğıtlara bakıyordu. Vasya, "Bu önemli değil, kâğıt dediğin yazılır, saçmalık! Bu sorunu çözdük... Ben... Arkaşa, bugün onları görmeye gittim. Fakat içeriye girmedim. Zor geldi, ağır geldi! Kapıda öylece dikildim. Piyano çalıyordu, dinledim. Görüyor musun, Arkadiy," dedi sesini kısarak, "girmeye cesaret edemedim..."

"Vasya, neyin var? Neden bana öyle bakıyorsun?"

"Ne? Hiçbir şeyim yok. Biraz hasta gibiyim. Bacaklarım titriyor. Tüm gece oturduğumdan olsa gerek. Evet! Gözümün önündeki her şey yeşil. Tam buramda, buramda..." Kalbini işaret etti. Bayılıverdi.

Kendine geldiğinde, Arkadiy daha ciddi önlemler almak istedi. Vasya'yı zorla yatağa taşımaya yeltendi. Vasya buna karşı çıktı. Ağlıyordu. Parmaklarını büküyor, yazmak istiyordu. Önündeki iki sayfayı kesinlikle bitirmek istiyordu. Arkadaşını öfkelendirmek istemeyen Arkadiy, Vasya'nın kâğıtların başına oturmasına izin verdi.

"Baksana," dedi Vasya yerine otururken, "aklıma ne geldi. Hâlâ umut var."

Arkadiy'e gülümsedi. Sararmış yüzü, umudun ışıklarıyla gerçekten canlanmış gibiydi.

"İşin hepsini ertesi gün teslim etmeyeceğim. İşin geri kalan kısmıyla ilgili yalan söyleyeceğim. Yandığını, üstüne su döküldüğünü, kaybettiğimi... Nihayetinde bitiremedim, yalan söyleyemem. Kendim anlatacağım. Aslında biliyor musun, her şeyi anlatacağım ona. Böyle böyle oldu, bitiremedim diyeceğim... Sevdalandığımı anlatacağım. Kendisi de kısa süre önce evlendi. Halimden anlayacaktır! Tüm bunları yapacağım. Elbette vakur ve sakin bir şekilde. Gözyaşlarımı görecektir, yüreğine dokunacaktır..."

"Tabii, git, git ona. Anlat... Ağlamana gerek yok! Niçin ağlayacakmışsın? Hakikaten Vasya, sen beni de korkutmaya başladın."

"Evet, gideceğim, gideceğim. Şimdi bırak da biraz yazayım, Arkaşa. Kimseyi incitmek istemiyorum, yazmama izin ver!"

Arkadiy, yatağına yöneldi. Vasya'ya güvenmiyordu, hem de hiç güvenmiyordu. Vasya her şeyi yapabilirdi. Ama af dilemek? Niçin? Nasıl? Konu bu değildi. Konu, Vasya'nın sorumluluğunu yerine getirememesi, Vasya'nın *kendine karşı* suçluluk hissetmesi, yazgıya karşı kendini nankör hissetmesi, Vasya'nın mutluluğun altında işkence çekmesi, ezilmesi ve kendini buna layık görmemesi, son tahlilde kendine yalnızca başka bir yöne bakmasını sağlayacak bir çıkış yolu araması, fakat şaşkınlıktan ötürü dünden bu yana kendini toparlayamamasıydı. "Bu da ne böyle!" diye düşündü Arkadiy İvanoviç. "Onu kurtarmak gerek. Onu kendisiyle barıştırmak gerek. Yoksa kendi kendini gömecek." Düşündü taşındı, yarın kimseye söylemeden Yulian Mastakoviç'e gitmeye ve her şeyi anlatmaya karar verdi.

Vasya oturmuş yazı yazıyordu. Kederlenen Arkadiy İvanoviç, işi etraflıca düşünmek için yatağa uzandı ve şafak sökerken uyandı.

"Hay aksi! Yine mi!" diye haykırdı Vasya'ya bakarak. Vasya yazı yazmaya devam ediyordu.

Arkadiy, Vasya'nın yanına gitti. Onu kucakladı ve zorla yatağa sürükledi. Vasya gülümsüyordu. Uykudan gözleri kapanıyordu. Neredeyse konuşamıyordu.

"Ben kendim yatardım," dedi. "Ne diyeceğim, Arkadiy, bir fikrim var, bu işi bitireceğim. Kalemimi *hızlandırdım*! Şimdi daha fazla oturamam, fakat beni saat sekizde uyandır."

Sözünü bitiremedi ve bir ceset gibi uykuya daldı.

"Mavra!" diye fısıldadı Arkadiy İvanoviç çay getiren Mavra'ya, "Bir saat sonra uyandırmamızı söyledi. Fakat sen ne olursa olsun onu uyandırmayacaksın! İsterse on saat, bırak uyusun. Anladın mı?"

"Anladım, efendim."

"Yemek hazırlama, kapıları açıp kapatma, gürültü yapma, yoksa fena olur! Olur da beni sorarsa, daireye gitti de, anladın mı?"

"Anladım, efendim, onun iyice uykusunu almasına müsaade edeceğim. Beyefendi uykusunu alacağı için memnunum. Bu arada önceki gün bir fincan kırılmıştı da siz beni fırçalamıştınız. Fakat o ben değildim, kedi Maşka kırdı. O sırada ona bakmıyordum. Sonra 'Kış kış,' dedim, 'kahrolasıca!'"

"Hişt, sessiz, sessiz!"

Arkadiy İvanoviç, Mavra'yı mutfağa yollayıp anahtarı aldı ve arkasından kapıyı kilitledi. Sonra da daireye gitti. Yolda yürürken, Yulian Mastakoviç'in karşısına nasıl çıkacağını etraflıca düşündü. Uygun olur muydu yoksa münasebetsizlik mi etmiş olurdu? Utanarak girdi daireye ve Ekselanslarının orada olup olmadığını çekinerek sordu. Mastakoviç'in dairede olmadığını ve gelmeyeceğini söylediler. Arkadiy İvanoviç, bir anlık da olsa Mastakoviç'in evine gitmek istedi. Fakat Yulian Mastakoviç daireye gelmediyse, çok büyük ihtimalle evdeydi ve meşguldü. Bekledi. Dakikalar geçmek bilmiyordu. Çaktırmadan, Şumkov'a verilen işi de sordu. Fakat hiç kimsenin bir şey bildiği yoktu. Sadece Yulian Mastakoviç'in ona çok özel işleri verme lütfunda bulunduğu biliniyordu. Fakat ne tür işler olduğundan haberleri yoktu. Saat üç olduğunda, Arkadiy İvanoviç dönüş yoluna koyuldu. Daire girişinde katiplerden biri Arkaday'i durdurdu ve Vasiliy Petroviç Şumkov'un saat bir gibi geldiğini söyledi. Memur, Şumkov'un, Arkadiy'in ve Yulian Mastakoviç'in burada olup olmadığını sorduğunu da sözlerine ekledi. Bunu duyan Arkadiy İvanoviç, bir fayton tuttu ve içten içe korkarak eve gitti.

Şumkov evdeydi. Olağanüstü bir endişeyle odayı adımlıyordu. Arkadiy İvanoviç'i görür görmez sanki kendine gelmiş ve düşünüp taşınmış gibi aceleyle endişesini gizleyiverdi. Hiçbir şey söylemeden kâğıtların başına geçti. Galiba, arkadaşının soracağı sorulardan kaçıyor, bu sorulardan rahatsız oluyordu. Kendi başına düşünüp taşınmış ve kararını arkadaşına açmamaya karar vermişti. Çünkü arkadaşlığa daha fazla güvenemezdi. Bu durum Arkadiy'i hayrete düşürdü ve yüreği ağır, iç parçalayıcı bir sancıyla kahroldu. Yatağa oturdu ve sahip olduğu tek kitabın sayfalarını karıştırmaya başladı. Fakat bir yandan da göz ucuyla Vasya'ya bakıyordu. Fakat Vasya inatla susuyor, başını kaldırmadan yazmaya devam ediyordu. Bu şekilde birkaç saat geçti aradan. Arkadiy'in acısı artık son raddesine ulaşmıştı. En sonunda saat on bire doğru, Vasya kafasını kaldırdı, ağır ve hareketsiz bakışlarını Arkadiy'e çevirdi. Arkadiy bekledi. Birkaç dakika geçti, Vasya hâlâ susuyordu. "Vasya!" diye bağırdı Arkadiy. Vasya cevap vermedi. "Vasya!" diye tekrarladı yataktan kalkarak. "Vasya, neyin var senin? Ne oldu?" Arkadiy bağırarak Vasya'nın yanına koştu. Vasya kafasını kaldırdı ve aynı ağır ve hareketsiz ifadeyle Arkadiy'e baktı. *İnme iniyor!* diye düşündü Arkadiy korkudan titreyerek.

Su dolu sürahiyi kaptığı gibi Vasya'nın başından aşağı boşalttı. Yüzüne gözüne su serpti. Vasya'nın ellerini ovdu ve Vasya kendine geldi. "Vasya, Vasya!" diye bağırdı Arkadiy. Daha fazla dayanamadı, gözlerinden yaşlar akmaya başladı. "Vasya, kendini perişan etme. Unutma! Unutma!" Sözlerini bitiremedi ve Vasya'yı içtenlikle bağrına bastı. Vasya'nın yüzünde dayanılmaz bir sancı parlayıp söndü. Alnını ovalıyor, başını ellerinin arasına alıyor ve kafasının kanatlanıp uçacağından korkuyordu.

"Neyim var bilmiyorum!" dedi en sonunda, "Galiba kendimi çok zorladım. Fakat olsun, olsun! Yeter, Arkadiy, üzülme, yeter!" diye tekrarladı. Arkadiy'in yüzüne, kederli ve yaşlı gözlerle bakıyordu. "Endişelenmeye lüzum yok. Yeter!"

O an yüreğinin parçalanmasına rağmen "Tamam, biraz olsun rahatladım," diye haykırdı Arkadiy. "Vasya," dedi en sonunda, "Uzanıp biraz uyusan olmaz mı? Kendine boşuna işkence etme! Yazmaya sonra devam etsen daha iyi!"

"Evet, evet!" diye tekrarladı Vasya. "Tamam! Yatacağım. İyi, evet! Bak, bu işi bitirmek istiyorum ama düşündüm de, evet..."

Arkadiy, arkadaşını yatağa taşıdı.

"Bak, Vasya," dedi ciddiyetle, "bu işe bir son vermek gerek! Aklından ne geçtiğini söyle bana."

"Ah!" dedi Vasya. Zayıf düşmüş elini salladı ve kafasını diğer yana çevirdi.

"Yeter, Vasya, yeter! Karar ver! Sana daha fazla acı çektirmek istemiyorum. Artık sessiz kalamam. Karar verene kadar uyumayacaksın. Tamam mı?"

"Sen nasıl istersen, nasıl istersen," diye tekrarladı Vasya anlaşılmaz şekilde.

"Vazgeçiyor!" diye düşündü Arkadiy İvanoviç.

"Dinle beni Vasya," dedi Arkadiy, "Söylediklerimi hatırla. Yarın seni kurtaracağım. Yarın kaderin belli olacak. Kaderin diyorum sana! Beni öyle bir korkuttun ki kendi sözlerimi bile söylemekten çekiniyorum. Nasıl bir kader bu! Saçma, mantıksız! Yulian Mastakoviç'in sana karşı tutumunu, sevgisini kaybetmek istemiyorsun. Emin ol kaybetmeyeceksin. Ben..."

Arkadiy İvanoviç, açıklamaya başlayacaktı ki Vasya araya girdi. Yatakta doğruldu, iki eliyle Arkadiy İvanoviç'in boynunu kavradı ve onu öptü.

"Yeter!" dedi zayıf bir sesle. "Yeter! Bu konuyu artık konuşmayalım!"

Sonra başını tekrar duvara doğru çevirdi.

"Aman Tanrım!" dedi içinden Arkadiy, "Aman Tanrım, nesi var onun? Tamamen kaybetti kendini, neye karar verdi acaba? Kendini öldürecek."

Arkadiy, üzüntüyle baktı ona.

"Hasta olsaydı," diye düşündü Arkadiy, "belki daha iyi olurdu. Hastalık olduğundan işten sorumlu da olmazdı. Böylece bu işten harika bir şekilde sıyrılırdı. Neler saçmalıyorum ben! Ah Tanrım!"

Bu sırada Vasya uyuyakalmış gibiydi. Arkadiy İvanoviç bir an umutlandı. "Bu iyiye işaret!" diye düşündü Tüm gece onunla birlikte oturmaya karar verdi. Fakat Vasya huzursuzdu. Bir o yana bir bu yana dönüp duruyor, yerinden sıçrıyordu. Bir anlığına gözlerini açtı. En sonunda yorgunluğu üstün geldi ve ölü gibi uyumaya başladı. Gece ikiye doğru, Arkadiy İvanoviç, masaya dirseklerini dayamış olduğu halde sandalyede uykuya dalmıştı.

Gördüğü rüya sarsıcı ve tuhaftı. Rüyasında uyanık olduğunu ve Vasya'nın hâlâ yatakta yattığını gördü. Ne tuhaftı bu! Vasya'nın uyur gibi yaptığını, onu kandırdığını, sonra göz ucuyla Arkadiy'e baktığını, yavaşça yataktan kalktığını ve çalışma masasına doğru sinsice ilerlediğini gördü. Arkadiy'in yüreğine acı bir sancı saplandı. Vasya'nın, ona güvenmediğini, ondan sakındığını ve gizlendiğini görünce öfkelendi, üzüldü ve bu durum ağır geldi. Onu kucağına almak, sesini yükseltmek ve yatağa taşımak istedi... O anda Vasya, Arkadiy'in ellerindeyken bağırdı ve bir ceset gibi yatağa doğru sürükledi kendini. Soğuk bir ter damlası Arkadiy'in alnına doğru süzüldü. Kalbi deli gibi atıyordu. Gözlerini açtı ve kendine geldi. Vasya, masaya oturmuş, karşısında yazı yazıyordu.

Arkadiy, kendi hislerine güvenemediğinden yatağa göz attı. Vasya yatakta değildi. Arkadiy, biraz önce gördüğü rüyanın etkisinde, korkuyla yerinden fırladı. Vasya kıpırdamadı. Yazmaya devam ediyordu. O anda Arkadiy, Vasya'nın kâğıda kuru kalemle yazmakta olduğunu dehşet içinde fark etti. Vasya, tamamen bembeyaz sayfaları çeviriyor ve kâğıtları acele acele dolduruyordu. Sanki işini harika ve başarılı bir şekilde yaptığını zannediyor gibiydi! "Hayır bu inme falan değil!" dedi Arkadiy İvanoviç. Korkudan tüm bedeni titriyordu. "Vasya! Vasya! Bana cevap ver!" diye bağırdı, onu omuzlarından kavrayarak. Vasya cevap vermedi ve biraz önce yaptığı gibi kuru kalemle yazı yazmaya devam etti.

"En sonunda kalemimi *hızlandırdım*," dedi Arkadiy'e bakmadan.

Arkadiy, Vasya'nın elini tuttu ve kalemi çekip aldı.

Vasya'nın göğsünden acı bir feryat duyuldu. Sonra ellerini iki yana saldı, gözlerini Arkadiy'e dikti ve ardından tüm varlığını ezen kurşun gibi ağır bir yükü üzerinden atmak ister gibi, ümitsizce bir kederle ellerini alnında gezdirdi. Sonra düşünceye dalmış gibi başını sessizce önüne eğdi.

"Vasya, Vasya!" diye bağırdı Arkadiy İvanoviç üzüntüyle. "Vasya!"

Birkaç dakika sonra Vasya ona baktı. Vasya'nın iri mavi gözlerinde yaşlar vardı. Solgun, yumuşak yüzünde dayanılmaz bir acı görünüyordu. Bir şeyler mırıldandı.

"Ne, ne?" diye bağırdı Arkadiy, ona doğru eğilerek.

"Bu ne, ne oluyor bana?" diye fısıldadı Vasya. "Ne oldu? Ne yaptım ben?"

"Vasya! Ne oluyor sana? Neden korkuyorsun, Vasya? Niçin korkuyorsun?" diye bağırdı Arkadiy, üzüntüyle ellerini ovuşturarak.

"Neden, beni askere mi almak istiyorlar?" diye sordu Vasya, arkadaşının gözünün içine bakarak. "Neden, ne yaptım ben?

Arkadiy'in tüyleri diken diken oldu. Duyduklarına inanmak istemiyordu. Vasya'nın önünde ölü gibi dikiliyordu.

Birkaç dakika sonra kendini toparladı. "Bu böyle anlık bir şey!" dedi kendi kendine. Arkadiy'in benzi atmış, dudakları morarmıştı. Gidip giyinmeye başladı. Hemen doktora gitmek istiyordu. Vasya birdenbire ona seslendi. Arkadiy,

Vasya'nın yanına gitti, çocuğu elinden alınmak istenen bir anne gibi kucakladı onu.

"Arkadiy, Arkadiy bunu kimseye anlatma, duyuyor musun? Bu benim sorunum! Bunu kendi başıma çekmeme izin ver."

"Neyin var? Neyin var? Kendine gel, Vasya, kendine gel!" Vasya iç geçirdi, yanaklarından gözyaşları sessizce akmaya başlamıştı.

"Bu acının Lizanka'yı öldürmesine ne gerek var? Onun ne suçu var? Ne suçu var onun?" diye homurdandı, ıstıraptan parçalanmış bir sesle. "Bu günah benim, bu günah benim!" Bir anlığına bir şey söylemedi.

"Elveda aşkım! Elveda aşkım!" Vasya, şanssız başını bir o yana bir bu yana sallayarak fısıldadı. Arkadiy silkinip kendine geldi ve doktora gitmek istedi. "Hadi gidiyoruz!" diye bağırdı Vasya. Arkadiy'in son hareketinden ötürü heyecana kapılmıştı. "Gidelim, kardeşim, gidelim, ben hazırım! Yolu göster bana!" Sustu ve Arkadiy'e cansız, güvensiz bakışlarla baktı.

"Vasya, sen benimle gelme, Tanrı aşkına! Burada beni bekle. Hemen geri döneceğim," dedi Arkadiy İvanoviç. Doktora koşmak için panik içinde kasketini kaptı. O böyle deyince Vasya hemen oturdu. Sessiz ve uysaldı. Fakat gözlerinde umutsuz bir çözümün belirsiz bir ışığı vardı. Arkadiy arkasını döndü. Masanın üzerinde açık duran çakıyı cebine attı. Zavallıya son kez baktı ve evden çıktı.

Saat sekiz oldu. Güneş, bir süredir odayı tümüyle aydınlatıyordu.

Kimseyi bulamadı. Bir saat boyunca koşup durmuştu.

Kapıcıya sorup öğrendiği adreslerde ya hiç doktor yaşamıyordu ya da başka bir yere taşınmışlardı. Kimisi göreve gitmiş, kimisi kendi işleriyle meşguldü. Sadece bir doktor hasta kabul ediyordu. O da Nefedeviç'in geldiğini haber veren uşağını ayrıntılı bir şekilde uzun uzun sorguladı. Gelen kişiyi kimin gönderdiğini, kim olduğunu, nasıl olduğunu, hangi nedenden ötürü geldiğini sordu; erkenden gelen ziyaretçilerin kötü şans getirip getirmeyeceğini sorguladı. Sözlerini, çok işinin olduğunu, hastayı görmesinin mümkün olmadığını, bu türden bir hastanın hastaneye yatırılması gerektiğini söyleyerek bitirdi.

Cansızlaşan, ezilen ve buna benzer bir tavırla karşılaşmayı hiç ummayan Arkadiy bunu duyunca, dünyadaki tüm doktorları bıraktı ve Vasya'ya yönelik korkuları zirvede olduğu halde eve gitmeye karar verdi. Koşarak eve girdi. Mavra, sanki hiçbir şey olmamış gibi yerleri siliyor, odun kırıyor ve sobayı yakmaya hazırlanıyordu. Odaya girdi ama Vasya ortada yoktu. Dışarı çıktı.

"Nereye? Nerede? Bu zavallı nereye gitti?" diye sordu kendine. Korkudan donakalmıştı. Mavra'yı sorgulamaya başladı. Hiçbir şey bilmiyordu, haberi yoktu, çıkıp gittiğini duymamıştı bile, Tanrı onu affetsindi! Nefedeviç, Artyomevler'e gitmişti.

Tanrı bilir, nedense, aklına onlarda olduğu düşüncesi gelmişti.

Onlara vardığında saat on olmuştu. Artyomevler onu beklemiyordu, hiçbir şey bilmiyorlardı, haberleri yoktu. Önlerinde korkuyla, huzursuzlukla duruyor ve Vasya'nın nerede olduğunu soruyordu. Yaşlı kadının dizlerinin bağı çözüldü, divana çöktü. Lizanka, tüm bedeni korkuyla titreyerek neler olduğunu soruyordu. Ne denirdi ki? Arkadiy İvanoviç, elbette kimsenin inanmadığı bir bahane uydurdu ve vakit kaybetmeden çıktı. Geride moralleri bozulmuş ve kaygılanmış Artyomevler'i bıraktı. En azından geç kalmamak ve oradakilerin hemen önlem almalarını söylemek üzere daireye doğru hızla yola koyuldu. Yoldayken aklına, Vasya'nın Yulian Mastakoviç'in yanında olabileceği geldi. Bu ihtimal çok kuvvetliydi. Arkadiy, bunu Artyomevler'e gitmeden hemen önce de düşünmüştü. Ekselanslarının evinin önünden geçerken arabacıya durmasını söyledi. Fakat hemen fikrini değiştirdi ve arabacıya yola devam etmesini söyledi. Ofise gidip orada bir şeyler olup olmadığını öğrenmeyi denemeye karar verdi. Eğer onu bulamazsa, Vasya'yla ilgili konuyu Ekselanslarına kendisi anlatacaktı. Birisine onun hakkında her şeyi anlatmak zorundaydı!

Daha içeri girmeden etrafını aynı dairede çalıştığı memurlar sardı. Çoğu kendisiyle aynı kademeden genç memurlardı. İçlerinden biri Vasya'ya ne olduğunu soruyordu. Hepsi bir ağızdan, Vasya'nın aklını kaçırdığını, sorumluluklarını yerine getirmediği için onu askere alacaklarını söyleyip durduğunu anlatıyordu. Arkadiy İvanoviç herkese yanıt vererek, daha doğrusunu söylemek gerekirse kimseye kesin bir yanıt vermeden binanın içlerinde yer alan odaya doğru yöneldi. Yolda, Vasya'nın Yulian Mastakoviç'in odasında olduğunu, herkesin de oraya gittiğini Esper İvanoviç'in de orada olduğunu öğrendi. Biri önünü kesti. Üst kademeden olan bu memur nereye gittiğini, kendisine ne lazım olduğunu sordu. Memurun yüzüne bakmadan konunun Vasya'yla ilgili olduğunu söyledi ve odaya daldı. İçeriden Yulian Mastakoviç'in sesi duyuluyordu. "Nereye gidiyorsunuz?" diye sordu kapının hemen önünde bir memur. Arkadiy İvanoviç neredeyse kendinde değildi. Şimdiden geriye dönmek istiyordu. Fakat yarı aralık kapıdan zavallı Vasya'yı gördü. Kapıyı açtı ve kendini bir şekilde içeriye attı. Odaya kargaşa ve şaşkınlık hâkimdi. Yulian Mastakoviç belli ki ciddi bir şekilde acı çekiyordu. Yanında, daha önemli kişiler duruyordu. Herkes konuşuyor, fakat kimse hiçbir şeye karar veremiyordu. Vasya, biraz uzakta ayakta dikiliyordu. Arkadiy'in göğsündeki her şey dondu Vasya'yı görünce. Vasya'nın yüzü solgundu, başı dik duruyordu, elleri iki yanda, hazır ol vaziyetinde bekliyordu. Yulian Mastakoviç'in gözlerinin içine bakıyordu. Nefedeviç'i hemen fark ettiler. Vasya'nın ev arkadaşı olduğunu bilen birisi, bu durumu Ekselanslarına söylemişti. Arkadiy'i öne çıkardılar. Sorulan soruları, Yulian Mastakoviç'e bakarak cevaplamaya çalıştı. Fakat adamın yüzünde samimi bir acıma olduğunu görünce Arkadiy bir çocuk gibi titremeye başladı. Bundan daha fazlasını da yaptı. Yulian Mastakoviç'e doğru gitti, tuttuğu ellerini gözlerine doğru kaldırdı ve bu elleri gözyaşlarıyla yıkadı. İşte bu yüzden Yulian Mastakoviç, ellerini ani bir hamleyle geri çekti, ellerini havada sallayarak şöyle dedi: "Yeter, kardeşim, yeter, temiz kalpli olduğunu görüyorum." Herkese yalvaran gözlerle bakan Arkadiy hıçkırarak ağlıyordu. Oradaki herkesin zavallı Vasya'nın kardeşi olduğunu, onun için acı çekip ağladıklarını zannediyordu. "Bu nasıl olabilir? Bu ona nasıl olabilir?" diye sordu Yulian Mastakoviç, "Niçin aklını kaçırdı?"

"Min... Minne... Minnettarlıktan!" diyebildi Arkadiy İvanoviç kekeleyerek.

Cevabı duyan herkes şaşırmıştı. Bu, onlara tuhaf ve olanaksız geliyordu. Bir insan minnettarlıktan dolayı aklını kaçırabilir miydi hiç? Arkadiy, dili döndüğünce açıklamaya çalıştı.

"Tanrım, ne kadar da yazık!" dedi en sonunda Yulian Mastakoviç "Ona verilen iş önemsizdi, hiç acelesi de yoktu. Yani insanı öldürecek bir iş değildi! Neyse, götürün onu!" Bunu dedikten sonra Yulian Mastakoviç tekrar Arkadiy İvanoviç'e döndü ve tekrar soru sormaya başladı. Vasya'yı göstererek: "Tüm bunların bir kıza söylenmemesini rica etti. Galiba nişanlısı bu kız, öyle değil mi?"

Arkadiy açıklamaya başladı. Bu arada Vasya bir şeyler düşünüyor gibiydi. Sanki özellikle, tam da o anda işine yaracak çok önemli, çok gerekli bir şeyi derin bir kaygıyla hatırlamış gibiydi. Sanki birisinin onun unuttuğu şeyi hatırlayacağını umuyormuş gibi, ıstıraplı gözlerle etrafına bakınıyordu. Gözlerini Arkadiy'e dikti. Sonunda, aniden, gözlerinde bir umut ışığı parlamış gibi, sol ayağıyla ileriye doğru, yapabildiği kadar ustaca üç adım öne çıktı. Hatta kendisini çağıran bir subayın huzuruna çıkmış bir asker gibi topuklarını birbirine bile vurdu. Herkes ne olacağını bekliyordu.

"Bedensel bir kusurum var, zayıf ve çelimsizim, askerlik yapmaya uygun değilim, Ekselansları," dedi aniden.

O anda, odadakiler, sanki birinin yüreklerini sıktığını hissetti. Hatta sert bir karaktere sahip olsa da Yulian Mastakoviç'in gözlerinden yaşlar süzüldü. Elini sallayarak "Götürün onu," dedi.

"Emredersiniz!" dedi Vasya kısık sesle. Sonra sola doğru döndü ve odadan çıktı. Vasya'nın kaderini merak eden herkes onu takip etti. Arkadiy de kalabalığa karıştı. Vasya'yı binanın girişinde bir yere oturttular. Onu hastaneye götürecek arabanın gelmesini bekliyorlardı. Vasya sessizce oturuyordu. Belli ki içinde çok büyük bir kaygı vardı. Tanıdıklarına kafasını sallıyordu. Sanki vedalaşıyordu onlarla. Bir anlığına kapıya baktı ve "Hadi gidelim," diyecekleri an için kendini hazırladı. Kalabalık, Vasya'nın etrafını sarmıştı. Hepsi kafalarını iki yana sallıyor, mırıldanıyordu. Pek çoğu, Vasya'nın aniden herkesin öğrendiği hikâyesine hayret ediyordu. Kimisi bu konuyu tartışıyor, kimisi Vasya'yla ilgili takdirlerini dile getiriyordu. Böyle mütevazı ve sessiz bir delikanlının bu kadar büyük bir işe kalkıştığını söylüyorlardı. Etrafındakiler, okumak için ne kadar çaba gösterdiğini, ne kadar yetenekli olduğunu, kendini eğitmeye ne kadar çok uğraştığını anlatıyordu. "Kademesini kendi çabalarıyla yükseltti!" diyordu bazıları. Ekselanslarının ona karşı gösterdiği şefkatten hayranlıkla bahsediyorlardı. Bazıları, Vasya'nın, işini bitiremediği için neden kendisini askere alacakları düşüncesine kapıldığını açıklamaya çalışıyordu. Zavallının kısa süre önce askerlik çağına geldiği, ancak Vasya'nın yetenekli olduğunu, yumuşak başlılığını ve uysallığını görebilen Yulian Mastakoviç'in talebiyle ilk kademesine getirildiği söyleniyordu. Kısacası pek çok farklı görüş vardı. Fakat üzülenlerin arasında, Vasya Şumkov'la aynı bölümde çalışan kısa boylu birisi dikkat çekiyordu. Aslında bu çok da genç biri değildi. Otuzlarına gelmişti. Bu memurun beti benzi atmıştı, tüm bedeni titriyordu ve tuhaf bir şekilde gülümsüyordu. Çünkü belki de her skandal ya da korkunç sahne, olayları dışarıdan seyredenleri hem korkutuyor, hem de memnun ediyordu. Bu adam, Şumkov'un etrafını saran kalabalığın çevresinde dolaşıyor, kısa boylu olduğundan olup bitenleri görmek için parmak ucunda duruyordu. Karşılaştıklarının, elbette kendisinden kademece üstün olmayanların, düğmelerine asılıyordu. Tüm bunların Vasya'nın başına neden geldiğini bildiğini söyleyip duruyor, bu durumun hafife alınmaması gerektiğini, aksine çok ciddi bir durum olduğunu, böylece bırakılamayacağını anlatıyordu. Daha sonra tekrar parmak ucunda kalkıyor, onu dinleyen kişinin kulağına fısıldıyor, başını iki kez sallıyor ve yeniden bir oraya bir buraya koşmaya başlıyordu. Nihayetinde tüm bunlar son buldu. Hastaneden gönderilen araba binanın önüne geldi. Bir görevli Vasya'ya doğru yaklaştı ve gitme zamanının geldiğini söyledi. Vasya yerinden fırladı, etrafına bakarak aceleyle görevlinin yanında yürümeye başladı. Gözleriyle birini arıyordu. "Vasya! Vasya!" diye seslendi Arkadiy hıçkırarak. Vasya durdu ve Arkadiy ona doğru atıldı. Son kez sarıldılar ve birbirlerine sıkıca kenetlendiler... Onları görmek acı vericiydi. Gözlerinden yaşlar akıtan bu duygu ne kadar da büyük bir felaketti. Niçin ağlıyorlardı? Bu keder neredeydi? Neden birbirlerini anlamıyorlardı.

"Al, al sakla bunu," dedi Şumkov ve Arkadiy'in eline bir kâğıtçık sıkıştırdı. "Onu benden alırlar. Sen bunu bana sonra getirirsin, şimdi sakla..." Vasya sözlerini bitiremedi. Görevli çağırıyordu onu. Sonra aceleyle, herkese selam vererek, herkesle vedalaşarak merdivenlerden koştu. Yüzünde umutsuzluk vardı. En sonunda onu arabaya oturttular ve gittiler.

Arkadiy aceleyle kâğıdı açtı. Kâğıdın içinden, Şumkov'un ayrılamadığı Liza'nın bir tutam siyah saçı çıktı. Arkadiy'in gözlerinden sıcak yaşlar süzülüyordu. "Ah, zavallı Liza!"

Mesai bittikten sonra Artyomevler'e gitti. O evde ne yaşandığını anlatmaya bile gerek yok! Petya bile, küçük Petya bile, iyi yürekli Vasya'ya ne olduğunu anlamasa da, bir köşeye gitti, elleriyle yüzünü kapattı ve çocuk kalbinde bulabildiği kadar kuvvetle hıçkırarak ağladı. Arkadiy eve dönmek üzere yola çıktığında güneş batmak üzereydi. Neva'ya yaklaştığında, bir anlığına durdu. Nehrin ucuna, aniden gün batımının son kızıllığıyla aydınlanan sisli, bulanık, donmuş ufka doğru baktı. Gece şehrin üzerine çöküyordu. Donmuş karların kapladığı uçsuz bucaksız Neva'daki tükenmek bilmeyen milyonlarca kar tanesi güneşin son ışıklarıyla parlıyordu. Hava eksi yirmi derece kadar soğuktu. Ölecek halde yorgun atların ve koşuşturan insanların ağzından donmuş bir buhar çıkıyordu. Soğuk hava en ufak sesten titriyor, duman sütunları nehrin iki yakasındaki tüm çatılardan yükselip soğuk gökyüzünde toplanıyor, dumanlar istedikleri gibi iç içe geçiyor ya da birbirinden ayrılıyordu. Sanki eski şehrin üzerine yeni binalar inşa ediliyor, havada yeni bir şehir kuruluyordu. Sanki nihayetinde, güçlü ya da zayıf sakinleriyle, fakirlerin sığınakları ve zenginlerin bu dünyadaki mutluluk kaynağı olan gösterişli saraylarıyla, o alacakaranlık anında, sıraları gelince hemen kaybolacak ve koyu mavi gökyüzünde dumanlara karışacak fantastik ve sihirli bir hayale, rüyaya benziyordu dumanlar. İşte zavallı Vasya'nın perişan arkadaşının aklından bu tuhaf düşünceler geçiyordu. Titredi ve o ana kadar varlığını bile bilmediği, güçlü ve şaşırtıcı bir duyguyla birlikte sıcak bir kan dalgası yüreğine hücum etti. Sanki o anda tüm bu belayı kavramış ve kendi mutluluğunu taşıyamayan zavallı Vasya'sının aklını neden kaçırdığını anlamış gibiydi. Dudakları titredi, gözleri parlayıp söndü ve o anda sanki yeni bir şeyi keşfetmişçesine beti benzi attı.

Arkadiy, bu olaydan sonra bir kasvete büründü, üzüldü ve tüm neşesini kaybetti. Vasya'yla kaldıkları evden nefret etmeye başlayınca başka bir yerde kiraya çıktı. Artyomevler'e gitmek istemiyordu ve gidemedi de. İki sene sonra kilisede Lizanka'ya rastladı. Çoktan evlenmişti. Annesi de kucağında onun bebeğiyle arkasından yürüyordu. Selamlaştılar ve uzun bir süre yaşadıklarıyla ilgili konuşmaktan çekindiler. Liza, Tanrı'ya şükür mutlu olduğunu, acı çekmediğini, kocasının temiz kalpli biri olduğunu ve kocasını sevdiğini söyledi... Fakat aniden, sohbetin ortasında, Liza'nın gözleri yaşlarla doldu, sesi cılızlaştı ve kendi ıstırabını başkalarından gizlemek için arkasını dönüp kilisenin basamağında diz çöktü...

Dürüst Hırsız

(Bilinmeyen Birinin Not Defterinden)

Bir sabah, tam işe gitmek üzereyken, aşçım, çamaşırcım ve temizlikçim olan Agrafena yanıma geldi. Birden benimle sohbet etmeye başlayınca şaşırdım.

O zamana kadar oldukça sessiz, sıradan bir kadındı. Yemeklerle ilgili her gün söylediği birkaç söz dışında, yaklaşık altı yıldır ağzından tek kelime çıkmamıştı. En azından ben onun ağzından başka hiçbir söz işitmemiştim.

"Ben, beyefendi, size bir şey diyecektim," diye aniden söze girdi. "Şu küçük odayı kiraya verseniz."

"Hangi odayı?"

"Mutfağın yanındaki odayı elbette."

"Niçin?"

"Niçin mi? İnsan neden kiracı alırsa evine, ondan elbette."

"Kim kiralar ki orayı?"

"Kim mi kiralar? Kiracılar kiralar. Kim kiralayacak başka?"

"Tamam da, cancağızım, oraya yatak koyulmaz. Dar olur. Kim orada yaşar ki?"

"Niçin yaşanmasın orada? Sadece uyuyacak yer olsun yeter, pencerenin önünde yaşarlar."

"Hangi pencere?"

"Hangisi olacak, sanki bilmiyorsunuz! Girişteki pencerenin. Orada oturur, dikiş diker ya da ne yapacaksa onu yapar. İşte, sandalyeye oturur. Sandalyesi var, masası var, her şeyi var."

"Kimmiş bu?"

"İyi kalpli, görmüş geçirmiş bir adam. Yemeği de ben yaparım. Hem odaya, hem masaya, aylık üç gümüş ruble alsanız yeter..."

Uzun uğraşlardan sonra, yaşlı bir adamın kiracı olarak evde kalmak için Agrafena'yı bir şekilde ikna ettiğini öğrenebildim. Adam kiracı olduğu süre boyunca Agrafena'nın yemeklerinden de yiyecekti. Agrafena'nın aklına koyduğu şey kesinlikle yerine getirilmeliydi. Yoksa bana huzur vermeyeceğini biliyordum. Böyle durumlarda, herhangi bir şey hoşuna gitmediyse, hemen düşünceli bir hal alır, derin bir kedere düşer ve bu durum iki üç hafta kadar devam ederdi. Bu süre boyunca yemekleri berbat eder, yatağı toplamaz, yerleri silmezdi. Kısacası pek çok sorun çıkarırdı. Uzun süre önce, ağzı var dili yok bu kadının kararlarını, kendine ait herhangi bir düşüncesini gerçekleştirme gücünün olmadığını fark etmiştim. Fakat, biraz zayıf olan aklına tesadüf de olsa uygulanabileceğini düşündüğü bir şey gelmişse, bu fikrin önüne geçmek, bir süreliğine onun keyfinin kaçmasına sebep oluyordu. İşte bu yüzden, biraz da kendi huzurum için bu fikri hemen kabul ettim.

"Ne olur ne olmaz diye, kimlik belgesi gibi bir şeyi var mı?"

"Tabii ki! Neden olmasın. Temiz kalpli, görmüş geçirmiş bir adam. Üç rubleye söz verdi."

Hemen sonraki gün, mütevazı bekâr evime yeni kiracımız taşındı. Hiç üzülmedim, hatta içten içe bu durumdan memnundum. Aslında çok uzun zamandır yalnız yaşıyordum. Saplanıp kalmıştım. Neredeyse hiç kimseyi tanımıyordum. Çok az dışarı çıkıyordum. On yıldır kendi kabuğumda yaşamıştım. Elbette yalnızlığa alışmıştım. Fakat on, belki de on beş yıl, böyle bir yalnızlıkla, sürekli Agrafena'yı görerek, aynı bekâr evinde yaşamak elbette oldukça renksiz olacaktı! Bu nedenle, böyle bir düzende, uyumlu bir insanın daha olması Tanrı vergisi gibi bir şeydi!

Agrafena yalan söylememişti. Kiracım, görmüş geçirmiş biriydi. Kimliğine bakılacak olursa eski bir askerdi. Fakat ben bunu daha adamın kimliğine bile bakmadan anlamıştım. Bunu görmek çok kolaydı. Kiracım Astafiy İvanoviç, kendi sınıfının en iyilerindendi. Oldukça iyi anlaşıyorduk. Astafiy İvanoviç'in en iyi özelliği, kendi başından geçen hikâyeler anlatabilme becerisiydi. Yaşam kavgamın her zamanki sıkıcılığı arasında, böyle bir hikayecinin varlığı bulunmaz bir nimetti. Bir gün bana böyle hikayelerinden birini anlattı. Anlattığı hikaye beni biraz etkiledi. İşte bu hikaye onun anlattıklarıdır.

Bir gün evde tek başıma kaldım. Astafiy ve Agrafena kendi işleriyle ilgilenmek için dışarı çıkmışlardı. O sırada aniden ikinci odaya birinin girdiğini duydum. Sesi yabancı gibi gelmişti bana. Odadan çıktım. Gerçekten de girişte, sonbahar havasının serinliğine aldırmadan frak giymiş ufak tefek bir yabancı duruyordu.

"Ne vardı?"

"Memur Aleksandrov burada mı yaşıyor?"

"Öyle biri yok kardeşim, hadi güle güle."

"Fakat kapıcı burada yaşadığını söylüyor," dedi ziyaretçi çekingence kapıya doğru yönelerek.

"Çıkın, çıkın, kardeşim, haydi."

Ertesi gün yemekten sonra, Astafiy İvanoviç, ölçüp biçtiği bir frakı prova etmem için bana yardım ediyordu. O sırada birisi yine girişe geldi. Kapıyı araladım.

Dünkü beyefendi, gözlerimin önünde büyük bir sakinlikle paltomu askıdan aldı, koltuk altına sıkıştırdı ve daireden çıkıp kayıplara karıştı. Bu sırada Agrafena, ağzı açık bir şekilde şaşkınlıkla adama bakmış ve paltomu savunmak için hiçbir şey yapmamıştı. Astafiy İvanoviç hemen hırsızın arkasından koştu. On dakika sonra elleri boş, soluk soluğa geri döndü. Sanki yer yarılmış da adam içine girmişti!

"Şansınız yokmuş, Astafiy İvanoviç. En azından pelerin bizde kaldı! Yoksa gerçekten çok kötü olacaktı. Hırsız!"

Fakat bu olay Astafiy İvanoviç'i o kadar etkilemişti ki ona bakınca hırsızı falan unutuverdim. Yaşananlar aklından çıkmıyordu. Hemen meşgul olduğu işini bıraktı. Bu olayın nasıl meydana geldiğini tekrar tekrar anlatıyordu. Adamın kapıda nasıl dikildiğini, göz göre göre, iki adımda paltoyu kaptığını, her şeyi nasıl ayarladığını ve onu yakalamanın mümkün olmadığını söylüyordu. Sonra yeniden işinin başına oturdu. Bir süre sonra her şeyi kenara koydu. En sonunda olanları kapıcıya anlatmaya gitti. Hatta onu böyle bir şeye müsaade ettiği için haşladı da. Sonra döndü ve Agrafena'ya çıkışmaya başladı. Sonra yeniden işinin başına oturdu ve kendi kendine bunun nasıl olabileceği ile ilgili mırıldandı. Adamın nasıl dikildiğini, göz göre göre iki adımda paltoyu aldığını... Aslında Astafiy İvanoviç bir yandan işini yapıyor, bir yandan da gayretle ortalığı velveleye veriyordu.

Akşam olunca, "Bizi aptal yerine koydular, Astafiy İvanıç!" dedim. Bir bardak çay verdim. Sıkıldığım için, ortadan kaybolan palto hakkındaki hikâyeyi yeniden anlatmasını istiyordum. İvanoviç'in derin bir samimiyet içinde yaşanan olayı sürekli tekrar etmesi sayesinde artık her şey komik bir hal almaya başlamıştı.

"Öyle yaptılar, beyefendi! Asıl neye üzülüyorum biliyor musunuz? Keşke giden şey benim eşyam olsaydı. Bana kalırsa, yeryüzünde hırsızdan daha kötü haşarat yok. Haşarat, önem vermediğin şeyi alıp götürür; hırsızsa senin emeğini, döktüğün alın terini, zamanını çalar senden. Ah çok kötü! Konuşmak bile istemiyorum, öfkelendiriyor bu durum beni. Nasıl oluyor da kaybettiğiniz bir şeye üzülmüyorsunuz, beyefendi?"

"İşte bu doğru, Astafiy İvanıç. Yansa daha iyi. Hırsız alıp götürdü ya bu üzücü."

"Tabii, böyle olmasını kim ister? Tabii hırsız var, hırsız var... Bir keresinde, beyefendi, benim de başıma geldi. Dürüst bir hırsıza rastladım."

"Nasıl dürüst bir hırsız? Dürüst hırsız mı olur, Astafiy İvanıç?"

"Olur beyefendi, olur! Öyle dürüst bir hırsızdı ki böylesini göremezsiniz. Demek istediğim, adam dürüsttü, fakat yine de çalıyordu. Onun için üzücü bir durum."

"Bu nasıl olur, Astafiy İvanıç?"

"Bundan iki yıl kadar önce oldu, beyefendi. O zamanlar neredeyse bir yıldır başımı sokacak bir yerim yoktu. O sırada kaldığım bir yerde, tamamen kendini kaybetmiş birine rastladım. Bir handa karşılaşmıştık. Ayyaşın, serserinin, dilencinin tekiydi. Bundan önce bir yerlerde çalışmış. Fakat ayık gezmediği için bunu uzun süre önce işten atmışlar. Öyle serseriydi ki! Neyin peşinde olduğunu ancak Tanrı bilirdi! Bazen, paltosunun altında gömleğinin olup olmadığını düşünürdünüz. Sahip olduğu her şeyi içkiye yatırıyordu. Fakat kavgacı değildi. Uysal, yumuşak ve edepli bir mizacı vardı. Talep etmezdi, utanırdı, fakat sen anlardın, umutsuzca içmek isterdi. Sen de dayanamazdın. Böyle böyle arkadaş olduk. Daha doğrusu o bana yapıştı. Benim umurumda değildi. Öyle biriydi ki! Küçük bir köpek gibiydi, nereye gitsem o da peşimden gelirdi. Topu topu bir kere görüşmüştük. Bir de öyle sıskaydı ki! Önce geceyi kaldığım yerde geçirmesine izin verdim. Kimliğine falan baktım, sorun yoktu! Sonra, ertesi gün, bir daha izin verdim. Sonra üçüncü gün yine geldi. Tüm gün pencerenin önünde oturdu ve gece yatıya kaldı. Artık bana yamandığını düşünüyordum. İçir, karnını doyur, yatacak yer ver. Benim de elimde avucumda yok, bir de beleşçi birine bakıyorum. Önceden de, bana geldiği gibi, başka bir memura gitmiş, ona yamanmış. Sürekli birlikte içiyorlarmış. Sonra bu memur bir gün ölesiye içmiş ve ne olduğu bilinmez bir dertten ölmüş. Adı da Yemelyan'dı. Yemelyan İlyiç. Düşünüp duruyordum. Ne yapacaktım onunla? Kovsam; utanırım, üzülürüm. Böyle kederli, kaybolmuş bir insan. Ben de beyefendiyim ya! Hem ağzı var dili yok, talep etmez, kendi başına oturur, fakat köpek gibi gözlerinin içine içine bakar. İşte ayyaşlık insanı böyle mahvediyor! Kendi kendime düşünüyordum. Nasıl derdim ona, "Yemelyanuşka hadi git buradan, işte, burada sana yer yok, yanlış yere geldin, ben kendim yiyecek ekmek bulamayacağım, senin karnını nasıl doyurayım?" Bunları söylesem onun ne yapacağını oturup düşündüm. Böyle bir şey nasıl söylenirdi ki? Söylediklerimi duyduğunda, bana uzun uzun bakacak, bunların ne anlama geldiğini anlamadan uzun süre oturduğu yerde kalakalacak, kafasına dank ettiğinde ise pencerenin önünden kalkıp çıkınını alacaktı. Şimdi hatırlıyordum da sürekli yanında taşıdığı, ekoseli, her yeri delik deşik kırmızı bir çıkını vardı. İçinde ne olduğunu Tanrı bilir. Sonra, hem kendisini sıcak tutması için hem de iyi görünmesi için paltosuna çekidüzen verirdi. Böylece paltosunun delikleri de görülmezdi. İnce duyguların adamıydı o! Sonra kapıyı açar ve gözyaşları içinde merdivene çıkardı. Birini öylece kapı önüne koymak olmazdı. Üzücü olurdu! Fakat sonra, gitmezse ne yapacağımı düşündüm! Düşünüp taşındım, Yemelyanuşka, sana uzun süre bakamam, ben de yakında çekip gideceğim, o zaman beni bulamazsın mı diyecektim? Neyse, beyefendi, yanında kaldığım aile şehirden taşınıyordu. O sırada Aleksandr Filimonoviç, ev sahibim, (şimdi merhum, ışıklar içinde uyusun) benden çok memnun kaldıklarını, taşradan döndüklerinde beni unutmayacaklarını, yeniden işe alacaklarını söyledi. Ben onların yanında, uşak olarak çalışıyordum. Temiz kalpliydi bu ev sahibim. Fakat aynı yıl vefat etti. Ailesi bize yol gösterince, ben de eşyalarımı topladım. Kenarda köşede biriktirdiğim azıcık paramı aldım, sonra dinlenirim diye, eskiden beri tanıdığım yaşlı bir kadının yanına gittim. Yaşlı ev sahibesinin, küçük bir odası müsaitti sadece. Kendisi de bir yerlerde dadılık yapmıştı. Şimdiyse sadece emekli aylığıyla geçinip gidiyordu. Yemelyanuşka'nın, temiz kalpli bu adamın bir daha beni bulamayacağını düşünüyordum. Ne olsa beğenirsiniz? O akşam bir arkadaşımı görmeye gitmiştim. Eve döndüğümde gördüğüm ilk şey Yemelya'ydı. Odamdaki sandığın üzerinde oturuyordu. Ekoseli çıkını da yanında, paltosu sırtında beni bekliyordu. Hatta sıkıldığı için okumak üzere yaşlı kadından bir kitap almıştı, onu da ters tutuyordu. Bir şekilde bulmuştu beni! Elim ayağım boşaldı. Ne yapacağımı düşünüyordum. Neden onu hemen kovmadım ki? Hemen kimliğini getirip getirmediğini sordum.

Bir yandan da, aklımdan bu serserinin beni çok rahatsız edip etmeyeceğini geçiriyordum. Sonra bana çok da rahatsızlık vermeyeceğine kanaat getirdim. Karnını doyurmak gerekirdi yalnızca. İşte sabahları bir ekmek, kuru kuru gitmesin diye de yanına bir baş soğan. Öğlen yine, ekmekle soğan. Akşam, kvas, soğan ve ekmek isterse ekmek. Lahana çorbası falan da olursa, işte ikimiz de karnımızı doyurur giderdik. Ben kendim zaten pek fazla yemiyorum. Sarhoşların da pek boğazına düşkün olmadığını biliyorsunuz. Likörünü versen, votkasını versen yeter. Fakat meyhaneye gitsek beni mahvedeceğini düşünüyordum. Sonra aklıma bir fikir geldi. İyiden iyiye benimsediğim bir fikir. Yemelya giderse bu hayatta mutlu olamayacağımı düşünüyordum, tam o anda onun babası, koruyucusu olmaya karar verdim. Onu bu kötü gidişattan çekip çıkaracaktım. Bu alışkanlığından vazgeçirecektim! Peki dedim, Yemelya, burada kalabilirsin. Fakat bundan sonra benim sözümden çıkmayacaksın.

İçten içe düşünüyordum. Şimdi onu çalışmaya teşvik etmem gerekiyordu. Fakat hemen değil. Önce biraz gezsin dolaşsın dedim. Ben de bu sırada, gözetleyecek, Yemelya'nın neye yetenekli olduğunu bulmaya çalışacaktım. Çünkü her işte, beyefendi, her şeyden önce insanın yetenekli olması gerekir. Sonra onu gizliden gizliye incelemeye başladım. Bizim Yemelyanuşka'nın umutsuz bir vaka olduğunu hemen fark ettim. Önce tatlı dille başladım konuşmaya. Böyle böyle, Yemelyan İlyiç, dedim. Aklını başına toplaman, kendine çekidüzen vermen lazım dedim. Bu kadar serserilik yeter dedim! Baksana, eski püskü şeyler giyiyorsun. Bunu söylediğim için kusura bakma ama üstündeki paltodan ancak elek olur dedim. Bilsen iyi olur diye söylüyorum.

Yemelyanuşka, oturuyor, oturuyor, kafasını eğip beni dinliyordu. Fakat bunlar neyine onun, beyefendi! Bir süre geçti, dili tutulmuştu sanki, hiçbir şey söylemiyordu. Ona salatalık hakkında bir şeyler söylesen, o sana fasulyeden bahsederdi. Beni uzunca bir süre dinledi sonra iç geçirdi.

"Neden iç geçiriyorsun, Yemelyan İlyiç?"

"Önemli değil, Astafiy İvanıç, merak etmeyin. Bugün iki kadını, Astafiy İvanıç, sokak ortasında kavga ederken gördüm. Biri, diğerinin kızılcık dolu sepetini istemeden yere devirmişti."

"Ne var bunda?"

"Diğeri de onun sepetindeki kızılcıkları bile isteye yere devirmiş, bir de ayaklarının altına almış eziyordu."

"Ee ne var bunda, Yemelyan İlyiç?"

"Hiçbir şey yok, Astafiy İvanıç, öylesine dedim."

"'Hiçbir şey yok, öylesine dedim.' Eh! Bence, Yemelya, Yemelyuşka! İçe içe aklını da kaybetmeye başladın sen!"

"Bugün saygıdeğer biri sokak ortasında parasını düşürdü. Gorohovskiy'de, yok yok Sadovıy'da. Köylü bir adam, işte şans yüzüme güldü dedi. Bunu gören başka bir köylü de, hayır o benim şansım, ben senden önce gördüm dedi..."

"Ee, Yemelyan İlyiç?"

"Adamlar kavgaya tutuştu, Astafiy İvanıç. Zabit geldi, parayı alıp beyefendiye verdi. Köylüleri de hapse tıkmakla tehdit etti."

"Ne var bunda? Bu anlattıklarından ne öğrenmemiz gerekiyor, Yemelyanuşka?"

"Hiçbir şey. Millet güldü bu olanlara, Astafiy İvanıç."

"Eh, Yemelyanuşka! Bana ne milletten! Sen de kendi ruhunu üç kuruşa satıyordun. Ne diyeceğim biliyor musun, Yemelyan İlyiç?"

"Ne diyeceksiniz, Astafiy İvanıç?"

"Kendine bir iş bul. Hakikaten, bir iş bul. Sana yüzlerce kez söyledim iş bul diye. Kendine acı biraz!"

"Nasıl bir iş bulayım, Astafiy İvanıç? Ne iş yapacağımı bile bilmiyorum. Beni kim işe alır ki, Astafiy İvanıç?"

"Zaten seni de bu yüzden işten kovdular Yemelya, ayyaş herif!"

"İşte bizim meyhaneci Vlasa'yı da bugün resmi daireye çağırdılar, Astafiy İvanıç."

"Neden onu çağırmışlar, Yemelyanuşka?"

"Neden çağırdıklarını bilmem, Astafiy İvanıç. Belli ki, ona orada ihtiyaçları vardı, ondan çağırdılar."

"Eh! Galiba, sen de ben de kaybettik, Yemelyanuşka! Tanrı günahlarımızın cezasını veriyor işte!" Söyleyin bana beyefendi, böyle bir adamla ne yapılır?

Fakat bu adam kurnaz bir herifti, ona şüphe yok! Dinledi, dinledi, sonra hem sıkıldı hem de benim biraz sinirlenmeye başladığımı görünce, paltosunu alıp sıvıştı. Hava kararmaya başlayınca, akşam vakti eve sarhoş döndü. Onu kim içirdi, kim para verdi orasını ancak Tanrı bilir. Fakat bu işe ben karışmadım!

"Hayır, diyorum ki, Yemelyan İlyiç, aklını başına topla! Bu kadar içtiğin yeter, duyuyor musun beni? Yeter! Bir daha eve sarhoş dönersen, merdivenlerde uyursun. İçeri almam!"

Bu tehdidi duyunca, Yemelya tüm gün evde oturdu. Ertesi gün de çıkmadı. Fakat üçüncü gün yine ortadan kayboldu. Bekle de bekle, bir türlü gelmedi. Açık konuşmak gerekirse, hem korkmaya hem de üzülmeye başladım. Ona ne yaptım ben böyle diye düşünüyordum. Onu korkutmuştum. Zavallı adam şimdi neredeydi? Tanrı korusun belki de kaybolmuştu? Gece oldu, hâlâ ortada yoktu. Sabah olunca, eve gelip gelmediğine bakmak için hole çıktım. Başını eşiğe koymuş uzanıyordu. Soğuktan kaskatı kesilmişti.

"Ne yapıyorsun, burada Yemelya? Tanrı aşkına. Neredeydin?"

"İşte siz bana geçenlerde kızınca Astafiy İvanıç, öfkelenince ve beni içeriye almayıp da merdivenlerde yatıracağınızı söyleyince içeriye girmeye korktum. Ben de burada yattım, Astafiy İvanıç."

Öyle deyince hem öfkelendim hem de üzüldüm! "Kendine bir bak, Yemelyan. Bir iş bulsan kendine diyorum sana. Burada merdivenlerde sürüneceğine iş bul."

"Benim elimden ne gelir ki, Astafiy İvanıç?"

"Sen hapı yutmuşsun," dedim, çok öfkelenmiştim. "Bari dikiş dikmeyi falan öğrensen. Şu giydiğin paltoya bak! O kadar delikli ki ancak merdivenleri silersin bununla! Hiç değilse eline bir iğne al da şu delikleri yama. En azından daha iyi görünürsün. Ayyaşın tekisin!"

Ne yapsa beğenirsiniz, beyefendi? Dalga geçmek için söylememe rağmen, korktu ve aldı eline iğneyi. Paltosunu çıkardı ve ipliği iğnenin deliğinden geçirmek için uğraşmaya başladı. Ona şöyle bir baktım. Durumu belliydi. Gözleri kan çanağına dönmüş, elleri titriyor, dikiş senin neyine. İpliğin ucunu ıslatıyor, iğnenin deliğinden geçirmeye çalışıyor, ipliği bir daha ıslatıyor, elinde çevirip duruyor, bir türlü olmuyor. En sonunda vazgeçti ve bana bakmaya başladı...

"Beni utandırdın, Yemelya! Bunu başka insanların yanında yapsaydın, kafanı uçururdum senin! Ben bunu öylesine, iğnelemek için söylemiştim sana... Sen de anlamadın. Otur, otur, hiçbir iş yapma. Merdivenlerde de uyuma, beni kimseye rezil etme!"

"Ne yapayım, Astafiy İvanıç? Her zaman sarhoş olduğumu ben kendim de biliyorum. Hiçbir işe yaradığım yok! Sizin yüreğinize, hayırsever efendim, sizin yüreğinize boşuna eziyet ediyorum."

Tam o anda morarmış dudakları titredi. Solgun yanağına gözyaşları akmaya, bu gözyaşları tıraşsız yüzündeki sakallarında sallanmaya başladı. Benim Yemelyam, aniden içli

içli ağlamaya başlamıştı. Aman Tanrım! Sanki yüreğime bir bıçak saplanmıştı.

"Eh, duygusal bir insanmışsın, hiç aklıma gelmezdi! Kim tahmin ederdi böyle olacağını? Hayır, Yemelya, düşündüm de senden umudu kesiyorum. Serseri hayatına istediğin şekilde devam edebilirsin."

İşte böyle beyefendi, daha fazla anlatacak bir şey yok aslında! Tüm bu yaşananlar öyle boş ve üzücüydü ki daha fazla nefes harcamaya değmez. Kısacası beyefendi, siz olsanız ona iki kuruş para vermezdiniz. Fakat ben, sanki çok param varmış gibi, onun için çok para harcadım. Keşke hiç yapmasaydım! Benim bir binici pantolonum vardı, beyefendi. Şeytan aldı götürdü onu. Oldukça iyi, birinci sınıf kalitede, mavi ekoseli bir pantolondu. Pantolonu, taşradan buraya gelip giden bir beyefendi dikmem için bana sipariş vermiş, fakat sonra çok dar olduğunu söyleyip almaktan vazgeçmişti. Pantolon da böylece benim elimde kalmıştı. Düşünüyorum, pantolon harika bir parça! İkinci elciye gitseydim beş gümüş ruble kadar verirdi; ya da pantolondan Petersburglu beyefendilerin giydikleri türden iki pantolon çıkarır, üstüne kendime yeleklik kumaş da kalırdı. Bilirsiniz, bizim gibi yoksul insanlar için her şey değerlidir! Pantolonun kayboluşuyla, Yemelyanuşka'nın oldukça üzgün, kederli oluşu aynı zamana denk gelmişti. Bir gün içmedi, ikinci gün içmedi, üçüncü gün de bir damla koymadı ağzına. Tamamen sersemlemiş, üzülmüş, kederle öylece oturuyordu. Acaba diye düşündüm, iki kuruş parası mı yok, yoksa sonunda Tanrı yoluna girip içmekten mi vazgeçti? İşte beyefendi, durum böyleyken böyle. O sırada da büyük bayram gelip çatmıştı. Kilisede gece ayinine gittim. Sonra dönünce bir de ne göreyim. Bizim Yemelya pencerede sarhoş oturuyor, bir o yana bir bu yana sallanıyor. Ya, işte böyle, olur! Sonra bir şeyler almaya sandığın başına gittim. Bir baktım ki, pantolon ortada yok! Oraya baktım, buraya baktım. Yok, kaybolmuştu! Her yerin altını üstüne getirdim, yok. Kalbim parçalanıyordu sanki! Şu benim yaşlı ev sahibesine gittim. Önce ona çıkıştım, onu suçladım. Yemelya'nın sarhoş oturmasının bir nedeni vardı, fakat ondan şüphelenmek aklıma gelmemişti. Yaşlı kadın "Tanrı sizi inandırsın, beyefendi, fakat pantolon benim neyime? Ben pantolon giyemem ya? Geçenler de sizin gibi genç bir beyefendinin bana verdiği bir etek kayboldu... Yani bilmiyorum, haberim yok," dedi. "Kim vardı burada, kim gelip gitti?" diye sordum. "Kimse, beyefendi, gelip giden kimse olmadı. Tüm gün buradaydım. Yemelyan İlyiç çıktı, sonra yeniden geldi, oturuyor işte! Gidin ona sorun." "Yemelya, ihtiyaç duyup da benim yeni pantolonumu almadın ya? Hani hatırlıyor musun taşralı bir adam sipariş etmişti bana?" "Hayır, Astafiy İvanıç, ben, yani almadım onu."

Olaya bakın! Bir daha başladım aramaya. Aradım taradım ama ortada yok! Yemelya oturuyor, bir yandan da kara kara düşünüyor. Ben de, beyefendi, tam önüne, sandığın üstüne oturdum ve birden gözlerinin içine baktım. Eyvah! Kalbim göğsümün içinde sıkışıyor, kıpkırmızı oluyordum. Birden Yemelya da bana baktı.

"Hayır, Astafiy İvanıç, sizin şu pantolonunuzu... Belki benim almış olabileceğini düşünüyorsunuz."

"Peki o halde pantolonun başına ne geldi, Yemelyan İlyiç?"

"Bilmiyorum, Astafiy İvanıç, ben hiç görmedim bile."

"Ne oldu peki, Yemelyan İlyiç, kalkıp kendisi mi ortadan kayboldu birden?"

"Belki de kendisi gitmiştir, Astafiy İvanıç." Bunu duyar duymaz, kalktım, pencerenin önüne gittim, mumu yaktım ve işimin başına oturdum. Alt katta yaşayan memurun yeleğini onarıyordum. Göğsümdeki sızı ve yanma hissi geçmek bilmiyordu. Gardırobumdaki her şeyi ateşe atıp yaksam böyle hissetmezdim. Yemelya da yüreğimin ne kadar acıdığını sezmişti galiba. Bir insan, efendim, suç işlemişse, belanın kokusunu çok uzaktan alır, tıpkı fırtınadan önceki havayı sezen kuşlar gibi.

"İşte, Astafiy İvanoviç," diye başladı konuşmaya Yemelyuşka, sesi titriyordu, "Bugün hastabakıcı Antip Prohorıç'ın, önceki gün ölen arabacının karısıyla evlendiğini biliyor musunuz?"

Bilirsiniz işte, öfkeyle ona baktım. Öyle bir bakış işte... Yemelya anladı. Baktım, yerinden kalktı, yatağa gitti ve hemen yatağın yanında bir şeyleri karıştırmaya başladı. Bekledim; uzun süre orada kaldı. Bu sırada kendi kendine söyleniyordu. "Hayır, nasıl olmaz, kahretsin, nasıl kaybolur!" Ne olacağını bekledim. Yemelya dizlerinin üzerine çökmüş, yatağın altına sürünüyordu. Daha fazla dayanamadım.

"Dizlerinin üstünde ne yapıyorsun öyle, Yemelyan İlyiç?"

"Ortada pantolon yok, Astafiy İvanıç. Belki buraya falan düşmüştür diye bakıyorum."

"Ah, beyefendi benim gibi, (öfkemden onunla alay etmeye başlamıştım) benim gibi, yoksul, fakir bir adam için ne diye dizlerinizin üstünde sürünüyorsunuz?"

"İşte, fakat, Astafiy İvanıç, bulurum diye... Belki de buradan bir yerden çıkar diye arıyorum."

"Hımm, beni dinle Yemelyan İlyiç!"

"Buyurun, Astafiy İvanıç?"

"Seninle ekmeğimi ve tuzumu paylaşmama rağmen, neden bir hırsız, bir haydut gibi pantolonumu çaldın?" İşte böyle çileden çıkmıştım, beyefendi. Öylece önümde dizlerinin üstünde duruyordu.

"Hayır... Astafiy İvanoviç..."

Bir süre yatağın altında kaldı öylece. Uzun süre uzandı, sonra sürünerek çıktı. Baktım, beti benzi atmıştı. Suratı çarşaf gibiydi. Kalktı, pencerenin önüne yanıma oturdu. Bir on dakika kadar öylece durdu.

"Hayır, Astafiy İvanıç," dedi aniden ayağa kalkıp bana doğru yaklaşarak. Şimdi düşünüyordum da öyle korkunç bir haldeydi ki.

"Hayır, Astafiy İvanıç, sizin pantolonunuza hiç dokunmadım ben."

Baştan ayağa ürperiyor, titreyen parmağıyla kendi göğsünü işaret ediyor, sesi çatallanıyordu. Bunu görünce sinirlerim bozuldu ve iyice pencereye yapıştım.

"Kusura bakmayın Yemelyan İlyiç, isterseniz beni affedin. Ben biliyorsunuz aptal bir adamım, sizi boşu boşuna suçladım. Pantolon olmasa da olur, bırakın gitsin, onsuz da yaşayabiliriz. Elimiz ayağımız tutuyor Tanrı'ya şükür. Yoksul bir adamın sahip olduklarını çalmayız. Kendi ekmeğimizi kazanırız."

Dürüst Hırsız

Beni dinleyen Yemelya, önümde ayakta dikilmeye devam ediyordu. Sonra oturdu. Tüm gece boyunca öylece kıpırdamadan oturdu. Ben uyumaya giderken de Yemelya aynı yerde oturuyordu. Sabah baktım ki paltosuna sarınmış, yere kıvrılmış yatıyor. Kendini o kadar perişan etmişti ki yatağa bile gitmek istememişti. Açıkçası beyefendi o günden sonra artık onu sevmemeye başladım, hatta birkaç gün ondan nefret ettim. Şurası kesin ki kendi öz oğlum beni sırtımdan bıçaklasaydı böylesine üzülmezdim. Ah, düşünüp duruyordum. Yemelya, Yemelya! Yemelya ise, beyefendi, iki hafta kadar hiç durmadan içti. Adeta kendini içkiye verdi. Sabah çıkıyor, akşam geç geliyordu. İki hafta boyunca ağzından tek bir kelime bile duymadım. Ya yüreğini bir acı kavuruyor ya da kendini tamamen mahvetmek istiyordu. Nihayet, yeter dedi, içki içmeye ara verdi. Sanki her şeyi içmiş gibi, yine pencerenin önüne oturdu. Hatırlıyorum da üç gün öylece sustu. Sonra aniden ağlamaya başladı. Oturuyor ve ağlıyor beyefendi, öyle işte durum! Ama nasıl ağlıyor, sanki çeşme gibi. Gözyaşı döktüğünün farkında değil! Ah beyefendi, yetişkin bir adamın, hatta Yemelya gibi yaşlı bir adamın kederden ağlamaya başlamasını görmek o kadar ağır ki!

"Ne yapıyorsun, burada Yemelya?" diye sordum.

Birden tüm bedeni titremeye başladı. Öyle bir iç geçirdi ki... O sırada ilk kez onunla bir sohbet başlatmaya niyetlenmiştim.

"Hiçbir şey... Astafiy İvanıç."

"Tanrı seni korusun, Yemelya, olan oldu. Niçin burada baykuş gibi oturuyorsun?" Haline üzülüyordum Yemelya'nın.

"İşte, Astafiy İvanıç, bir şeyden değil. Elim iş tutsun istiyorum, Astafiy İvanıç."

"Nasıl bir iş bulmak istiyorsun, Yemelyan İlyiç?"

"İşte ne olursa. Belki bir dairede işe başlarım, önceden olduğu gibi. Fedosey İvanıç'a sormaya gittim bugün... Sizi üzmek bana iyi gelmedi, Astafiy İvanıç. Belki, Astafiy İvanıç, bir dairede iş bulurum. Sizin verdiklerinizi geri veririm. Sizin misafirperverliğinizi bir şekilde öderim."

"Yeter, Yemelya, yeter. Nasıl da üzülüyorsun, geçti gitti! Şeytan alsın götürsün! Eskisi gibi yaşayıp gideriz."

"Hayır, olmaz kalamam Astafiy İvanıç, belki de sizin aklınıza... Pantolonunuzu benim aldığım geldi..."

"Sen nasıl istersen, Tanrı yardımcın olsun, Yemelyanuşka!"

"Hayır, Astafiy İvanıç. Görünen o ki sizin yanınızda daha fazla kalamam. Beni affedin lütfen, Astafiy İvanıç."

"Tanrı yardımcın olsun diyorum Yemelyan İlyiç fakat kalbinizi kim kırıyor, kim buradan kovuyor ki sizi?"

"Hayır, sizinle birlikte kalmam uygun olmaz, Astafiy İvanıç. Başka yere gitsem iyi olur..."

Anlaşılan, o kadar kırılmıştı ki başka bir şey düşünemiyordu. Baktım gerçekten de kalktı, sırtına paltosunu geçirdi.

"Peki nereye gideceksin, Yemelyan İlyiç? Dinliyor musun beni, ne yapıyorsun, var mı gideceğin bir yer?"

"Hayır, size elveda Astafiy İvanıç. Artık beni çekmek zorunda değilsiniz." Yine hıçkırarak ağlamaya başlamıştı. "Günahlarımdan kaçıyorum, Astafiy İvanoviç. Artık siz de eskisi gibi değilsiniz."

"Nasılmışım, nasılmışım? Çocuk gibi davranıyorsun, aklın başında değil, kendini kaybediyorsun, Yemelyan İlyiç."

"Hayır, Astafiy İvanıç, dışarı çıkarken artık sandığınızı kilitliyorsunuz. Böyle yaptığınızı gördüm, Astafiy İvanıç, ve ağladım... Bırakın gideyim, Astafiy İvanıç. Sizin yanınızda kaldığım süre boyunca başınıza gelenler için beni affedin."

Ne olsa beğenirsiniz beyefendi, adam çekti gitti. Bütün gün akşam gelir diye bekledim. Fakat yok! Ertesi gün oldu, üçüncü gün oldu yok. Korktum, beni bir keder sardı. İçmiyordum, yemiyordum, uyumuyordum. Bu adam elimi ayağımı bağlamıştı benim! Dördüncü gün bütün meyhaneleri dolaşmak için dışarı çıktım. Baktım, sordum, Yemelyanuşka ortada yoktu! Acaba zavallı başını kurtarabilecek mi diye düşünüyordum. Belki de ölmüştü ve bir çitin altında çürümüş bir kütük gibi uzanıyordu. Yarı ölü, yarı canlı eve geri döndüm. Ertesi gün de aramaya koyuldum. Bir yandan da kendime lanet ediyordum. Neden aptal bir herifin kendi yolunu bulması için yanımdan ayrılmasına müsaade etmiştim? Beşinci gün (o sıra bayramdı) sabaha doğru, kapının açıldığını duydum. Baktım bizim Yemelya içeri giriyor. Mosmor olmuş, saçları çamur içinde, sanki sokakta uyumuş. Tığ gibi incelmiş. Paltosunu çıkardı, sandığımın üzerine oturup bana baktı. Mutlu oldum, fakat yüreğimde önceden hissettiğim keder daha da büyüdü. Böyleyken böyle. Belki bunu söyleyerek günaha gireceğim fakat, beyefendi, doğrusu, keşke bir yerde köpek gibi ölseydi de gelmeseydi bana. Fakat Yemelya geri dönmüştü! Elbette doğal olarak bir insanı öyle görmek çok ağır. Neşelendirmeye, şefkat göstermeye ve rahatlatmaya çalıştım. "Geri döndüğün için çok mutlu oldum,

Yemelyanuşka," dedim. "Gelmekte biraz geciktin. Bugün seni aramak için meyhaneleri dolaşacaktım. Yemek yedin mi?"

"Yedim, Astafiy İvanıç."

"Yeteri kadar yedin mi?" Dünden kalan lahana çorbası, sığır eti vardı, masa doluydu, ekmekle soğan da vardı. Karnını doyur dedim, sağlığına iyi gelir.

Yemeğini yedirdim. Öyle bir iştahla yedi ki yemeği, belki de üç gündür ağzına hiçbir şey koymamıştı. Belki de açlık yüzünden gelmişti bana. Ona bakınca kalbim eridi. "Sana bir şişe getireyim. Rahatlarsın, üzüntün de geçer olur mu? Sana kızmıyorum artık, Yemelyanuşka! Votkayı getirdim. Hadi Yemelyan İlyiç, bugün bayram içelim. İçmek ister misin, iyi gelir?"

İçkiye uzandı, iştahla uzandı hem de. Eline de aldı fakat durdu. Biraz bekledi. Baktım, şişeyi ağzına götürüyor, fakat bir an sonra koluna döküldü votka. Hayır, içmedi, hemen masaya geri koydu.

"Neyin var, Yemelyanuşka?"

"Hiçbir şeyim yok, Astafiy İvanıç."

"İçmeyecek misin?"

"Evet, Astafiy İvanıç, artık... Bundan sonra içmeyeceğim, Astafiy İvanıç."

"Ne yani içmeyi hepten mi bıraktın, Yemelyuşka, yoksa bugünlük mü içmeyeceksin?"

Bir şey demedi. Baktım ellerini başına koymuş.

"Neyin var, Yemelya, hasta falan mısın?"

"Kendimi iyi hissetmiyorum, Astafiy İvanıç."

Onu aldım, yatağa yatırdım. Gerçekten de hastaydı. Alnı

ateş gibi yanıyordu. Ateşlendi, titriyordu. Bütün gün başında bekledim. Gece iyice fenalaştı. Kvasla yağ getirdim, yanına da soğan. Bir de ekmek böldüm. "Karnını doyur," dedim, "belki daha iyi hissedersin! Kafasını salladı. "Hayır," dedi, "Bugün yemek yemeyeceğim, Astafiy İvanıç." Çay yaptım, yaşlı ev sahibesini ayaklandırdım. Hayır hiçbir şey fayda etmiyordu. Galiba çok kötüydü! Üçüncü günün sabahı doktora gittim. Kostopravov diye tanıdığım biri vardı. Önceden ben Bosomyaginler'in yanında çalışırken tanışmıştık. Hastayken benimle ilgilenmişti. Doktor geldi, baktı. "Durum kötü," dedi, "benim yapabileceğim bir şey yok. Yine de bir toz ilaç vereyim ona." İlacı vermedim. Doktorun saçmaladığını düşündüm. Bu sırada beşinci güne girmiştik.

Yatıyor, gözlerimin önünde eriyip gidiyordu. Pencerenin önüne, işimin başına oturdum. Yaşlı kadın sobayı tutuşturuyordu. Hiçbirimiz konuşmuyorduk. Bu işe yaramaz adam için kalbim parçalanıyordu, beyefendi. Sanki öz oğlumu kaybediyordum. Yemelya'nın bana baktığını fark ettim. Sabahtan bu yana bana bir şeyler söylemeye hazırlanıyor fakat belli ki bir türlü cesaret edemiyordu. Nihayet ben de ona baktım. Zavallı gözlerinde öyle bir keder vardı ki... Gözlerini benden ayırmıyordu. Benim de ona baktığımı görünce hemen çevirdi gözlerini.

"Astafiy İvanıç."
"Ne oldu, Yemelyuşka?"
"Diyorum ki, mesela benim paltomu bitpazarına götürseniz, ne kadar para eder, Astafiy İvanıç?"
"Çok para verip vermeyeceklerini bilmem. Fakat götüreceksen belki bir ruble eder, Yemelyan İlyiç."

Gerçekte bitpazarına götürseydiniz hiçbir şey vermezlerdi o paltoya. Böyle berbat bir şeyi satmaya çalıştığın için gülerlerdi yalnızca. Fakat onun naif düşüncesini bildiğimden, biraz rahatlasın diye böyle söylemiştim.

"Bense size üç gümüş ruble vereceklerini düşünmüştüm, Astafiy İvanıç. Yün palto bu, Astafiy İvanıç. Üç ruble vermezler. Bu palto yünden, daha fazla eder."

"Bilmem ki, Yemelyan İlyiç, istersen götür. Pazarlık ederken üç rubleden başlarsın o halde."

Yemelya bir süre sustu. Sonra yeniden seslendi.

"Astafiy İvanıç."

"Ne oldu, Yemelyanuşka?"

"Ben ölürsem paltomu satın. Beni onunla birlikte gömmenize gerek yok. Ben böyle de yatarım. Sonuçta değerli bir şey. İşinize yarayabilir."

Bunu deyince benim kalbim sıkıştı, beyefendi. Hiçbir şey söyleyemedim. Ölüm döşeğindeki bir insana gelen kederin ona da geldiğini görüyordum. Yeniden sessizliğe gömüldü. Bir saat kadar zaman geçti. Yine yüzüne baktım. Sürekli bana bakıyordu. Bakışlarımız buluşunca yine çevirdi gözlerini.

"Su içmek ister misin, Yemelyan İlyiç?"

"Evet, Tanrı sizinle olsun, Astafiy İvanıç." Suyunu doldurdum. İçti.

"Teşekkür ederim, Astafiy İvanıç?"

"Bir şeye mi ihtiyacın var, Yemelyanuşka?"

"Hayır, Astafiy İvanıç, hiçbir şeye ihtiyacım yok, sadece..."

"Ne?"

"Şey..."

"Ne oldu, Yemelyuşka?"

"Sizin şu pantolonu... O zaman sizden ben almıştım.. Astafiy İvanıç."

"Tanrı seni affetsin, Yemelyanuşka, kederli, üzgün insan. Huzur içinde uyu..." Sanki benim de ruhum çekildi beyefendi, gözyaşları toplandı gözlerimde, bir saniyeliğine başımı çevirdim.

"Astafiy İvanıç..."

Baktım Yemelya bana bir şey söylemek istiyor, doğrulmaya çalışıyor, çabalıyor, dudakları titriyordu... Birden kıpkırmızı oldu, bana baktı... Soldu, soldu, bir anda beti benzi attı. Kafası arkaya düştü, bir iki kere daha nefes aldı, sonra son nefesini verdi.

Bobok

Bu kez sizinle "birinin notları"nı paylaşacağım. Fakat anlatıcı ben değilim, tamamen başka biri. Bunun dışında, galiba, önceden başka bir şey söylemesem de olur.

Birinin Notları

Semyon Ardalonoviç, bir önceki gün yanıma gelip "Bir gün acaba ayık gezecek misin, İvan İvanıç, Tanrı aşkına söyle bana?" diye sordu.

Tuhaf bir talep. Alınmıyorum, ben çekingen bir adamım. Fakat sanki aklımı kaçırmışım gibi davranıyorlar bana. Bir gün tesadüfen, ressamın biri portremi çizdi. "Her şeyden önce siz bir edebiyatçısınız," dedi. Ben de portreyi sergilemesine müsaade ettim. Şöyle yazmışlar, okuyorum: "Delirmek üzere olan, bu hastalıklı yüzü görmeyi sakın kaçırmayın."

Tamam, fakat bunu böylece ifade etmek olacak şey mi? Eserde iyi şeyler olmalı, idealler olmalı, fakat burada...

En azından ima edin, üslup bunun için var. Hayır, ima etmeyi istemezler. Günümüzde hiciv ve sağlam üslup yok oluyor, ince latifelerin yerini kabalık almaya başlıyor. Hayır, alınmıyorum. Fakat keşke aklımı kaçıracak kadar edebiyatçı olabilseydim. Kısa hikâye yazdım, yayımlamadılar. Yazdığım köşe yazılarını geri çevirdiler. Bu yazıları pek çok yayın kuruluna götürmüştüm halbuki, her yerde reddedildi. "Sizde nükte yok," dediler.

"Sana nasıl nükte lazım," diye alayla sordum, "İnce nükte mi?"

Bunu bile anlamadılar. Daha çok, kitapçılar için Fransızcadan çeviri yapıyorum. Tüccarlar için ilanlar da yazıyorum: "Hiçbir yerde bulamazsınız! On rubleye," diyorum, "Çay! Kendi mahsulümüz!" Merhum Pyotr Matveyeviç için yazdığım methiyeden büyük bir servet kazanmıştım. Yayıncılardan birine de sipariş üzerine "Kadınların Beğenisini Kazanmak" adında bir kitap derlemiştim. Hayatımda böyle altı kitap ya vardır ya yoktur. Voltaire'in nüktelerini derleyeyim dedim, fakat korktum, bizimkilere kuru gelirdi. Voltaire de kimmiş, şimdi bize odun lazım, Voltaire neyimize! Kalan son dişlerini de çektiler birbirlerinin. İşte tüm edebi geçmişim bu kadar. Ha bir de yayın kurullarına bedavaya mektup yazıyorum. Kendi imzamla. Nasihat veriyorum, uyarıyorum, eleştiriyorum, yol gösteriyorum. Geçtiğimiz hafta yayın kurullarından birine iki yıl içindeki kırkıncı mektubumu gönderdim. Sadece mektup puluna bu süre boyunca dört ruble harcadım. Huyum bir garip, ne yaparsın.

Düşünüyorum da, ressam portremi edebi kişiliğim uğruna çizmedi; alnımdaki simetrik iki siğil uğruna çizdi.

Bobok

Fenomenmiş, öyle dedi. Fikir mikir yok, millet fenomen peşinde koşmaya başlamış. Gerçi siğillerimi portrede oldukça başarılı resmetmiş. Adeta canlı gibiler! Buna realizm diyorlar.

Deliliğe gelince... Geçtiğimiz yıl, aklını kaçıran pek çok kişi hakkında yazılar yazdılar. Yazılanların bazılarının üslubu da başarılı: "Böylesine," diyor, "özgün bir yetenek... En sonunda ortaya çıktı ki... Bu arada, ortaya çıkmasını öngörmek de gerekirdi..." Oldukça kurnaz da bir şey bu aslında... Sanatın saf bakış açısından bu sözleri övmek de mümkün. Sonra adamın göründüğünden daha zeki olduğu ortaya çıktı. Bizde adamı delirtirler, fakat birinin akıllı olduğunu söylediklerine daha rastlanmamıştır.

Bence insanların en akıllısı, kendine ayda en az bir kere deli diyendir. Bu günümüzde duyulmamış bir meziyettir! Önceden, aptalların akıllarına yılda en az bir kere aptal oldukları gelirdi. Fakat şimdi bu da yok. Ayrıca, işleri o kadar berbat ettiler ki aptalı zekiden ayıramazsınız. Bunu bilerek yaptılar.

Fransızlar, bundan iki buçuk yüzyıl önce ilk akıl hastanesini açtıklarında, İspanyolların uydurduğu bir nükteyi hatırlıyorum. "Kendilerinin aklı başında insanlar olduğuna başkalarını inandırmak için tüm delilerini özel bir binaya kapatmışlar." Durum belli: Başkasını, akıl hastanesine kapatarak, kendinin akıllı olduğunu kanıtlaman mümkün değil. "Falanca delirmiş, demek ki biz akıllıyız." Hayır, efendim, böyle değil.

Neyse, boş verin... Kendi aklımla kafayı bozdum. Söylenip duruyorum. Hizmetçi kız bile bıktı. Dün bir arkadaşım geldi. "Senin," dedi, "üslubun değişiyor, tutarsız oluyor. Bölüyorsun, bölüyorsun. Girişi yazıyorsun, sonra girişi yazmaya devam ediyorsun, parantez içine bir şey koyup, bu sefer de onu parçalamaya başlıyorsun..."

Arkadaşımın hakkı var. Bana tuhaf şeyler oluyor. Karakterim değişiyor, başım ağrıyor. Tuhaf tuhaf şeyler görmeye, gaipten sesler duymaya başlıyorum. Ses değil de, sanki arkamdan biri bana, "Bobok, bobok, bobok!" diye sesleniyor.

Kim bu bobok? Bundan kurtulmam gerek.

İşte bundan kurtulmak için dolaşmaya çıktığım bir gün bir cenazeye rastladım. Merhum uzaktan bir akrabamdı. Yedinci dereceden bir memurdu. Arkasında bir dul ve hepsi evlilik çağına gelmiş beş kız bıraktı. İşte durum bu, bakalım daha neler görecektim! Merhumun geliri iyiydi, şimdi hepsi emekli aylığına kaldılar. Ayaklarını yorganlarına göre uzatmaları gerek. Aslında beni de hiçbir zaman hoş karşılamadılar. Cenaze gibi hususi bir durum olmasaydı, yanlarına bile uğramazdım aslında. Diğerleriyle birlikte mezarlığa kadar eşlik ettim. Benden uzak duruyorlardı, burunları havadaydı. Gerçi üstüm başım da eski püsküydü. Düşünüyorum da yirmi beş yıl kadar olmuş mezarlığa gelmeyeli! Nasıl bir yermiş burası böyle!

Her şeyden önce bu koku! On beş ölü getirmişlerdi o gün. Tabut örtülerinin kalitesi farklı farklıydı. Katafalkların üstünde iki de tabut duruyordu. Biri generalin, diğeri bir hanımın. Çoğu kişi yas tutuyordu. Bazıları ise yas tutarmış gibi yapıyordu. Açıktan açığa sevinen bile vardı. Kilise görevlisinin şikâyet etmeye hakkı yoktu. Ölüler, para demekti. Ama

Bobok

şu koku yok mu, şu koku? Burada kilise görevlisi olarak çalışmayı istemezdim.

Ölülerin yüzüne dikkatle baktım. Beni etkileyeceklerini pek sanmıyordum. Kiminin ifadesi yumuşak, kimininki tatsızdı. Genel olarak hiçbirinin gülümsemesi içten değildi, bazılarında o bile yoktu. Sevmem, sonra insanın rüyalarına girer.

Ayin devam ederken hava almaya dışarı çıktım. Hava kapanmıştı, fakat yağmur yağmıyordu. Dışarısı da soğuktu, ekim ayındaydık. Mezarların arasında dolaşmaya başladım. Farklı farklı mezar türleri vardı. Üçüncü sınıf mezarların fiyatı otuz rubleydi. Hem hoş görünüyorlardı, hem de o kadar pahalı değillerdi. Birinci, ikinci sınıf mezarlar kilisede avlunun altındaydı. Onlar pahalıydı işte. Bugün, üçüncü sınıf mezarlara general ve hanım da dahil olmak üzere altı kişiyi gömeceklerdi.

Mezarların içine baktım. Korkunçtu. Suyla doluydu hepsi, fakat öyle bir suydu ki! Tamamen yemyeşil... Yok böyle bir şey! Mezar kazıcısı da sürekli kovayla bu suyu boşaltmaya çalışıyordu. Ayin devam ederken dışarı çıkmak üzere kapıya yöneldim. Burada bir yoksullar evi ve biraz ileride de bir restoran vardı. Şöyle böyle, fena olmayan bir restorandı. Yemek çıkarıyordu, her şey vardı işte. Cenazelere eşlik eden pek çok kişinin de burada olduğu gözüme çarptı. Pek çoğunun neşeli, hatta içten içe güleç olduğunu fark ettim. Yemek yedim, bir şeyler içtim.

Daha sonra tabutları kiliseden mezarlığa kadar taşımalarına yardım ettim. Tabutun içindeki ölüler neden bu kadar ağırdır? Bunun, bedenin artık kendi kendini yönetememesinden kaynaklanan bir uyuşukluktan ya da hem fizik hem de mantık kurallarıyla çelişen, buna benzer başka bir saçma nedenden dolayı olduğunu söylerler. Yalnızca ilkokul eğitimi almış insanların, konuyu bilen kişilerin çözmesi gereken şeylere burnunu sokmasını hiç sevmem. Fakat bunu bizde çok yapan var. Siviller, askerliği, hatta bir mareşali ilgilendiren meselelerde fikir yürütmeyi; mühendislik eğitimi almış olanlar ise felsefe ve siyasi ekonomi hakkında yargıya varmayı pek sever.

Ölünün ardından yapılan dua ayinine katılmadım. Benim de bir gururum var. Çok sıra dışı bir sebepten beni yanlarına kabul ettiler. Merhum için bile verilse, şimdi benim bir yemeğe zorla katılmam hoş olmaz. Fakat neden mezarlıkta kaldığımı da hatırlamıyorum. Kitabelerden birinin önüne oturdum ve kendi kendime düşünmeye başladım.

Önce Moskova'daki sergiyle başladım. Sonra "hayret etmek" ile ilgili bir konuyu düşünürken buldum kendimi. İşte "hayret etmek" ile ilgili düşüncelerim:

"Her şeye hayret etmek, elbette, aptallıktır; hiçbir şeye hayret etmemek ise çok daha güzeldir ve bunun iyi olduğu kabul edilir. Fakat gerçekte bunun böyle olduğunu sanmam. Bana kalırsa, hiçbir şeye hayret etmemek, her şeye hayret etmekten çok daha büyük bir aptallıktır. Bununla birlikte, hiçbir şeye hayret etmeyen, neredeyse hiçbir şeye saygı da göstermez. Aptal insan da saygı gösteremez."

Geçenlerde arkadaşlarımdan biri, "Her şeyden önce saygı duymak istiyorum. Saygı duymaya açım," demişti.

Saygı duymaya açmış! Tanrım, bu zamanlarda, bu sözleri basmaya kalksan acaba başına ne gelir?

O sırada ben de hayallere dalıp gittim. Bu arada mezar taşı yazılarını okumayı da hiç sevmem. Sonsuza kadar uzar giderler çünkü. Yanımdaki mezarda yarısı yenmiş bir sandviç duruyordu: Bu yiyeceğin burada olması saçmaydı, bu mekâna ait değildi. Kaptığım gibi toprağa fırlattım. Sonuçta ekmek değil, bir sandviçti. Bu arada toprağa ekmek atmak, galiba günah değil; fakat yere atmak günah. Bunu öğrenmek için Suvorin'in almanağına* baksam iyi olur.

Galiba orada çok uzun süre oturdum. Hatta, mermer bir tabut görünümündeki uzun bir taşın yanına uzandım. Tam o sırada nasıl olduysa gaipten sesler duymaya başladım. Önce pek dikkatimi vermedim, hatta biraz hor gördüm. Fakat sohbet bitmek bilmiyordu. Duyduğum sesler boğuktu. Sanki konuşanların ağzını yastıkla kapatmışlardı. Fakat konuşulanları açıkça işitiyordum. Sesler yakından geliyordu. Kendime geldim, doğruldum ve kulak kesildim.

"Ekselansları, böyle olması mümkün değil. Önce kozun kupa olduğunu söylediniz. Ben de ona göre oynadım. Sonra aniden karo yedili oynamaya başladınız. Kuralları önceden belirlemek gerek."

"Ne yani bildiğimiz şekilde mi oynayalım? O zaman işin eğlencesi nerede kaldı?"

"Olmaz, Ekselansları, kurallar olmadan olmaz. Hiçbir şeyin açığa çıkmasını istemiyorsanız, delinin tekiyle oynayacaksınız."

"İyi de burada deliyi nereden bulayım?"

---

* Aleksey Sergeyeviç Suvorin'in (1834-1912) 1872 yılından başlayarak uzun süre yayınladığı, Rus günlük yaşamı hakkında bilgiler ile Rusya'yla ilgili istatistiklere yer veren almanak. (Çev. N.)

Nasıl da burnu havada sözler bunlar! Aynı zamanda tuhaf ve beklenmedik. Seslerden biri vakur ve kalın, diğeri ise hoş, fakat aldatıcı geliyordu kulağa. Kendi kulaklarımla duymamış olsam ben de inanamazdım bu seslere. Ölünün ardından yapılan duaya katılmamıştım ya. Fakat burada Preferans* oyununun ne işi vardı? Peki ya bu general kimdi? Seslerin mezarın altından geldiğine hiç şüphe yoktu. Eğildim ve kitabedeki yazıyı okudum.

"Burada merhum General Pervoyedov yatıyor. Şu şu şu madalyaların sahibi." Hımm! "Falanca yılın Ağustos ayında... Elli yedi yaşında... Bu dünyadan göçtü. Toprağı bol olsun!"

Hımm, gerçekten de generalmiş! Yalaka bir ses tonunun duyulduğu diğer mezarın ise henüz kitabesi yoktu. Mezar yalnızca taşlarla kaplanmıştı. Belli ki merhum yeni gömülmüştü. Sesine bakılacak olursa, yedinci dereceden bir memurdu.

"Oh-ho-ho-ho!" Generalin mezarının on adım kadar ötesindeki, henüz çok taze bir mezardan, bambaşka bir erkek ses duyulmuştu. Adam belli ki ayaktakımındandı, fakat bu ses tonunda kendini dine adanmışlığın duygusallığı vardı.

"Oh-ho-ho-ho!"

"Ah yine hıçkırmaya başladı!" Aniden, yüksek sosyeteye mensup olduğunu düşündüğüm öfkeli bir kadının kendinden emin ve kibirli sesi duyuldu. "Bu bakkalın yanında yatmak benim için büyük bir ıstırap!"

"Hiç de hıçkırmıyorum, çünkü karnım doymadı. Fakat

---

* Rusya'da 19. yüzyılda yaygınlık kazanan, iki ya da dört kişiyle oynanabilen bir kart oyunu. (Çev. N.)

bu benim doğamda var. Siz hanımefendi, buradaki kaprislerinizden hiçbir şekilde kurtulamayacaksınız galiba."

"O halde sizi neden buraya gömdüler?"

"Onlar gömdü. Karım ve küçük çocuklarım gömdüler. Ben kendim girmedim ya buraya. Ölüm bir sırdır! Yanınıza altınlarınız var diye gelmedim. Fiyata bakılacak olursa kendi servetim buna ancak yetti de ondan. Bizim gibiler bunu hep yapar, parası neyse verir, üçüncü sınıf mezarlara gömülür."

"Paranız var demek. Kimleri kazıkladınız?"

"Sizi aslında. Fakat ocak ayından bu yana bize hiç ödeme yapmadınız. Bakkalda epey veresiyeniz birikti."

"Bence borcunuzun peşinize burada düşmeniz oldukça aptalca! Gidin yukarıda arayın paranızı. Kuzenime sorun. Kendisi benim vârisim olur."

"Artık ne birine sorabiliriz, ne de bir yere gidebiliriz. Her ikimiz de sonuna geldik. Tanrı'nın mahkemesi önünde tüm günahlarımızda eşitiz."

"Günahlarımızda!" diye alayla tekrar etti merhume. "Benimle konuşmaya cüret etmeyin!"

"Oh-ho-ho-ho!"

"Fakat bakkal, hanımefendinin sözünü dinliyor, Ekselansları."

"Neden dinlemeyecekmiş?"

"Şu bir gerçek ki, Ekselansları, burada düzen farklı."

"Nasıl düzen farklı?"

"İşte, derler ya, biz öldük, Ekselansları."

"Ah! Evet! Fakat yine de düzen..."

Lütfettiler, diyecek bir şey yok, içimizi rahatlattılar. Yerin altında durum buysa, yerin üstünde olanlara şaşmamak gerekir. Gerçekten şaka gibiydi. Kulak vermeye devam ettim. Fakat bu kez ciddi bir öfke de duyuyordum.

"Ah, keşke ölmeseydim! Hayır, ben, biliyorsunuz... Keşke ölmeseydim!" Generalin ve öfkeli hanımefendinin mezarının arasından başka bir ses daha duyuldu.

"Dinleyin, Ekselansları, bizimki yine başladı... Sen üç gün, sus, sus, sonra bir anda 'Keşke ölmeseydim, hayır, keşke ölmeseydim!' demeye başla. Bir de öyle bir iştahla diyor ki bunu, he-he!"

"Biraz da hoppa."

"Onu ele geçiriyor, Ekselansları, biliyorsunuz, uyuyordu. Hep uyudu. Nisandan bu yana burada, sonra birden 'Keşke ölmeseydim!'"

"Amma da ahmak!" dedi Ekselansları.

"Ahmak, Ekselansları. Avdotya İgnatyevna'yı kızdırmaya ne dersiniz, he-he?"

"Hayır, beni bırak. Onun kavgacı çığlıklarına dayanamıyorum."

"Ben ikinize de dayanamıyorum," dedi mağrur bir çığlık. "İkiniz de o kadar sıkıcısınız ki dişe dokunur hiçbir şey söylemeyi beceremiyorsunuz. Sizin hakkınızda, Ekselansları... Çevirmeyin başınızı öte yana lütfen. Uşakların sizi evli bir kadının yatağının altından nasıl süpürdüğünü de biliriz biz."

"Edepsiz kadın!" diye söylendi general, dişlerinin arasından.

"Avdotya İgnatyevna hanımefendi," diye seslendi bakkal birden, "Hanımefendiciğim, söyle bana, hatırlayamadım da, şimdi günahlarımdan dolayı azap mı çekeceğim, yoksa başka bir şey mi olacak?"

"Ah, yine tam tahmin ettiğim gibi o bakkal konuşuyor. Kokusunu almıştım. Mezarında dönünce kokuyor!"

"Dönmüyorum, hanımefendi, ayrıca benden böyle bir koku gelmiyor. Çünkü henüz bedenimi gömüldüğü şekliyle koruyorum. Fakat siz, hanımefendi, sürekli yer değiştiriyorsunuz. Asıl sizin kokunuz böyle bir yer için bile gerçekten dayanılmaz. Kibarlığımdan susuyorum."

"Ah edepsiz herif! Kendisi leş gibi kokuyor, fakat suçu bende buluyor."

"Oh-ho-ho-ho! Keşke hemen kırkım çıksa. Bana dökülen gözyaşlarını duyardım, karım ağıt yakar, çocuklar sessizce ağlardı!.."

"Neden ağlasınlar ki? Ballı, üzümlü pilavla doldururlar midelerini ve giderler. Ah, keşke birileri uyansa!"

"Avdotya İgnatyevna," diye konuşmaya başladı yalaka memur. "Birazcık bekleyin, yeni gelenler konuşmaya başlar."

"Aralarında gençler de var mı?"

"Gençler de var, Avdotya İgnatyevna. Hatta delikanlılar bile var."

"Ah ne güzel olurdu!"

"Ne yani henüz başlamadılar mı?" diye merakla sordu Ekselansları.

"Bir önceki gün gelenler de dahil, henüz kimse uyanmadı, Ekselansları. Siz de bizzat biliyorsunuz, bazen bir hafta boyunca konuşmadıkları oluyor. Dün, önceki gün, bir de bugün bu kadar çok merhum getirmeleri iyi oldu. Yaklaşık yirmi metrelik bir çapta neredeyse hepimiz önceki yıldan kalmaydık."

"Evet, ilginç."

"İşte, Ekselansları, bugün ikinci dereceden devlet memuru Taraseviç'i toprağa verdiler. Seslerden öyle çıkardım. Onun yeğenini tanıyorum, tabutu aşağıya indirmeye yardım etti."

"Hımm, nereye gömdüler?"

"Sizin sol tarafınızdan beş-altı adım öteye, Ekselansları. Neredeyse ayak ucunuza... Onunla tanışmanız gerek, Ekselansları."

"Hımm, fakat ilk ben seslenmem."

"O kendisi başlar konuşmaya, Ekselansları. Böbürlenip duracaktır. Onu bana bırakın, Ekselansları, ben..."

"Ah, ah, ah... Ne oldu bana?" Yeni gelenlerden biri aniden homurdanmaya başlamıştı.

"Yeni gelenlerden, Ekselansları, yeni gelenlerden, Tanrı'ya şükür, ne kadar çabuk oldu! Önceki sefer bir hafta boyunca seslerini çıkarmamışlardı."

"Ah, galiba bir delikanlı bu!" diye ciyakladı Avdotya İgnatyevna.

"Ben, ben, ben... Hastalığım ilerledi ve birden öldüm!" Gencin sesi titriyordu. "Schulz bir önceki gün hastalığımın ilerlediğini söyledi. Sabaha karşı öldüm. Ah! Ah!"

"Eh, yapacak bir şey yok, delikanlı," dedi general cana yakın bir şekilde. Yeni gelenin konuşmasından mutlu olduğu belliydi. "Alıştırmanız gerek kendinizi! Aramıza, nasıl denir, Yehoşafat Vadimize* hoş geldiniz. Biz iyi insanlarız, tanıdıkça siz de anlayacaksınız. Ben Tümgeneral Vasiliy Vasilyev Pervoyedov, hizmetinizdeyim!"

---

* Eski Ahit'te adı geçen, Tanrı'nın bütün ulusları toplayıp yargılayacağı vadi. (Çev. N.)

"Ah, hayır, olamaz! Schulz'un yanındaydım. Hastalığım ilerledi. Önce göğsümden hastalandım ve öksürük başladı. Sonra soğuk algınlığı, göğsümden rahatsızım ve grip oldum. Sonra hiç beklemediğim bir şekilde... Gerçekten hiç beklemiyordum."

"Önce göğsünüzden hastalandığınızı söylüyorsunuz yani," diye lafa girdi memur yeni geleni cesaretlendirmek ister gibi.

"Evet, göğsümden rahatsızlandım, balgam çıkardım. Sonra aniden balgam geçti, fakat göğsüm hâlâ rahatsızdı. Nefes alamıyordum..."

"Bilirim, bilirim. Fakat göğsünüzden hastalandıysanız, Ecke'ye gitmeniz gerekirdi, Schulz'a değil."

"Ben aslında Botkin'e gitmeye hazırlanıyordum. Fakat aniden..."

"Fakat, Botkin insanı ısırıverir," diye lafa girdi general.

"Ah, hayır, hiç de ısırmaz. Botkin'in özenle muayene ettiğini ve olacakları önceden söylediğini duymuştum."

"Ekselansları, Botkin'in verdiği fiyatları kastetmişti," dedi memur.

"Ah ne olacak ki, hepi topu üç gümüş ruble istiyor. Öyle bir muayene ediyor ki hem yazdığı reçete de cabası. Bir an önce gitmek istemiştim, çünkü bana dediler ki... Sizce beyler, Ecke'ye mi Botkin'e mi gideyim?"

"Nasıl? Nereye?" Kahkaha atan generalin cesedi sarsıldı. Sonra memurun tiz kahkahası duyuldu.

"Ah sevimli çocuk, sevgili delikanlı, sizi o kadar sevdim ki!" dedi Avdotya İgnatyevna tiz, şen şakrak bir ses tonuyla. "Keşke siz gibi birini benim yanıma gömselerdi!"

Hayır, bu kadarına dayanamıyordum artık! Bu ölüler, bizim zamanımızın ölüleriydi! Fakat yine de kulak vermeye devam ettim ve sonuca varmak için acele etmedim. Yeni gelen ağlayıp sızlıyordu. Onu gömülmeden önce tabutunda görmüştüm. Korkmuş bir tavuğun ifadesi vardı suratında, dünyadaki en tiksindirici şeydi! Bakalım daha nelerle karşılaşacaktım?

Fakat daha sonra öyle bir kargaşa başladı ki ben de olup biten her şeyi aklımda tutamadım. Herkes birbiri ardına uyanıyordu mezarlıkta. Beşinci dereceden bir memur uyandı ve hemen o anda generalle, nazırlıkta kurulması planlanan alt komisyonla ilgili sohbet etmeye başladı. Hangi memurların yeni kurulacak alt komisyona atanacağından bahsetti. Konu gittikçe generalin ilgisini çekiyordu. İtiraf etmeliyim ki ben de bilmediğim pek çok şey öğrendim. Başkentimizde, devletle ilgili meseleleri ne kadar farklı şekillerde öğrenebildiğimize şaştım kaldım. Daha sonra bir mühendis uyandı, fakat uzun süre homurdanmaktan başka bir şey yapmadı. Bunun üzerine bizimkiler, mühendisi tamamen kendine gelene kadar bir kenara bıraktı. Nihayetinde bugün sabah katafalka koyulan ünlü hanımefendi, mezarlıkta dirilirken görünen alametleri göstermeye başladı. Lebezyatnikov (General Pervoyedov'un yanındaki mezara gömülmüş, benim nefret ettiğim yedinci dereceden yalaka memurun adının Lebezyatnikov olduğu anlaşıldı), herkes bu kez böylesine hızla uyandığı için heyecanlı ve şaşkındı. İtiraf etmeliyim ki ben de şaşırdım. Çünkü uyananlardan bazıları henüz bir önceki gün toprağa verilmişlerdi. Mesela bunların arasında on altı yaşlarında, henüz çok genç bir kızcağız vardı. Sürekli kıkırdayıp duruyordu, korkunç ve vahşi bir şekilde.

"Ekselansları, ikinci derece memur Taraseviç uyanıyorlar!" diye duyurdu aniden Lebezyatnikov sıra dışı bir acelecilikle.

"Ne var?" diye sordu birden kendine gelen ikinci derece memur. Aksi ve peltek bir sesle homurdanıyordu. Sesinde kaprisli, buyurgan bir ton vardı. Birkaç gün önce Taraseviç hakkında bir şeyler duyduğum için ben de merakla dinlemeye koyuldum. Duyduklarım olağanüstü şekilde şaşırtıcı ve dokunaklıydı.

"Bu benim, Ekselansları, yalnızca benim."

"Ne öğrenmek istiyorsun, sana ne lazım?"

"Yalnızca Ekselanslarının sağlığıyla ilgileniyorum. Biliyorsunuz, buraya alışık olmadığımızdan ötürü herkes ilk seferinde kendini boğulmuş hissedebiliyor... General Pervoyedov, siz Ekselanslarıyla tanışma şerefine nail olmayı bekliyorlar ve umuyorlar..."

"Adını hiç duymadım."

"Elbette, Ekselansları. General Vasiliy Vasilyeviç Pervoyedov..."

"Siz General Pervoyedov musunuz?"

"Hayır, Ekselansları. Ben yedinci dereceden bir memurum. Adım Lebezyatnikov, emrinizdeyim. Fakat General Pervoyedov..."

"Saçmalık! Beni rahat bırakmanızı rica edeceğim."

"Kesin," dedi en sonunda generalin kendisi kibirli bir tavırla. Yalaka mezar komşusunun iğrenç aceleciliğine bir son verdi.

"Henüz, tam uyanmadılar Ekselansları, bunu kastetmemiştir. Alışkın değil ya ondan. Tamamen kendine gelsin farklı olacaktır."

"Bırak şunu bir kenara," diye tekrarladı general.

"Vasiliy Vasilyeviç! Hey, siz Ekselansları!" Avdotya İgnatyevna'nın yanından yeni bir ses heyecanla üst perdeden konuşmaya başlamıştı. Sesi mağrur ve cüretkârdı. Moda olduğu şekilde sözcükleri yaya yaya, yavaş yavaş konuşuyordu. "İki saattir sizi izliyorum. Üç gündür buradayım. Beni hatırladınız mı, Vasiliy Vasilyeviç? Adım Klineviç, Volokonskiyler'de karşılaşmıştık. Nedendir bilinmez, siz de konuklardan biriydiniz."

"Nasıl olur, Kont Pyotr Petroviç... Siz de mi? Hem de bu genç yaşınızda... Çok üzüldüm!"

"Evet, ben de üzüldüm. Fakat bana göre hava hoş. Burada elimden geldiğince eğlenmeye bakacağım. Kont değil, baronum. Sadece baron. Biz yalnızca ayaktakımından gelme zavallı baronlardık. Neden böyle olduğunu bilmiyorum, umurumda da değil. Kahrolasıca yüksek sosyetedendim ben. Bana 'sevimli haylaz' derlerdi. Babam düşük rütbeli bir generaldi. Annem ise bir zamanlar en haut lieu* içinde kabul edilirdi. Yahudi Zifel'le birlikte geçtiğimiz yıl, elli binlik sahte para bastık. Sonra ben onu ele verdim. Tüm parayı da Charpentier de Lusignan, Bordo'ya kaçırdı. Düşünün, bir de o sıralar Şevalevskiyler'in kızıyla nişanlıydım. Kızın on altısına girmesine daha üç ay vardı, enstitüde öğrenciydi. Drahomasına doksan bin ruble istiyorlardı. Avdotya İgnatyevna, bundan on beş yıl önce, ben daha on dördümdeyken beni nasıl baştan çıkarmaya çalıştığınızı hatırlıyor musunuz?"

"Ah, seni çapkın! Seni Tanrı gönderdi, yoksa burada..."

---

* *Fr.* Yüksek sosyete

Bobok

"Bu kötü koku için komşunuzu boşuna suçluyorsunuz... Bir şey diyemedim buna, sadece güldüm. Koku benden geliyor, beni çivili tabuta koyup gömdüler."
"Ne kadar da kötü! O kadar memnun oldum ki... İnanmazsınız, fakat Klineviç, burada ne bir canlılık ne bir hiciv var..."
"Evet, gerçekten öyle. Burada oldukça özgün bir şeyler yapmak istiyorum ben aslında. Ekselansları, size seslenmiyorum Pervoyedov. Diğer ekselanslarına, ikinci dereceden memur Taraseviç beyefendiye sesleniyorum. Bana cevap verin! Oruç zamanı sizi Matmazel Furie'ye götüren Klineviç konuşuyor, duyuyor musunuz?"
"Duyuyorum, Klineviç. Çok memnun oldum inanın ki..."
"Size hiç inanmıyorum fakat umurumda da değil. Sizi sevimli ihtiyar, yalnızca öpmek istiyorum. Fakat Tanrı'ya şükür yapamam bunu. Bu grand-père* ne yaptı beyler biliyor musunuz? Bir önceki gün ya da ondan da önceki gün öldü. İnanabiliyor musunuz, devletin kasasında tam dört yüz bin açık bıraktı. Para dullar ve yetimler içindi. Nedendir bilinmez, hesabı yalnızca kendisi kontrol ediyordu. Ayrıca hesabı neredeyse sekiz yıl denetleyen kimse de olmamıştı. Herkesin yüzünün bunu öğrendiğinde nasıl da asıldığını, onun arkasından neler dediklerini düşünüyorum da... Ah bunları düşünmek beni öyle tatmin ediyor ki! Yetmişli yaşlardaki gutlu, romatizmalı bu ihtiyarın yoldan çıkmak için bu kadar gücü nereden bulduğunu bir yıldır merak ediyordum. İşte şimdi anlaşıldı nasıl çıktığı! O dullar ve yetimler... Bunun

---

* *Fr.* Dede

düşüncesi bile yeter onun yüzünün kızarmasına. Bu konudan uzun zamandır haberdardım. Hatta bilen tek kişi de bendim. Bana da Charpentier çıtlatmıştı. Konuyu öğrenir öğrenmez dini günlerin birinde samimi bir şekilde takılayım diye bu adamın yanına gittim. Bana yirmi beş bin ver, yoksa yarın seni denetlemeye gelirler dedim. İnanabiliyor musunuz, adam yalnızca on üç bin ruble toplayabildi. Bana kalırsa tam zamanında öldü. Grand-père, grand-père duyuyor musunuz söylediklerimi?"

"Bay Klineviç, söylediklerinize kesinlikle katılıyorum. Fakat böyle ayrıntılara boşuna giriyorsunuz. Hayat ıstıraplarla, eziyetlerle o kadar dolu ki... Bunun karşılığını hiç alamıyoruz. Hayatın sonuna gelmişken rahatlamak istedim. Galiba her şeyin tadına böylece bakabildim..."

"Sanırım Katiş Berestova'nın tadına çoktan bakmıştır."

"O kim? Hangi Katiş?" İhtiyarın sesi açgözlü ve vahşi çıkmıştı.

"Hangi Katiş mi? İşte buradaki. Benden beş adım, sizden on adım ötedeki. Beş gündür burada. Ah bir tanısanız onu grand-père, nasıl küçük bir yaramaz olduğunu anlardınız. İyi bir aileden, iyi eğitimli. Fakat canavar, hem de öyle bir canavar ki! Onu kimseyle tanıştırmadım. Bir tek ben tanıyorum. Katiş, cevap ver bana!"

"Hi-hi-hi!" diye tiz sesiyle kıkırdadı kız. Sesinde gerçekten iğneleyici bir ton vardı.

"Küçük bir sarışın mı?" diye heceleyerek fısıldadı grand-père.

"Hi-hi-hi!"

"Çok, çok uzun zamandır," diye mırıldanmaya başladı,

yaşlı adam iç geçirerek, "on beş yaşlarında bir sarışının hayalini kuruyorum, hem de böyle bir durumda..."

"Ah canavar!" diye bağırdı Avdotya İgnatyevna.

"Yeter!" diye çıkıştı Klineviç. "Anladığım kadarıyla durumumuz gayet iyi. Burayı elimizden geldiğince daha iyi hale getirmeye çalışacağız. Özellikle kalan zamanımızı daha iyi geçirmek için. Fakat ne kadar zamanımız kaldı? Hey, siz, memur olan, adınız Lebezyatnikov mu neydi, öyle dediler size."

"Semyon Yevseiç Lebezyatnikov, yedinci dereceden memurum... Hizmetinizdeyim efendim, çok memnun oldum."

"Memnun olmanız umurumda değil. Fakat belli ki buradaki işleyişi siz biliyorsunuz. Dünden bu yana hayret ettiğim bir şey var. Nasıl oluyor da biz burada böyle konuşabiliyoruz? Hepimiz öldük. Fakat konuşabiliyoruz da, hareket ediyormuşuz gibi de geliyor. Fakat aslında ne konuşuyoruz ne de hareket edebiliyoruz. Bu işin sırrı ne?"

"Bunu, siz de arzu ederseniz, baron, Platon Nikolayeviç size benden daha iyi açıklar, efendim."

"Bu Platon Nikolayeviç de kim? Çıkarın ağzınızdaki baklayı."

"Platon Nikolayeviç, bizim kendi kendini yetiştirmiş filozofumuz, doğa bilimcimiz ve üstadımızdır. Kendisi birkaç felsefe kitabı yayımlamış. Üç aydır burada olduğundan artık tamamen uyuyor. Bu nedenle size bunları onun bizzat anlatması pek mümkün değil. Haftada bir kere işe yaramaz şeyler mırıldanıp duruyor."

"Konuya gelin artık!.."

"Burada olanları çok basit bir gerçekle açıklıyor. Biz yukarıdayken, yani hâlâ hayattayken, ölümü, hepimizin bildiği şekildeki ölüm olarak düşünüyormuşuz. Bu yanlışmış. Beden burada bir kez daha canlanıyormuş. Hayattan artakalanlar bir yerde toplanıyormuş. Fakat bu yalnızca bilinçte oluyormuş... Tabii ben size tam açıklayamıyorum, fakat hayat bir şekilde kendi kendine devam ediyormuş. Her şey bir yerde toplanıyormuş, tabii bilincin olduğu yerde. Bu durum iki üç ay, bazen de altı ay devam ediyormuş. Mesela, burada cesedi tamamen çürümüş biri var. Yaklaşık altı haftada bir aniden yalnızca tek bir kelimeyi söyleyerek homurdanmaya başlar. Elbette bu anlamsız bir kelime, bobok diye bir şey. 'Bobok, bobok,' der. Yani bu, cesedin içinde bir yerlerde belli belirsiz de olsa bir tür yaşamın olduğu anlamına geliyor."

"Çok aptalca. Peki, madem hiçbir şey hissetmiyorum, bu kötü kokuyu nasıl alabiliyorum?"

"Bu... Bu konuyla ilgili filozofumuzun kafası biraz karışık. Özellikle koku konusunda, nasıl denir, yani burada duyulan kokunun ahlaki bir koku olduğundan bahsetmişti. İşte ona göre, ruh, iki üç ay daha kendimizi kaybetmemek için, yani işte son bir merhamet göstermek için bir koku salarmış. Sevgili baron, tüm bu söyledikleri, içinde bulunduğu durum hesaba katıldığında yalnızca mistik sayıklamalar..."

"Bu kadar yeter, geri kalan hikâyenin de saçma olacağından eminim. Önemli olan, iki üç ay daha yaşayacak olmamız. Sonrası ise 'bobok'. Önümüzdeki bu iki ayı, olabildiğince eğlenerek geçirmeyi ve bunun için burada hep birlikte yeni bir düzen kurmayı öneriyorum. Hanımlar, beyler! Hiçbir şeyden utanmamayı teklif ediyorum size!"

"Evet, haydi, hiçbir şeyden utanmayalım!" Pek çok ses hep bir ağızdan bağırıyordu. Çoğu sesi tanımıyordum. Demek ki aralarından bazıları yeni uyanmış olmalıydı. Artık tamamen kendine gelmiş olan mühendis, sanki önceden hazırmış gibi, söylenenlere katıldığını üst perdeden dile getiriyordu. Katiş, mutlulukla kıkırdıyordu.

"Hiçbir şeyden utanmamayı o kadar istiyorum ki!" diye heyecanla bağırdı Avdotya İgnatyevna.

"Duyuyor musunuz, Avdotya İgnatyevna bile hiçbir şeyden utanmamayı istiyor..."

"Hayır, hayır, hayır, Klineviç. Ben yukarıda o kadar çok utandım ki... Artık burada, hiçbir şeyden ama hiçbir şeyden utanmamayı çok istiyorum!"

"Anlıyorum, Klineviç," diye lafa girdi mühendis. "Burada, hani derler ya, yeni ve mantıklı bir başlangıç yapmak istiyorsunuz."

"Hiç de bile, bu umurumda değil. Bu konudan bahsetmesi için Kudeyarov'u bekliyoruz. Dün getirdiler onu. Uyanınca her şeyi anlatacak size. O öyle büyük, öyle büyük bir insan ki! Yarın da galiba bir doğa bilimciyi getirecekler. Bir de belki bir subayı. Yanılmıyorsam, üç dört gün sonra da bir gazete yazarıyla, bir editör gelecek. Neyse, canları cehenneme onların. Burada küçük bir grup toplamış olacağız ve canımız ne isterse onu yapacağız. Fakat bundan sonra hiçbir şekilde yalan söylememenizi istiyorum. Yalnızca bunu istiyorum. Çünkü bu çok önemli. Yeryüzünde, yalan söylemeden yaşamak mümkün değil. Çünkü yaşam ve yalan eşanlamlıdır. Fakat burada kendimizi eğlendirmek için yalan söylemeyeceğiz. Boş verin, mezarın bir anlamı olmalı, değil mi? Tüm yaşadıklarımızı yüksek sesle anlatacağız ve artık hiçbir şeyden utanmayacağız. Her şeyden önce kendimden bahsedeceğim. Ben, biliyorsunuz, açgözlü takımındandım. Yukarıdaki her şey birbirine çürümüş iplerle bağlı. Bu iplerden kurtulalım ve kalan iki ayımızı hiçbir şeyden utanmadan geçirelim. Çırılçıplak kalalım, çıkaralım kıyafetlerimizi!"

"Çıkaralım, çıkaralım!" dedi herkes hep bir ağızdan.

"Çırılçıplak kalmayı öyle istiyorum ki!" diye bağırdı Avdotya İgnatyevna.

"Ah... Ah... Ah, galiba burası çok daha eğlenceli olacak. Ecke'ye gitmek istemiyorum!"

"Keşke ölmeseydim, hayır, keşke ölmeseydim!"

"Hi-hi-hi!" diye kıkırdadı Katiş.

"En önemlisi de bizi kimsenin engelleyemeyecek olmasıdır. Bakın işte Pervoyedov'un sinirlendiğini görüyorum. Fakat bana dokunamaz bile. Grand-père, siz de hemfikir misiniz?"

"Tamamen, tamamen katılıyorum, hem de çok büyük bir zevkle. Fakat, tek bir şartla, ilk hikâyeyi Katiş'in anlatmasını istiyorum."

"Ben tamamen karşıyım! Tüm gücümle karşıyım!" diye bağırdı Pervoyedov çok ciddi bir sesle.

"Ekselansları!" diye seslendi Lebezyatnikov. Sesinde heyecanlı bir acelecilik vardı. Fısıldayarak generali ikna etmeye çalışıyordu. "Ekselansları, bunu kabul etmemiz bizim yararımıza. Biliyorsunuz bu kız... İşte, küçük yaramazlıklar dinleyeceğiz..."

"Varsayalım ki kız... Öyle de..."

"Onaylamanız bizim yararımıza, Ekselansları, gerçekten daha iyi! En azından bir kere yapalım, denemiş oluruz..."

"Mezarda bile rahat vermiyorlar insana!"

"Öncelikle, general, gelmişsiniz mezarda kendiniz Preferans oynuyorsunuz. İkinci olarak, siz bizim umurumuzda bile değilsiniz," diye çıkıştı Klineviç.

"Saygıdeğer beyefendi, rica ederim kendinizi kaybetmeyin."

"Neymiş? Aklınızda bulunsun, siz bana ulaşamazsınız fakat ben sizi Yulka'nın köpeğini kızdırır gibi kızdırabilirim buradan. Öncelikle, hanımlar beyler, burada general olur mu? Bir zamanlar generaldi, fakat burada zerre kadar değeri yok!"

"Öyle şey olmaz, işte buradayım ben..."

"Siz bu mezarda çürüyeceksiniz. Arkanızda sadece altı bronz düğme kalacak o kadar."

"Bravo, Klineviç, ha, ha, ha!" diye bağırdı herkes.

"Ben çarıma hizmet ettim... Kılıcım var..."

"Kılıcınızla farelerin kafasını kesersiniz ancak. Zaten hiç çekemediniz o kılıcı da."

"Olsun, en azından arkada onurlu bir isim bıraktım."

"Bir tek onurlu ölen siz misiniz ki?"

"Bravo, Klineviç, bravo, ha, ha, ha!"

"Bu kılıcın ne olduğunu anlamıyorum," diye lafa girdi mühendis.

"Prusyalılardan fareler gibi kaçıyoruz, bizi çil yavrusu gibi dağıtıyorlar!" diye bağırdı başka bir yerden hiç tanımadığım biri. Heyecandan boğulur gibi çıkmıştı sesi.

"Efendim, kılıç onurdur!" diye haykırdı general. Fakat onu bir tek ben duydum. O sırada bir kargaşa koptu. Feryatlar, haykırışlar duyuluyordu. Aralarından yalnızca Avdotya İgnatyevna'nın sabırsız, isterik sesi seçiliyordu.

"Hadi çabuk olalım, çabuk olalım! Hiçbir şeyden utanmamaya ne zaman başlayacağız?"

Ayaktakımından olan adam "Oh-ho-ho! Ruhumda dayanılmaz acılar hissediyorum," dedi.

Tam bu sırada hapşırdım. Birden istemeden hapşırıvermiştim. Fakat etkisi hayret vericiydi. Mezarlıktaki her şey bir anda susmuş, hayal gibi ortadan yok olmuştu. Mezarlığın gerçek sessizliği çökmüştü etrafa. Orada olmamdan utandıklarını sanmıyorum. Çünkü hiçbir şeyden utanmamaya karar vermişlerdi! Beş dakika kadar bekledim. Ne bir söz, ne bir ses duyuldu. Bekçiyi çağırmamdan korkmuş olamazlardı ya! Bekçinin burada yapacağı bir şey mi vardı? İstemeden de olsa, burada olan biteni hiçbir faninin bilmediği ve ölülerin de bu sırrı her faniden katı şekilde sakladıkları sonucuna vardım.

"Merak etmeyin, sevgili arkadaşlarım, sizi yine ziyaret edeceğim," diyerek mezarlıktan ayrıldım.

Hayır, bu kadarına dayanamam. Gerçekten dayanamam! Canımı sıkan şey bobok değil. (İşte bobok'un ne olduğu da ortaya çıktı zaten).

Böyle bir yerdeki ahlaksızlık, son umutların ahlaksızlığı, kendini bırakan ve çürümeye başlayan cesetlerin ahlaksızlığı! Kendi bilinçlerinin son demlerinin bile ahlaksız olması! Bu anlar onlara verilmiş, bahşedilmiş... Hem de, hem de tam böyle bir yerde! Hayır, bu kadarına dayanamam...

Başka mezarlara da gideceğim, kulak vereceğim her yere. Kesin bir kanıya varmadan önce, gidip her yeri dolaşmalı ve sesleri dinlemeliyim. Belki içimi rahatlatacak birilerine rastlarım.

Fakat kesinlikle buraya geri geleceğim. Kendi hayat hikâyelerini ve başlarından geçenleri anlatacaklarına söz verdiler. Of! Kesinlikle, kesinlikle geleceğim. Bu bir vicdan meselesi!

"Grajdanin" dergisine götürürüm yazdıklarımı. Çünkü biraz önce mezarlığa bir editörün portresini de astılar. Belki bu hikâyeyi yayımlarlar.

Başkasının Karısı
(Yatağın Altındaki Koca)

(Olağanüstü Bir Macera)

I

"Lütfederseniz, saygıdeğer beyefendi, size bir şey sorabilir miyim?"

Sorunun muhatabı adam ürperdi ve sokak ortasında, akşamın sekizinde fütursuzca önüne çıkmış bu rakun kürklü beyefendiye bir süre korkuyla baktı. Gerçek bir Petersburglu beyefendi, hiç tanımadığı başka bir beyefendiyle sokak ortasında aniden herhangi bir konuda konuşmaya başladığında, muhatap seçilen kişinin korkacağını herkes bilir.

Adam da işte tam bu yüzden ürperdi, biraz da korktu.

Rakun kürklü adam, "Sizi rahatsız ettiğim için affedin," dedi, "fakat ben, ben, olur ya, bilmiyorum... Siz, galiba, kusuruma bakmayın; görüyorsunuz, ruhsal bir bunalım geçiriyorum..."

Bunu duyan uzun paltolu genç adam, rakun kürklü beyefendinin moralinin gerçekten bozuk olduğunu fark etti. Kırışık yüzü oldukça solgundu, sesi titriyordu, belli ki aklı karışıktı, konuşurken dili dönmüyordu; her ne kadar bu mütevazı ricanın kesinlikle birine yöneltilmesi elzem olsa da, bunu rütbe ya da maddi durum açısından kendisinden daha aşağıda birinden istediği için çok zorluk çektiği açıktı. Elbette, son tahlilde, bu türden esaslı bir kürk ile göz alıcı işlemelerle süslenmiş, koyu yeşil renkte, saygı uyandıran, harikulade bir frak giyen bu adamın ricası, her halükârda hafif kaçıyor, yakışık almıyordu. Rakun kürklü adamın da aslında kendi halinden ötürü kafasının karıştığı açıktı. En sonunda, beyefendi bu bunalıma dayanamadı; yaşadığı huzursuzluğu bastırmak ve sebep olduğu hoş olmayan bu sahneye, uygun şekilde bir son vermek istedi.

"Kusura bakmayın, kendimde değilim. Fakat siz, gerçekten beni tanımıyorsunuz... Size rahatsızlık verdiğim için affedin beni; fikrimi değiştirdim." Bunu dedikten sonra kibarlık olsun diye şapkasıyla selam verdi ve aceleyle yürümeye başladı.

"Size bir şey sorabilir miyim, lütfederseniz?"

Fakat küçük beyefendi çoktan karanlığa karışmış ve uzun paltolu adamın sersemlemesine yol açmıştı.

"Ne tuhaf adam!" diye düşündü uzun paltolu beyefendi. Ardından, kendisinden beklendiği şekilde şaşıran ve en sonunda sersemliği üstünden atan bu beyefendi yeniden beklemeye koyuldu ve bir sürü dairesi olan binalardan birinin kapısından gözlerini ayırmadan volta atmaya başladı. O sırada delikanlı, çökmeye başlayan sisten biraz memnun oldu. Çünkü bir ileriye bir geriye doğru yürüyüşü sisten ötürü daha az fark edilecekti. Gerçi bir tek, tüm gün sokakta umutsuzca bekleyen arabacı fark edebilirdi onu.

"Affedersiniz!"

Adam gene ürperdi. Aynı rakun kürklü adam yine önünde duruyordu.

"Affedersiniz, yeniden ben..." diye söze girdi, "fakat, siz, siz, galiba, temiz kalpli bir insansınız! Rütbemi dikkate almayın lütfen. Benim, bu arada, dilim dönmüyor, fakat bir insan olarak anlamaya çalışın... Önünüzde, efendim, mütevazı bir iyiliğe ihtiyaç duyan bir insan olduğunu..."

"Eğer yapabilirsem... Ne istiyorsunuz?"

"Siz, belki, sizden para isteyeceğimi zannettiniz," dedi gizemli beyefendi, ağzını çarpıtarak ve isterik bir şekilde gülüp sırıtarak.

"Rica ederim..."

"Hayır, yakanıza yapıştığımın farkındayım! Affedersiniz, kendimi ifade edemiyorum. Lütfen beni ruhu bunalan, aklını kaçırmak üzere olan bir adam olarak kabul edin, farklı düşüncelere kapılmayın."

Delikanlı, "O halde konuya gelelim!" dedi ve başını cesaretlendirici bir şekilde sabırsızca salladı.

"Ah! Bakın şu işe! Bir delikanlı olarak bana konuya dönmemi söylüyorsunuz. Sanki ben, pervasız küçük bir çocuğum! Gerçek bir zır deliyim sanki!.. Kendimi küçük düşürüşüm size nasıl görünüyor? Dürüst olun."

Delikanlının kafası karıştı ve bir şey söylemedi.

"Size açıkça bir şey sormama müsaade edin. Buralarda bir hanımefendi gördünüz mü? İşte, sormak istediğim buydu!" Rakun kürklü adam en sonunda kararlı bir şekilde sorabilmişti sorusunu.

"Hanımefendi mi?"

"Evet, bir hanımefendi."

"Gördüm, fakat söylemeliyim ki çok sayıda gördüm..."

"Elbette öyledir," dedi gizemli adam acı bir gülümsemeyle. "Dilim dolaşıyor, asıl sormak istediğimi soramadım. Affedin beni. Demek istediğim, tilki kürklü pelerin giyen, siyah tüllü koyu kadife başlık takan bir kadın gördünüz mü?"

"Hayır, öyle birisini görmedim... Hayır, belki de fark etmedim."

"Ah! O halde kusuruma bakmayın!"

Delikanlı bir şey sormak istedi, fakat rakun kürklü beyefendi yine ortadan kayboldu ve yine sabırsız dinleyicisini sersemlemiş bir vaziyette geride bıraktı. "Şeytan alsın götürsün onu!" diye düşündü uzun paltolu delikanlı. Sinirlendiği belliydi.

Öfkeyle kunduz kürküne sarındı ve tekrar volta atmaya başladı. Bir yandan da bir sürü dairesi olan binanın kapısını kolluyor, içten içe kızıyordu.

"Niçin çıkmıyor?" diye düşündü "Saat sekiz olacak!"

Saat kulesi, saatin sekiz olduğunu haber verdi.

"Hah! Lanet olsun. Nihayet!"

"Affedersiniz!"

"Kusura bakmayın, size bunları söylediğim için... Ama birden önüme böyle çıkıverince hepten korktum," dedi volta atmakta olan adam, kaşlarını çatıp özür dileyerek.

"Tekrar size geldim. Elbette, size tuhaf biri olarak görünmeye başlamış olmalıyım."

"Lütfen bana bir iyilik yapın ve ne söyleyecekseniz hemen söyleyin. Ne istediğinizi bile bilmiyorum hâlâ."

"Aceleniz mi var? Görüyor musunuz? Size her şeyi dürüstçe, lafı dolandırmadan anlatacağım. Ne yapalım! Bazen zorunluluklar, tamamen farklı karakterlere sahip insanları bir araya getirir. Fakat sizin aceleci olduğunuzu görüyorum, delikanlı... Şimdi şöyle... Bu arada, nasıl denir bilmiyorum, ben bir hanımefendiyi arıyorum. Size her şeyi anlatmaya karar vermiştim oysa. Özellikle de bu hanımefendinin nereye gittiğini bilmem gerekiyor. Kim olduğunu ve adını bilmenize gerek olmadığını düşünüyorum, delikanlı."

"Evet efendim, evet efendim, devam edin."

"Devam edeyim! Fakat şu ses tonunuz! Kusura bakmayın, belki de delikanlı diyerek sizi aşağılamış oldum. Fakat kötü bir şey kastetmedim... Kısacası, eğer bana büyük bir iyilik lütfederseniz, yani, bir kadınla ilgili... Demek istediğim şey, harika bir aileye mensup saygın bir hanımefendi, benim de bizzat tanıdığım... Benden rica ettiler... Anlarsınız ya, benim kendi ailem yok..."

"Evet efendim."

"Durumumu anlayın, delikanlı. Ah! Bir daha dedim! Size delikanlı dediğim için kusuruma bakmayın. Her dakika çok değerli... Düşününün, bu hanımefendi... Bana bu evde kimin yaşadığını söyleyemez misiniz?"

"Tabii, burada pek çok insan yaşıyor."

"Peki o halde, tamamen haklısınız," diye cevapladı rakun kürklü adam, kibarlık olsun diye yüzüne küçük bir gülümseme yerleştirerek. "Biraz kafamın karıştığını hissediyorum. Ses tonunuz neden böyle? Açıkça dilimin dönmediğini kabul ettiğimi görüyorsunuz. Fakat siz mağrur biriyseniz, o halde kendimi küçük düşürdüğümü de fark etmişsinizdir... Diyorum ki saygıdeğer bir kadın biraz hafif davranışlarda bulunuyor. Kusura bakmayın, dilim dönmüyor, bir roman kahramanı gibi konuşuyorum. Hafif davranışları Paul de Kock* iyi bilir ya, başımıza gelen her şey Paul de Kock'tan ötürü... İşte!"

Delikanlı, sözlerini bitirirken dili dolanan, susup gözlerini kendisine diken, anlamsızca gülümseyen, elleri titreyen ve ortada hiçbir sebep olmamasına karşın uzun paltosunun yakasından tutan bu rakun kürklü adama acıyarak baktı.

"Burada kimin yaşadığını mı soruyorsunuz?" diye sordu delikanlı geriye doğru birkaç adım atarak.

"Pek çok kişinin yaşadığını söylemiştiniz."

"Burada... Burada Sofya Ostafyevna'nın da yaşadığını biliyorum," dedi delikanlı fısıldayarak ve hatta kedere ortak olan bir ses tonuyla.

"Bakın, görüyor musunuz! Bir şeyler biliyorsunuz, delikanlı!"

"Sizi temin ederim hiçbir şey bilmiyorum... Görünüşünüzden çıkardım bunu."

"Biraz önce aşçı kadından öğrendim. Ostafyevna buraya gidip geliyormuş. Fakat sanırım siz onunla karşılaşmadınız, Sofya Ostafyevna ile yani. Kendisi aşçıyı da tanımaz gerçi."

"Tanımaz mı? Kusura bakmayın efendim ama..."

"Zaten tüm bunlar ilginizi hiç çekmemeli, delikanlı," dedi tuhaf adam acı bir alayla.

---

* Paul de Kock (1793-1871): Genelde Paris'teki hayatı anlatan eserleriyle ünlü, Fransız yazar. (Çev. N.)

Delikanlı tereddütle, "Bakın, neden bu durumda olduğunuzu gerçekten bilmiyorum. Fakat siz, belli ki, aldatılmış olmalısınız. Açık açık söyleyin."

Söylediklerini onaylar gibi gülümsedi ve ekledi: "Birbirimizi aşağı yukarı anlıyoruz." Tüm bedeniyle öne doğru hafifçe eğilip minnettarlığını göstermek için derin bir arzu duymuştu.

"Can evimden vurdunuz beni! Ama size açıkça anlatacağım. Tam da söylediğiniz gibi... Herkesin başına gelmiyor mu? Aynı düşünceleri paylaşıyor olmamız beni derinden etkiledi. Kabul edersiniz ki gençler arasında... Gerçi ben o kadar genç değilim. Fakat bilirsiniz, bekâr hayatı bir alışkanlık, bekârlar arasında bunu herkes iyi bilir..."

"Öyle tabii, bilinir, bilinir! Peki ya ben size nasıl yardım edebilirim?"

"Şöyle efendim, Sofya Ostafyevna'yı ziyaret etmeyi kabul ederek... Gerçi, bu hanımefendinin nereye gittiğini tam da bilmiyorum. Sadece bu binada olduğunu biliyorum. Fakat, sizin volta attığınızı görünce, ben de diğer tarafta volta attım. Sonra düşündüm ki... İşte biliyorsunuz, ben aradığım hanımefendiyi bekliyorum. Onun bu binada olduğunu biliyorum. Hatta ona gidip kendim açıklamak isterdim yaptığı şeyin münasebetsiz ve çirkin olduğunu... Kısacası beni anlıyorsunuz işte..."

"Hımm! Evet!"

"Bunu kendim için yapmıyorum. Öyle düşünmeyin. O başkasının karısı! Kocası orada, Voznesenskiy Köprüsü'nde bekliyor. Karısını yakalamak istiyor, ama cesaret edemiyor. Her koca gibi, kadının bunu yaptığına henüz inanmıyor..."

(Bu sırada kürklü adam gülümsemek istedi.) Ben de o adamın arkadaşıyım. Siz de takdir edersiniz ki kendine saygısı olan bir insanım. Zannettiğiniz kişi olmamın imkânı yok."

"Elbette efendim, öyledir, öyledir!"

"Kısacası, ben onu yakalayacağım. Bununla görevliyim. (Zavallı kocası!) Fakat bu genç hanımefendinin çok kurnaz (yastığının altında Paul de Kock saklıyor tabii) olduğunu da biliyorum. Bir şekilde fark ettirmeden kaçıp gider... İtiraf ediyorum ki aşçı kadın onun buraya gelip gittiğini söyledi. Ben de bu haberi alır almaz aklımı kaçırmış gibi koşup buraya geldim. Onu yakalamak istiyorum. Uzun süredir şüpheleniyorum ve bu yüzden de siz burada dolaştığınız için size sormak istedim... Siz-siz; bilmiyorum..."

"Peki ya benden ne yapmamı istiyorsunuz?"

"Şöyle ki... Sizi henüz tanıma şerefine nail olamadım. Sizin kim olduğunuzu, ne yaptığınızı soracak cesaretim yok... Her halükârda, kendimi tanıtmama müsaade edin, hoş bir tesadüf oldu bu!"

Titreyen adam, delikanlının elini samimi bir şekilde sıktı.

"Bunu en başta yapmam gerekirdi," diye de ekledi. "Fakat telaştan nezaketi unuttum!"

Kürklü adam konuşurken yerinde duramıyordu. Huzursuzlukla etrafına bakınıp duruyor, ikide bir ağırlığını bir ayağından diğer ayağına veriyor ve ölmekte olan birisi gibi delikanlının eline yapışıyordu.

"Görüyorsunuz ya efendim," diye sözlerine devam etti, "size dostça yaklaşmak istedim. En başta, konuya doğrudan girdiğim için kusuruma bakmayın. Sizden istediğim şey... Diğer yanda, sokak tarafında beklemeniz, arka çıkışın orada. Böylece onu kaçırmayız. Ben de sizin olduğunuz yerde, ana girişte yürüyeceğim. Böyle yaparsak kadını elimizden kaçırmayız. Tek başıma olursam onu kaçıracağımdan korkuyorum ve bunu hiç istemiyorum. Onu görür görmez durdurun ve bana seslenin... Aklımı kaçırmış olmalıyım! Bu ricanın aptalca ve münasebetsizce olduğunu şimdi daha iyi anladım!"

"Hayır, hiç de değil!"

"Beni affetmenize gerek yok. Ruhsal bir bunalım geçiriyorum. Ne yapacağımı hiç bilmiyorum, daha önce bana hiç böyle olmamıştı! Beni mahkemeye vermeleri gerek! Size karşı açık ve dürüst olacağım, delikanlı. İtiraf etmeliyim ki sizi onun sevgilisi zannetmiştim!"

"Yani, kısacası, burada ne yaptığımı mı bilmek istiyorsunuz?"

"Siz onurlu bir insansınız, saygıdeğer beyefendi, bu fikirden çok uzaklaştım. Yani *o adam* olduğunuz düşüncesinden. Sizi bu fikrimle küçük düşürmeyeceğim. Fakat yine de... Onun âşığı olmadığınıza yemin edebilir misiniz?"

"Şey, tamam, yemin ederim, ben âşığım. Fakat sizin karınıza değil. Yoksa burada sokakta değil, şu an onunla birlikte olurdum!"

"Karım mı? Onun benim karım olduğunu kim söyledi, delikanlı? Ben bekârım, yani ben kendim âşığım..."

"Kocasının Voznesenskiy Köprüsü'nde* beklediğini söylediniz..."

---

* Günümüzde St. Petersburg'daki Griboyedov Kanalı ile ayrılan Voznesenskiy Caddesi'nin her iki yakasını birbirine bağlayan köprü. (Çev. N.)

"Elbette, elbette, ağzıma geleni söylüyorum. Fakat bir bağ var! Bunun karakterimin zayıflığını gösterdiğini takdir edersiniz... Yani..."

"Evet, evet! Tamam, tamam!"

"Yani ben onun kocası değilim..."

"Size inanıyorum efendim fakat dürüstçe söyleyeyim. Şu anda sizi yüz üstü bırakmak istemem, ancak kendim de biraz sakin kalmak istiyorum. Yalan söylemeyeceğim. Bana şu anda rahatsızlık veriyor ve beni meşgul ediyorsunuz. Sizi çağıracağıma söz veriyorum. Fakat beni yalnız bırakmanızı ve gitmenizi âcizane rica ediyorum. Ben de birini bekliyorum."

"O halde tamam, tamam efendim, gideceğim. Yüreğinizdeki tutkulu sabırsızlığa saygı gösteriyorum. Sizi anlıyorum, delikanlı. Ah, sizi şimdi nasıl da iyi anladım!"

"Tamam, tamam..."

"Görüşmek üzere! Bu arada, affedersiniz, delikanlı, size yine... Ne diyeceğimi bilemiyorum... Lütfen bana onun âşığı olmadığınıza dair dürüstçe bir şeref sözü verin!"

"Ah, Tanrım!"

"Bir soru daha, bu son. Duygusal bağlılığınızın olduğu kadının kocasının soyadını biliyor musunuz?"

"Elbette, biliyorum. Sizin soyadınız değil. Konu kapanmıştır!"

"Benim soyadımı nasıl bilebilirsiniz ki?"

"Bana bakın, gidin buradan. Zamanınızı harcıyorsunuz. Aradığınız kadın şimdiye kadar bin kere gitmiştir... Ne istiyorsunuz ki? Sizinki tilki kürklü pelerin giymiş ve başlığı var, benimki ise ekose elbiseli ve kadife mavi bir şapka takıyor... Daha fazla ne bilmek istiyorsunuz?"

"Kadife mavi bir şapka takmış! Üzerinde ekose bir elbise, başında mavi bir şapka var," diye haykırdı takıntılı adam bir anlığına yüzünü yola dönerek.

"Lanet olsun! Belki de şey olabilir... Gerçi, ona bakarsan. Benimki buraya gelip gitmiyor!"

"Sizinki nerede ki?"

"Bilmek istediğiniz bu mu? Size ne?"

"İtiraf etmeliyim ki, hepsi şey hakkında..."

"Of, aman Tanrım! Hiç utanmanız yok değil mi? Alın, benimkinin burada arkadaşları var, üçüncü katta, sokağa bakan dairede. Daha ne bilmek istiyorsunuz? Herkesin ismini de söyleyeyim mi?"

"Tanrım! Alın, benim de burada tanıdıklarım var, üçüncü katta, sokağa bakan dairede... General..."

"General mi?!"

"General. İsterseniz size hangi general olduğunu söyleyeyim. General Polovitsın."

"Bak sen! Hayır, aynı kişi değil! (Ah, lanet olsun! Lanet olsun!)"

"Aynı kişi değil mi?"

"Değil."

İkisi de sustu ve şaşkınlıkla birbirlerine baktılar.

"Neden bana öyle bakıyorsunuz?" diye sesini yükseltti delikanlı, şaşkınlığını ve tereddüdünü öfkeyle üzerinden atarak.

Rakun kürklü adam telaşlanmıştı.

"İtiraf etmeliyim ki..."

"Hayır, müsaade edin şimdi daha aklı başında konuşalım. Bu iş ikimizi de ilgilendiriyor. Anlatın bana... O dairede kim var?"

"Yani tanıdıklarımı mı soruyorsunuz?"

"Evet, tanıdıklarınızı..."

"İşte bakın, bakın. Gözlerinizden anlamıştım zaten!"

"Lanet olsun! Hayır işte, hayır, lanet olsun! Kör müsünüz, nesiniz? Sizin önünüzde durmuş dikiliyorum, onunla değilim! Bakın, işte! Gerçi bana göre hava hoş, ister konuşun, ister konuşmayın!"

Öfkeden yerinde duramayan delikanlı topuklarının üzerinde iki kez döndü ve elini boşver anlamında salladı.

"Tamam, önemi yok. Dürüst bir insan olarak size her şeyi anlatacağım. İlk başta karım buraya tek başına gelip giderdi. Burada akrabaları vardı. Şüphelenmemiştim. Dün Ekselansları'yla karşılaştım. Bana üç hafta önce buradan başka bir yere taşındığını söyledi. Benim kar... Yani karım değil, başkasının karısı (Voznesenskiy Köprüsü'ndekinin karısı) olan hanımefendi ise üç gün önce bu dairede olduğunu söylemişti bana. Aşçı kadın ise, bu daireyi Ekselansları'ndan, genç Bobınıtsın'ın kiraladığını anlattı..."

"Ah, lanet olsun, lanet olsun!.."

"Saygıdeğer beyefendi, korkuyorum, dehşet içindeyim!"

"Eh, lanet olsun! Siz korkuyorsanız, dehşet içindeyseniz bana ne bundan! Ah! Bakın orada geçip gidenler var, orada..."

"Nerede, nerede? Siz sadece bana seslenin: İvan Andreyeviç deyin, koşup gelirim..."

"Tamam, tamam. Ah, lanet olsun! Lanet olsun! Lanet olsun!"

"Buradayım!" dedi geri dönen İvan Andreyeviç, tamamen soluk soluğa kalmıştı. "Ne oldu? Ne var? Nerede?"

"Hayır. Sadece şey... Bu hanımefendinin adını sormak istemiştim."

"Glaf..."

"Glafira?"

"Hayır, hiç Glafira değil. Kusura bakmayın, adını size söyleyemem." Bunu söylerken saygıdeğer adamın yüzü kireç gibiydi.

"Elbette, Glafira değil. Ben kendim biliyorum Glafira olmadığını, benimki de Glafira değil. Bu arada o kiminle birlikte?"

"Nerede?"

"Orada! Ah, lanet olsun! Lanet olsun!" (Delikanlı öfkeden yerinde duramıyordu.) "Bakın şu işe! Adının Glafira olduğunu nereden biliyorsunuz?"

"Lanet olsun, yeter! Bir de siz çıktınız başıma. Sizinkinin adının Glafira olmadığını söylemediniz mi az önce?.."

"Saygıdeğer beyefendi, o nasıl bir ses tonu öyle!"

"Kahrolsun ses tonum! Kim bu kadın, sizin eşiniz mi?"

"Hayır, ben evli değilim. Fakat, yerinizde olsaydım, tamamen çok büyük bir saygıyı hak edecek demeyeyim de, bir şekilde saygıya değer, başı belada ve her halükârda terbiyeli adama, her iki adımda bir lanet okumazdım. Sürekli lanet olsun, lanet olsun diyorsunuz."

"Evet, lanet olsun! Sizi ilgilendirmez, anladınız mı?"

"Öfkeden gözünüz kör olmuş. Susuyorum. Aman Tanrım, o da kim?"

"Nerede?"

Bir gürültü koptu ve kahkahalar duyuldu. İyi giyimli iki genç kadın, sundurmanın basamaklarından iniyordu. Bekleyen adamlar da kadınlara doğru koşturmaya başladı.

"Bu ne cüret? Ne istiyorsunuz bizden?" dedi kadınlardan biri.

"Ne diye koşturuyorsunuz üstümüze?" dedi diğeri.

"Aradığınız kişiler biz değiliz!"

"Yanlış kişilere çattınız! Hey arabacı!"

"Nereye gidiyorsunuz, Matmazel?"

"Pokrov'a. Otur, Annuşka. Ben bırakayım seni."

"Ben de bu taraftan biniyorum. Gidelim. Buraya bak, hızlı sür..."

Araba gözden kayboldu.

"Tanrım! Tanrım! Neden oraya gitmiyorsunuz ki?" diye sordu genç adam.

"Nereye?"

"Bobınitsın'ın aldığı daireye."

"Bu mümkün değil..."

"Nedenmiş?"

"Elbette giderdim fakat o zaman bana başka türlü anlatır. O... Lafı evirip çevirir. Tanıyorum onu! Beni bir kadınla yakalamak için bilerek geldiğini söyler. O zaman da başım belaya girer."

"Belki de onun orada olduğunu öğrenirsiniz! Yani, bilmem, belki de generali ziyarete geldim dersiniz."

"Fakat o buradan taşındı!"

"Olsun. Hâlâ anlamadınız mı? O ziyarete geldi, siz de arkasından geldiniz. Anladınız mı? Generalin başka bir eve taşındığını bilmiyormuş gibi davranın. Karınızın yanında olmak için generale gelmişsiniz gibi yapın. Böylece oyun devam eder."

"Sonra ne olacak?"

"Ardından, Bobınitsın'ın yanında aradığınız hanımefendiyi bulabilirsiniz. Ah, kahretsin, işinizi hiç bilmiyorsunuz siz..."

"Orada göreceğim şey sizi neden ilgilendiriyor? Görüyor musunuz, bakın işte!.."

"Bu da ne demek oluyor, ihtiyar? Ah, yine aynı yanlış yolda ilerliyorsunuz. Tanrım, Tanrım! Kendinizden utanmalısınız. Gülünç bir adamsınız. Aklı bulanmış bir adamsınız!"

"Tamam da neden bu kadar ilgilendiriyor sizi bu iş? Yoksa bilmek istediğiniz..."

"Neyi bilmek isteyeceğim, neyi? Lanet olsun, ne haliniz varsa görün! Ben tek başıma gidiyorum. Defolun, gidin buradan. Uzaktan öylece bakın, oraya koşun gidin hadi!"

"Saygıdeğer beyefendi, rica ediyorum kendinize gelin," diye haykırdı rakun kürklü adam heyecanla.

"Ne olmuş? Ne olmuş? Kendimi kaybedersem ne olur?" diye sordu delikanlı. Dişlerini sıktı ve öfkeyle rakun kürklü adamın üzerine yürüdü. "Ne olmuş? Kimin karşısında kaybediyorum kendimi?!" dedi gürleyerek. Yumruklarını sıkıyordu.

"Ama, saygıdeğer beyefendi, müsaade edin..."

"Siz kim oluyorsunuz? Kimin önünde kaybediyormuşum kendimi? Soyadınız ne sizin?"

"Orasını bilemem, delikanlı, neden soyadımı öğrenmek istiyorsunuz? Bunu size söyleyemem... Birlikte gitsek daha iyi. Haydi gidelim, burada kalamam, her şeye hazırım... Fakat sizi temin ederim, daha kibar bir davranışı hak ediyorum! İnsan üzgün de olsa ki sizin neye üzüldüğünüzü de tahmin edebiliyorum, hiçbir yerde kontrolünü kaybetmemeli. Hiçbir koşulda yoldan çıkmamalı insan... Henüz çok genç, çok genç bir adamsınız!"

"Siz yaşlıysanız bundan bana ne? Hiçbir önemi yok bunun! Neden oraya buraya koşturup duruyorsunuz?"

"Yaşlı değilim ki ben? Nasıl yaşlı olabilirim? Elbette, rütbece öyle, fakat koşturmuyorum..."

"Belli. Şimdi gidin buradan..."

"Olmaz, sizinle birlikte geleceğim. Beni engelleyemezsiniz. Ben de bu işe karıştım, sizinle birlikte..."

"O zaman sessiz olun, sessiz, susun!" İkisi birlikte binaya girdiler. Sonra üçüncü kata ulaştılar. Göz gözü görmüyordu.

"Durun! Kibritiniz var mı?"

"Kibrit mi? Ne kibriti?"

"Sigara içmiyor musunuz?"

"Ah, evet! Var, var, işte burada, burada, bir dakika..." Rakun kürklü adam mırıldanmaya başladı.

"Ah, ne beceriksizsiniz... Kahretsin! Galiba kapı bu..."

"Bu, bu, bu, bu, bu, bu..."

"Bu, bu, bu... Neden bağırıyorsunuz, sussanıza!.."

"Saygıdeğer beyefendi, benim bu işe bulaşmaya gönlüm hiç elvermiyor. Fakat... Siz de bir o kadar gözü kara birisiniz!"

Kibriti yaktı.

"Bakın işte bronz plakaya. Üzerinde Bobınıtsın yazıyor görüyor musunuz? Bobınıtsın, gördünüz mü?"

"Evet görüyorum!"

"Sessiz olun! Söndü mü?"

"Söndü."

Başkasının Karısı

"Kapıyı çalsak mı?"

"Çalalım!" diye cevapladı rakun kürklü adam.

"Çalın o zaman!"

"Neden ben çalıyormuşum? Önden buyurun, siz çalın..."

"Korkak!"

"Asıl siz korkaksınız!"

"Hadi oradan!"

"Size sırrımı açtığım için neredeyse pişmanım. Siz..."

"Ben? Ne olmuş bana?"

"Siz benim bunalımımdan istifade ediyorsunuz. Görüyorsunuz ya, ruhsal bir bunalım içindeyim..."

"Umurumda mı? Bu haliniz bana gülünç geliyor. Hepsi bu!"

"Neden buradasınız?"

"Siz neden buradasınız?"

"Harika bir ahlak anlayışınız var!" diye bir tespitte bulundu rakun kürklü adam, duygularını daha fazla içinde tutamayarak. "Neden ahlakla ilgili atıp tutuyorsunuz? Bundan size ne?"

"Yaptığınız açıkça ahlaksızlık!"

"Ne?"

"İşte, size göre, aldatılan her koca budaladır!"

"Siz koca mısınız ki? Onun kocası Voznesenskiy Köprüsü'nde beklemiyor mu? Size ne oluyor? Siz neden burnunuzu sokuyorsunuz?"

"Bana öyle geliyor ki onun sevgilisi sizsiniz!"

"Bakın, böyle konuşmaya devam ederseniz, gerçekten sizin budala olduğunuzu söylemek zorunda kalacağım! Bunun ne anlama geldiğinin farkında mısınız?"

"Yani benim onun kocası olduğumu mu söylemek istiyorsunuz?" diye sordu rakun kürklü adam. Başından kaynar sular dökülmüş gibi bir adım geri çekildi.

"Hişt, sessiz olun! Dinleyin!"

"İşte bu o!"

"Hayır!"

"Of, çok karanlık!"

Her şey sessizliğe gömüldü. Bobınitsın'ın dairesinde bir gürültü duyuldu.

"Neden kavga ediyoruz ki, saygıdeğer beyefendi?" diye fısıldadı rakun kürklü adam.

"Fakat, lanet olsun, kendiniz zorladınız buna!"

"Siz de benim sabrımın sınırlarını zorladınız."

"Susun!"

"Takdir edersiniz ki siz oldukça gençsiniz..."

"Susun diyorum!"

"Elbette, sizinle aynı fikirdeyim. Böyle bir durumdaki bir koca budaladır."

"Susacak mısınız artık?"

"Fakat canı yanan, şanssız bir kocaya karşı neden bu kadar sivri dillisiniz?"

"Bu o!"

Fakat tam o anda ses kesildi.

"O mu?"

"O, o, o! Peki ya siz neden bu kadar telaşlanıyorsunuz? Bu sizin sorununuz değil ki?"

"Saygıdeğer beyefendi, saygıdeğer beyefendi!" diye mırıldandı. Rakun kürklü adamın beti benzi atmış ve hıçkırmaya başlamıştı. "Ben elbette bunalımdayım... Ne kadar küçük

Başkasının Karısı

düştüğümü gözlerinizle gördünüz. Vakit gece vakti, elbette. Ancak yarın... Yarın elbette karşılaşmayacağız. Gerçi sizle karşılaşmaktan korkuyor da değilim. Ve ayrıca, bu ben değilim, Voznesenskiy Köprüsü'nde bekleyen tanıdığım. Gerçekten o! Bu onun karısı, başkasının karısı! Sizi temin ederim o zavallı bir adam! O adamı iyi tanırım, müsaade edin her şeyi anlatayım. Sizin de fark ettiğiniz üzere onun arkadaşıyım. Yoksa onun için bu üzüntüye katlanmazdım. Siz bizzat görüyorsunuz. Ona kaç kere söyledim. Canım arkadaşım, evlenip de ne yapacaksın dedim. Kademeyse kademe, paraysa para, saygınlıksa saygınlık, her şeyin var dedim. Tüm bunları naza cilveye neden değişiyorsun dedim. İyi demiş miyim? Yok, evleniyorum, dedi. Aile saadetiymiş... Al sana aile saadeti! Bir zamanlar o da başka kocaların aldatıldığı sevgiliydi. Şimdiyse ettiğini buluyor. Kusuruma bakmayın, fakat bu açıklama kesinlikle elzemdi! Zavallı bir adam o. Ettiğini buluyor. İşte olan bu!" Tam o anda rakun kürklü adam öyle bir iç geçirdi ki sanki şakacıktan değil de gerçekten hıçkırıyordu.

"Şeytan alsın hepsini götürsün! Bu aptallar bir bitmedi! Peki ya siz kimsiniz?"

Delikanlı sinirden dişlerini sıkıyordu.

"Bu anlattıklarımdan sonra, siz de takdir edersiniz ki... Tüm içtenliğimle ve dürüstlüğümle anlattım her şeyi... Fakat ses tonunuz hâlâ değişmedi!"

"Hayır, kusura bakmayın, fakat soyadınız nedir?"

"Soyadım size neden lazım?"

"Aaa!"

"Soyadımı söylemem mümkün değil..."

"Şabrin'i tanıyor musunuz?" diye hızlıca sordu delikanlı.

"Şabrin!"

"Evet, Şabrin! Aa!!! (O sırada uzun paltolu adam, rakun kürklü adamın biraz taklidini yapıyordu.) Anladınız mı?"

"Hayır, hangi Şabrin?" diye sordu bocalayan rakun kürklü adam. "O hiç de Şabrin değil. O saygıdeğer birisidir! Saygısızlığınızı bağışlayabilirim. Belli ki kıskançlık canınızı acıtıyor."

"O bir sahtekâr. Ruhu satılmış. Rüşvetçi. İki yüzlü. Devletin parasını çalıyor! Yakında mahkemeye çıkarırlar onu!"

"Affedersiniz," dedi rakun kürklü adam sararak. "Siz onu hiç bilmiyorsunuz. Hem de hiç. Onu tanımadığınızı görüyorum."

"Evet, yüz yüze tanışmadık hiç. Fakat onu çok yakın başka kaynaklar aracılığıyla tanıyorum."

"Saygıdeğer beyefendi, nasıl kaynaklarmış bunlar? Bunalımdayım, biliyorsunuz..."

"Aptal! Kıskanç bir herif o! Karısıyla ilgilenmiyor! Nasıl biri olduğunu öğrenmek istediniz ya, işte böyle biri!"

"Kusura bakmayın fakat fena halde yanılıyorsunuz, delikanlı..."

"Ah!"

"Ah!"

Bobınitsın'ın dairesinden bir gürültü geldi. Kapı açılıyordu. Sesler duyuldu.

"Ah, o değil, o değil! Onun sesini tanırım. Şimdi her şeyi öğrendim. O değil!" dedi rakun kürklü adam. Beti benzi atmıştı.

"Susun!"

Delikanlı duvara yaslandı.

"Saygıdeğer beyefendi, ben gidiyorum. Bu o değil, çok mutluyum."

"İyi, iyi! Gidin hadi buradan!"

"Siz neden kalıyorsunuz?"

"Sizi ilgilendirmez."

Kapı açıldı. Rakun kürklü adam daha fazla dayanamadı ve merdivenlerden apar topar inmeye başladı.

Delikanlının önünden bir adam ve kadın geçti. Neredeyse kalbi duruyordu delikanlının. O anda önce kendisine tanıdık gelen bir kadın sesi duydu. Sonra da hiç tanımadığı kalın bir erkek sesi.

"Önemli değil, bir kızak çağıracağım," diyordu kalın ses.

"Ah, tamam, olur, çağırın..."

"Hemen gelir."

Kadın tek başına kaldı.

"Glafira! Evlilik yeminin nerede kaldı?" diye haykırdı uzun paltolu delikanlı, kadının kolunu yakalayarak.

"Ay, siz de kimsiniz? Siz misiniz, Tvorogov? Aman Tanrım! Ne işiniz var burada?"

"Burada kiminle birliktesiniz?"

"Kocamla, gidin buradan, gidin, birazdan kendisi Polovitsınlar'ın dairesinden çıkıp buraya gelecek. Gidin Tanrı aşkına. Gidin buradan."

"Polovitsınlar üç hafta önce taşındılar buradan! Her şeyi biliyorum!"

"Ay!" Kadın çıkış kapısına doğru yöneldi. Delikanlı da arkasından gitti.

"Size kim söyledi?" diye sordu kadın.

"Kocanız, hanımefendi, İvan Andreyeviç. O burada, önünüzden çıktı, hanımefendi..."

İvan Andreyeviç gerçekten de kapının önünde bekliyordu.

"Ay, siz misiniz?" diye haykırdı rakun kürklü adam.

"A! C'est vous?"* diye haykırdı Glafira Petrovna. İçten gelen bir mutlulukla ona doğru attı kendini. "Tanrım! Başıma neler geldi bir bilsen! Senin de tahmin edeceğin üzere Polovitsınlar'daydım... Biliyorsun onlar şimdi İzmaylovskiy Köprüsü'nün oraya taşındılar. Sana söylemiştim, hatırlıyor musun? Oradan bir kızak tuttum. Atlar çıldırdı ve deli gibi koşmaya başladılar. Kızak kırıldı. Buradan yüz adım ileride kalakaldım. Arabacıyı alıp götürdüler. Bense çaresiz kaldım. Neyse ki Mösyö Tvorogov..."

"Nasıl?"

Mösyö Tvorogov, Mösyö Tvorogov değildi de sanki bir taştı.

"Mösyö Tvorogov beni burada gördü ve bana eşlik etti. Şimdi siz de buradasınız. Size ne kadar içten minnettar olduğumu söyleyemem, İvan İliç..."

Kadın, afallamış haldeki İvan İlyiç'in koluna dokundu ve neredeyse bir çimdik attı, fakat tam sıkmadı.

"Mösyö Tvorogov! Skorlupovlar'ın balosunda tanışma şerefine nail olmuştuk. Galiba sana anlatmıştım, hatırlıyor musun? Gerçekten de hatırlamıyor musun, Koko?"

"Ah elbette, elbette! Hatırlıyorum!" dedi kendisine Koko diye seslenilen rakun kürklü adam. "Tanıştığıma çok memnun oldum, çok memnun oldum."

---

* *Fr.* Bu siz misiniz? (Çev. N.)

Mösyö Tvorogov'un elini samimi bir şekilde sıktı.

"Bunlar kim? Bu ne anlama geliyor? Bekliyorum..." dedi kalın bir erkek sesi.

Grubun önünde çok uzun boylu bir adam belirmişti. Katlanır gözlüğünü çıkarıp taktı ve dikkatli dikkatli rakun kürklü adama baktı.

"Ah Monsieur Bobınitsın!" diye cıvıldadı kadın. "Nereden böyle? Ne rastlantı ama! İnanabiliyor musunuz, biraz önce kızağım kırıldı. Sizi kocamla tanıştırayım! Jan!* Mösyö Bobınitsın, Karpovlar'ın balosundan..."

"Tanıştığıma çok memnun oldum, çok memnun oldum. Şimdi bir araba tutacağım, dostum."

"Evet, Jean, öyle yap. Hâlâ korkuyorum. Titriyorum, hatta başım dönüyor... Bugün maskeli balo vardı da," diye fısıldadı Tvorogov'a. "Görüşmek üzere, görüşmek üzere, Mösyö Bobınitsın! Sanırım yarın Karpovlar'ın balosunda görüşürüz..."

"Hayır, kusura bakmayın. Yarın gelmeyeceğim. Yarın da bugün gibi olacaksa..." Mösyö Bobınitsın, dişlerinin arasından bir şeyler daha fısıldadı, topuklarını gıcırdattı, kendi kızağına atladı ve gitti.

Araba yanaştı. Kadın oturdu. Rakun kürklü adam durdu. Galiba kendinde hareket edecek gücü bulamamıştı. Uzun paltolu adama hiçbir şey hissetmeden baktı. Uzun paltolu adam gerçekten aptal bir şekilde gülümsüyordu.

"Bilmiyorum..."

"Kusur bakmayın, sizinle tanıştığıma çok memnun ol-

---

* *Fr.* Jean. (Çev. N.)

dum," diye cevap verdi delikanlı, merak içinde başını eğdi. Biraz da çekiniyordu.

"Çok, çok memnun oldum..."

"Galiba galoşlarınızı kaybettiniz?"

"Ben mi? Ah evet! Çok teşekkürler, çok teşekkürler. Gerçi lastik olanlarından almak istiyorum..."

"Yalnız galoşlar da insanın ayağını pişiriyormuş," dedi delikanlı. Belli ki konu çok ilgisini çekmişti.

"Jan! Geliyor musun?"

"Gerçekten de terletiyor. Geldim, geldim, hayatım. Sohbet koyulaştı da! Tam da dikkat çektiğiniz gibi, ayağı çok terletiyor... Bu arada, kusura bakmayın, ben..."

"Tabii ne demek efendim."

"Çok memnun olduğum tanıştığımıza..." Rakun kürklü adam arabaya bindi. Araba yola koyuldu. Delikanlı, olduğu yerde dikiliyor, hayretle arabanın arkasından bakıyordu.

II

Hemen sonraki akşam, İtalyan operasında bir gösteri düzenleniyordu. İvan Andreyeviç salona paldır küldür daldı. Kimse onun müziğe karşı böyle bir furore* ve tutkusu olduğunu görmemişti. Ama herkes, İvan Andreyeviç'in İtalyan operasında birkaç saat kestirmeyi özellikle çok sevdiğini iyi bilirdi. Hatta birkaç kez kendisine bunun çok iyi ve tatlı olduğunu söylemişti. Arkadaşlarına "Sanki prima donna** size, küçük bir kedi gibi bir ninni mırıldanıyor," demişti.*** Fakat bunu uzun süre önce demişti, hatta geçen sezondaydı bu. Şimdiyse, heyhat! İvan Andreyeviç, geceleri evinde uyuyamıyordu. Günlerden bir gün hıncahınç dolu salona paldır küldür dalmıştı. Yer gösterici bile ona şüpheyle baktıktan sonra ne olur ne olmaz diye kullanmak üzere gizlediği bir hançerin kabzasını görme umuduyla, fark ettirmeden

---

* *İt.* Heves. (Çev. N.)
** Baş oyuncu. (Çev. N.)
*** Karakter, 1847-1848 sezonunda St. Petersburg'da turneye çıkan İtalyan opera sanatçısı Erminia Frezzolini'den bahsediyor. (Çev. N.)

kendi yan cebine bile bakmıştı. O sırada, salonun iki gruba ayrıldığına ve her grubun da farklı prima donnayı tuttuğuna dikkat çekmek gerekir. Bu gruplardan birine ***zistı, diğerine ise ***nistı deniyordu.* Her iki parti de müziği seviyordu. Fakat yer gösterici artık, prima donnaların ne kadar harika ve özgün olduğuna dair sevgisini yüksek sesle ilan eden herkesten ciddi ciddi çekinmeye başlamıştı. İşte bu yüzden, İvan Andreyeviç gibi kır saçlı bir ihtiyar tiyatro salonuna böyle canlı bir atılganlıkla girdiğinde kalakaldı. Gerçi, tam da ihtiyar sayılmazdı. Yani aşağı yukarı elli yaşında, kel ve iyi görünümlüydü. Yer göstericinin Danimarka Prensi Hamlet'in herkesin bildiği sözlerini istemeden de olsa hatırladı: "İnsan ne kadar tuhaf yaşlanıyordu; gençlik de neydi?" Ve bunlar gibi başka sözler de hatırlanırdı elbette.

Yukarıda da dendiği gibi yer gösterici, bir hançer bulmayı umarak gözünün ucuyla frakının cebine baktı. Fakat orada yalnızca bir kâğıt parçası vardı.

Salona rüzgâr gibi giren İvan Andreyeviç, ikinci kattaki locaları gözleriyle hızlıca taradı. Felaketti! Kalbi durdu. O buradaydı! Locada oturuyordu! Aynı locada General Polovitsın, eşi ve baldızıyla birlikteydi. Bir de generalin oldukça açık göz bir emir subayı vardı. Yanlarında sivil giyimli biri de oturuyordu... İvan Andreyeviç tüm dikkatini verdi, gözlerinin tüm keskinliğiyle locaya baktı. Felaketti! Sivil giyimli

---

* O yıllarda St. Petersburg'daki operaseverlerin hayranı olduğu iki farklı opera sanatçısı vardı. İki hayran kitlesinin arasında da bir rekabet vardı. 1847-1848 yılları arasında şehre turneye gelen İtalyan opera sanatçısı Teresa De Giuli Borsi'nin tarafını tutanlara "Borzistı" denilirken, Erminia Frezzolini tarafını tutanlara ise "Fretstsolinistı" deniyordu. (Çev. N.)

adam, haince emir subayının ardına gizlendi. Karanlıkta fark edilmiyordu yüzü.

O buradaydı, fakat burada olmayacağını söylemişti. İvan Andreyeviç'i mahveden şey, Glafira Petrovna'nın her adımında gösterdiği işte bu ikiyüzlülüktü. Bu sivil giyimli adam İvan Andreyeviç'i tamamen kedere sürüklemişti. Koltuğuna mahvolmuş şekilde iyice gömüldü. Neden böyle yaptığı sorulabilir. Çok sıradan bir olay gelmişti başına... İvan Andreyeviç'in koltuğunun partere yakın olduğuna, ikinci kattaki hain locanın tam da onun koltuğunun üzerine denk geldiğine dikkat çekmek gerekir. Başının üzerindeki localarda ne olup bittiğini kesinlikle hiç fark edememesi onun için çok büyük bir şanssızlıktı. Fakat o kızgındı ve bir semaver gibi için için kaynıyordu. İlk perdeyi neredeyse hiç izlemedi. Hiçbir notayı işitmedi. Müziğin, ancak her kulağın zevkine hitap ettiği sürece başarılı olduğunu söylerler. Müzikte neşeli insanlar mutluluk, üzgün insanlar ise keder bulur. İvan Andreyeviç'in kulakları ise fırtına gibi uğulduyordu. Arkasında, önünde ve iki yanında çınlayan korkunç sesler İvan Andreyeviç'in öfkesine öfke ekliyor, kalbini sıkıştırıyordu. En sonunda perde kapandı. Tam o anda, yani perde kapanır kapanmaz, kahramanımız kendisini, hiçbir kalemin tarif edemeyeceği bir maceranın içinde buluverdi.

Kimi zaman üst katlarda bulunan localardan bir afiş döne döne aşağı düşerdi. Gösteri sıkıcıysa ve izleyiciler esniyorsa, bu olay onlar için tamamen eğlenceye dönüşürdü. Oldukça yumuşak kâğıtların en yukarıdaki kattan aşağıya uçuşunu özel bir merakla izlerler, kâğıdın havada zikzaklar çizerek alt kattaki koltuklara kadar kat ettiği güzergâhı takip etmekten zevk duyarlardı. Kâğıt, bu koltuklarda oturan, fakat böyle bir olayla karşılaşmayı hiç ummayan birinin kafasına düşerdi. Gerçekten de bu kişinin nasıl utandığını seyretmek oldukça ilgi çekiciydi. Çünkü kesinlikle utanırdı. Kadınların kullandığı, locaların bordürlerinin hemen kenarında duran opera dürbünlerinden her zaman korkmuşumdur. Bu dürbünler bana hep böyle bir olaya hazırlıksız yakalanacak bir izleyicinin kafasına düşüverecekmiş gibi gelir. Fakat böyle trajik bir izlenime buradan başka bir yerde kapıldım. Bu nedenle bu açıklamayı, dalaverelerden, vicdansızlıklardan ve varsa evinizdeki hamam böceklerinden nasıl sakınacağınıza dair tavsiyeler veren gazete yazılarına bırakıyorum. Bu tür tavsiyeleri, yalnızca Rus hamam böceklerine değil, Prusyalı yabancı hamam böcekleri de dahil olmak üzere tüm dünyadaki hamam böceklerinin azılı düşmanı olan ünlü Prinçipe veriyor.

Fakat İvan Andreyeviç'in başına gelen, daha önce hiçbir yerde yazılmayan bir olaydı. Onun başına, yani daha önce söylediğimiz gibi kel olan başına, afiş düşmedi. İvan Andreyeviç'in başına düşen şeyin ne olduğunu söylemeye benim bile vicdanımın el vermediğini itiraf etmem gerekiyor. Çünkü kıskanmış, öfkelenmiş İvan Andreyeviç'in saygıdeğer ve kel, yani yer yer saçları dökülmüş kafasına düşen şeyin parfüm kokulu aşk mektubu gibi ahlaksız bir nesne olduğunu açıklamaktan gerçekten utanıyorum. Daha önceden hiç yaşanmamış ve yaşanması öngörülemeyen bu olaya tamamen hazırlıksız yakalanan İvan Andreyeviç, sanki kafasında bir fare ya da başka bir vahşi canlı yakalamış gibi ürperdi.

Notta yazılanların aşkla ilgili olduğu su götürmez bir gerçekti. Not, tıpkı tam da romanlarda yazılanlar gibi parfüm kokulu kâğıda yazılmıştı. Kurnaz bir şekilde katlanıp küçülen bu pusulayı, kadınlar eldivenlerinin içine kolayca gizleyebilirdi. Galiba bu not, birine verilirken yanlışlıkla aşağı düşmüştü. Belki bir afiş rica edilmişti. Afişin içine el çabukluğuyla gizlenmiş bu küçük not da durumdan haberdar birine kolayca verilmişti. Fakat bir anlığına, belki de, emir subayı istemeden bir temasta bulunmuş ve sonra da utangaç bir şekilde, verdiği rahatsızlık nedeniyle özür dilemişti. O sırada not, utançtan titremekte olan ufak bir elin arasından kayıp düşmüştü. Sabırsız elini ileriye doğru uzatmış olan sivil giyimli delikanlı ise notun olduğu afişi almak yerine, gerçekten ne yapacağını hiç bilmediği boş bir afişi almıştı. Bunun hiç de hoş olmayan tuhaf bir olay olduğuna şüphe yok. Fakat siz de takdir edersiniz ki, İvan Andreyeviç için bu durum daha da kötüydü.

"Prédistiné,*" diye fısıldadı soğuk soğuk terlerken. Ardından notu eline aldı. "Prédistiné! Mermi de suçluyu bulur!" diye aklından geçirdi. "Ama neden ki? Niye ben suçlu olacakmışım?" Başka bir deyim daha vardı: Her şey hep birinin başına mı geliyordu ne...

Böyle beklenmedik bir şeyle sersemlemiş olan kafasından pek çok şey geçiriyordu. İvan Andreyeviç, koltuğunda katılaşmış bir şekilde, hani derler ya, yarı ölü yarı canlı kalakalmıştı. Tam o sırada tüm salonun, sanatçının bir kez daha sahne almasını isteyen haykırışlarına rağmen başına gelen şeyi herkesin gördüğünden emindi. Yüzü kızarmış bir şekilde utançla oturuyor, gözlerini kaldırmaya cesaret edemiyor-

---

* *Fr.* Kader. (Çev. N.)

du. Sanki bir anda, bu muhteşem kalabalıkta bir uyumsuzluk yakalamış gibi beklenmedik bir tatsızlıkla karşılaşmışa benziyordu. Nihayet gözlerini kaldırmaya karar verdi. Solunda kalan tarafta oturan gösteriş düşkünü bir adamın, "Harika söyledi!" dediğini fark etti. Coşkusunun son raddesini yaşayan bu züppe alkış tutuyor, fakat sürekli ayaklarının üzerinde yükseliyor, İvan Andreyeviç'e göz ucuyla boş bakışlar atıyordu. Tam o sırada sesini daha iyi duyurmak için iki elini ağzına siper ederek şarkıcının ismini haykırdı. Daha önce böylesine güçlü bir haykırış duymamış olan İvan Andreyeviç hayran kaldı. "Bir şey fark etmemiş!" diye düşündü ve arkasına döndü. Fakat arkasında oturan şişman adam da tam o sırada arkasını döndü ve locaları incelemeye başladı. "O da tamam!" diye düşündü İvan Andreyeviç. Öndekiler elbette hiçbir şey görmemişti. Kendi koltuğunun yanındaki parterde ne olup bittiğine bakmak için çekingen, fakat mutlu bir umutla eğildi ve hoşnutsuzca o yöne doğru baktı. Parterde, ağzını küçük bir mendille kapatmış ve sandalyenin arkasına kadar belini kırmış muhteşem bir kadın çığırından çıkmış bir şekilde kahkaha atıyordu.

"Ah şu kadınlar yok mu!" diye fısıldadı İvan Andreyeviç kendi kendine ve izleyicilerin ayaklarına basa basa çıkışa doğru ilerledi.

Şimdi, okuyuculardan, benimle İvan Andreyeviç'in arasında hakemlik yapmalarını rica edeceğim. O anda gerçekten haklı mıydı? Bilenler bilir, Bolşoy Tiyatrosu'nda dört loca katı vardır ve galerinin üzerinde beşinci kat bulunur. İvan Andreyeviç neden anında o notun localardan birinden, hatta özellikle o locadan düştüğünü, başka locadan, örneğin kadınların da oturduğu beşinci locadan düşmediğini varsaydı? Tutku bir istisnadır; fakat dünyadaki en istisnai tutku kıskançlıktır. İvan Andreyeviç, fuayeye çıktı, lambaların yanında dikildi ve kâğıdı açıp okudu: "Bugün, gösteriden sonra, G. Caddesi üzerindeki *** sokağının köşesindeki K*** binasında, üçüncü katta, merdivenlerden sağda. Giriş koridordan. Lütfen orada ol, sans faute* Tanrı aşkına!" İvan Andreyeviç el yazısını tanımıyordu. Fakat bunun bir randevu olduğundan şüphe yoktu. İvan Andreyeviç'in aklına ilk gelen "Yakala, kuyruğundan tut ve yılanın başını en baştan ez!" düşüncesiydi. Aklına suçüstü yakalamak geldi, hemen o anda yerinde. Fakat nasıl yapmalıydı bunu? İvan Andreyeviç, ikinci kata bile koştu. Sonra aklını başına toplayıp geri döndü. Gerçekten nereye gideceğini hiç bilmiyordu. Yapacak hiçbir şey bulamayınca, diğer yandaki katlara doğru koşmaya başladı. Başka bir locanın açık kapısından karşı tarafa baktı. Bak sen şu işe! Beş katın tamamında alt alta genç hanımlar ve beyefendiler oturuyordu. Not, bu beş katın hepsinden düşmüş olabilirdi. Çünkü İvan Andreyeviç, önünde yükselen tüm katların kendisine oyun oynadığından ciddi şekilde şüphelenmişti. Fakat bu durumu görmesi ve diğer hiçbir ihtimal moralini düzeltmesine yetmedi. İkinci perde boyunca tüm koridorları hızlı adımlarla dolaştı. Ruhu hiçbir yerde rahat nefes alamıyordu. Görevliden, dört kattaki tüm izleyicilerin isimlerini almak umuduyla tiyatronun gişesine bile gitti. Fakat gişe çoktan kapanmıştı. Nihayet coşkulu te-

---

* *Fr.* Mutlaka. (Çev. N.)

zahüratlar ve alkışlar duyuldu. Gösteri bitmişti. Bir yandan şarkıcıları sahneye geri çağırıyorlardı. Özellikle en üst kattaki iki ses, iki farklı grubun liderlerinin sesi çok çıkıyordu. Fakat onların ne yaptığı İvan Andreyeviç'in umurunda değildi. Sonraki adımının ne olacağına dair aklına bir fikir gelmişti. Paltosunu giydi ve onları hazırlıksız yakalamak, sırrı açığa çıkarmak, maskelerini düşürmek ve dün yaşadıklarından sonra daha atik davranmak için G.'ye doğru yola koyuldu. Kısa süre içinde binayı buldu. Tam girişe yönelmişti ki, paltolu züppe bir tipin silueti onu geride bırakarak hızlıca önünden geçti ve üçüncü katın merdivenlerine doğru yöneldi. İvan Andreyeviç, bu adamın gösteride gördüğü züppe olduğunu düşündü. Fakat o sırada züppenin yüzünü seçememişti. Kalbi duracak gibiydi. Züppe onu neredeyse iki merdiven geride bırakmıştı. Nihayetinde, üçüncü kattaki bir kapının açıldığını duydu. Kapı, çalınmadan açılmıştı. Sanki içerideki, birini bekliyordu. Delikanlı çabucak içeri daldı. İvan Andreyeviç, kapı henüz kapanmadan üçüncü kata ulaşmayı başardı. Bir sonraki adımını etraflıca düşünmek, biraz ihtiyatlı olmak ve biraz da yapacağı şeyle ilgili tam karar vermek için kapının önünde durmaya niyetlendi. Fakat tam o anda bir araba binanın girişine sertçe yanaştı. Kapılar gürültüyle açıldı ve biri boğazını temizleyip aksırarak sert adımlarla yukarıya doğru çıkmaya başladı. İvan Andreyeviç, yerinde duramadı. Kapıyı açtı ve bir kocanın küçük düşmüşlüğünün zarafetiyle daireye girdi. Karşısına, son derece endişelenmiş bir hizmetçi kız çıktı. Onun ardından bir uşak belirdi. Fakat İvan Andreyeviç'i durdurmak mümkün değildi. İvan Andreyeviç odaları bomba gibi geçti. İki karanlık odaya baktıktan sonra, yatak odasında genç, harika bir kadınla karşılaştı. Kadın korkudan titriyor ve ona ciddi bir endişeyle, çevresinde ne olup bittiğini anlamayan gözlerle bakıyordu. Tam o anda, yan odadan sert adımlar duyuldu. Adımlar gittikçe yatak odasına doğru yaklaşıyordu. Bu adımlar, biraz önce merdivenlerden çıkan kişiye aitti. "Tanrım! Gelen benim kocam!" diye haykırdı kadın ellerini çırparak. Yüzü, üstündeki sabahlıktan daha da beyazdı şimdi.

İvan Andreyeviç orada olmaması gerektiğini, yaptığının aptalca olduğunu, çocukça bir davranış sergilediğini, attığı adımı etraflıca düşünmediğini ve merdivenleri çıkarken yeterince ihtiyatlı olmadığını anladı. Fakat yapacak hiçbir şey yoktu. Kapı çoktan açılmıştı. Ağır adımlarına bakılırsa oldukça yapılı bir koca içeriye girmek üzereydi. İvan Andreyeviç'in o an kendini kimin yerine koyduğunu bilmiyorum! Onu, kadının kocasıyla yüz yüze gelmekten, hata yaptığını söylemekten, daha önce benzeri görülmemiş bu davranışının istemeden olduğunu itiraf etmekten, af dilemekten ve ortadan kaybolmaktan (elbette büyük bir vakarla değil, elbette şerefiyle değil, fakat her halükârda onurlu ve açık yürekli bir şekilde dışarıya çıkmaktan) neyin alıkoyduğunu bilmiyorum. Fakat, hayır, İvan Andreyeviç yine küçük bir çocuk gibi davrandı. Kendini Don Juan[*] ya da Lovelace[**] zannet-

---

[*] Hikâyesi, pek çok farklı yazar tarafından kaleme alınmış, çapkınlıklarıyla ünlü, yerleşik değer yargılarını ve davranış kalıplarını reddeden kurgusal, İtalyan karakter. (Çev. N.)
[**] Samuel Richardson'ın 1748 yılında yayınladığı *Clarissa; or, The History of a Young Lady* adlı mektup romanda, kadınları baştan çıkaran zıt kahraman. Dostoyevski, bu karaktere çeşitli eserlerinde atıfta bulunur. (Çev. N.)

miş gibiydi. Önce yatak perdesinin ardına saklandı. Sonra da kendini tamamen çaresiz hissedince yere çöktü ve hiç düşünmeden yatağın altına süzüldü. O anda onu, mantığından çok korkusu yönlendiriyordu. Daha önce küçük düşürülmüş bir koca olan ya da her halükârda kendisini öyle zanneden İvan Andreyeviç, başka bir kocayla karşılaşmayı kaldıramazdı. Odadaki varlığıyla o adamı yaralamaktan korkmuştu. Öyle ya da değil, yatağın altındayken, nasıl olup da oraya düştüğünü hiç de anlamadığını fark etti. Fakat daha da şaşırtıcı olanı, kadının, bu hareketine karşı hiç sesini çıkarmamış olmasıydı. Son derece tuhaf, yaşlı bir adamın, kendi yatak odasında bir kaçak aradığını görmesine rağmen sesini hiç çıkarmamıştı. Aslında o kadar korkmuştu ki çok büyük ihtimalle dili tutulmuştu.

Koca, soluyarak ve boğazını temizleyerek içeri girdi, cıvıldayarak karısına merhaba dedi. Sonra sanki biraz önce odun taşımış da yorulmuş gibi sandalyeye çöktü. Adam uzunca bir süre kuru kuru öksürdü. Yırtıcı bir kaplandan kuzuya dönüşen İvan Andreyeviç, cesaretini kaybetmiş ve başka telden çalmaya başlamıştı. Sanki bir kedinin önünde duran fare gibiydi. Korkudan neredeyse nefes alamıyordu. Gerçi, kendi tecrübelerinden yola çıkarak, incinen her kocanın ısırmayacağını da biliyordu. Fakat ya elinde yeteri kadar izlenim olmadığından ya da başka bir endişeden dolayı bu fikri kafasında bir türlü oturtamadı. Daha rahat uzanabileceği bir yer bulmak için dikkatli ve sessiz bir şekilde yatağın altında el yordamıyla hareket etmeye başladı. Eliyle bir şeye dokunduğunda çok şaşırdı. Dokunduğu şey de şaşırdı İvan Andreyeviç'i elinden yakalayınca. Yatağın altında başka biri daha vardı...

"Kimsin?" diye fısıldadı İvan Andreyeviç.

"Şu an size kim olduğumu söyleyecek değilim!" diye fısıldadı tanımadığı tuhaf adam. "Olduğunuz yerde kalın ve sesinizi çıkarmayın yoksa her şeyi berbat edeceksiniz!"

"Fakat..."

"Susun!" Bu yabancı adam (çünkü yatağın altında yalnızca tek kişinin sığabileceği kadar boşluk vardı.) İvan Andreyeviç'in elini pençelerinin arasında sıkıyordu. İvan Andreyeviç neredeyse acıdan bağıracaktı.

"Saygıdeğer beyefendi..."

"Hişt!"

"Elimi öyle sıkmayın yoksa acıdan bağıracağım."

"Hadi bağırın! Hele bir deneyin!"

İvan Andreyeviç, utançtan kıpkırmızı oldu. Tanımadığı bu adam kaba ve öfkeliydi. Belki de bu, kaderin cilvesini çok yaşamış ve böyle sıkışık vaziyette çok kalmış bir adamdı. Fakat İvan Andreyeviç daha acemiydi ve vücudu kaskatı kesilmeye başlamıştı. Kan beynine hücum etti. Ama yapacak bir şey yoktu. Yüz üstü yatmak zorundaydı. İvan Andreyeviç boyun eğdi ve sustu.

Kadının kocası "Canım," diye başladı konuşmaya. "Canım, Pavel İvanıç'ın yanındaydım. Oturduk ve Preferans* oynamaya başladık, işte böyle, öhö, öhö, öhö!" Konuşması öksürüklerle kesiliyordu. "İşte... Öhö! Sonra sırtım... Öhö! Boş ver sırtımı! Öhö! Öhö! Öhö!"

Ve ardından yaşlı adam öksürüğe boğuldu.

---

* Bir iskambil oyunu (Çev. N.)

"Belim..." dedi en sonunda gözlerinde yaşlarla, "Belim ağrımaya başladı, kahrolsun şu basur! Ayağa kalkamazsın, oturamazsın... Öhö-öhö-öhö!.."

Sanki o başlayan öksürük, öksüren yaşlı adamdan çok daha uzun süre yaşamaya yazgılıydı. Yaşlı adam, öksürmediği zamanlarda bir şeyler söylemeye çalışıyor, fakat söylediği hiçbir kelime anlaşılmıyordu.

"Saygıdeğer beyefendi, Tanrı aşkına biraz diğer yana kayın!" diye fısıldadı bedbaht İvan Andreyeviç.

"Nereye emredersiniz? Yer mi var?"

"Fakat işte, siz de takdir edersiniz ki benim böyle durmam mümkün değil. İlk defa böyle zavallı bir durumda bulunuyorum."

"Ben de ilk defa böyle tatsız birinin yanındayım."

"Ama, delikanlı..."

"Susun!"

"Susayım mı? Fakat siz son derece kaba davranıyorsunuz, delikanlı... Yanılmıyorsam, henüz gençsiniz. Bense, sizden yaşlıyım."

"Kesin sesinizi!"

"Saygıdeğer beyefendi! Kendinizi kaybediyorsunuz. Kiminle konuştuğunuzu bilmiyorsunuz."

"Yatağın altındaki bir adamla."

"Ben buraya bir kaza sonucu, yanlışlıkla düştüm. Ama siz, yanılmıyorsam, ahlaksızlıktan düştünüz."

"İşte bu konuda yanılıyorsunuz."

"Saygıdeğer beyefendi! Sizden daha yaşlıyım ve diyorum ki..."

"Bakın beyefendi! Siz de biliyorsunuz ki ikimiz de aynı gemideyiz. Yüzümü öyle tutmamanızı rica edeceğim!"

"Saygıdeğer beyefendi! Başka diyecek bir şeyim yok. Kusura bakmayın ama yer de yok. Neden bu kadar şişmansınız?"

"Tanrım! Daha önce hiç böyle küçük düşürücü bir durumla karşılaşmadım!"

"Evet, daha kötüsüyle kimse karşılaşamaz."

"Saygıdeğer beyefendi! Saygıdeğer beyefendi! Sizin kim olduğunuzu bilmiyorum. Tüm bunların başıma nasıl geldiğini anlayamıyorum. Ama ben buraya yanlışlıkla düştüm. Sandığınız gibi biri değilim..."

"Beni öyle itip kalkmasaydınız, sizin hakkınızda hiçbir şey düşünmezdim. Şimdi sesinizi kesin!"

"Saygıdeğer beyefendi! Biraz öteye gitmezseniz, kalbim sıkışacak! Benim neden öldüğümü açıklamak zorunda kalacaksınız. Sizi temin ederim ben saygıdeğer bir aile babasıyım. Böyle bir halde olmam mümkün değil!"

"Fakat işte bu duruma kendi kendinize gelmişsiniz. Hadi gelin! Sizin için biraz hareket edeyim. Fakat daha fazlası olmaz!"

"Çok sevgili saygıdeğer beyefendi! Saygıdeğer beyefendi! Sizin hakkınızda yanıldığımı anladım," dedi İvan Andreyeviç. Delikanlının kendisine yer verişinden ötürü pek bir hayranlık duymuştu. Kaskatı kesilen bacağını uzattı. "Bu durumdan neden utandığınızı anlıyorum. Fakat ne yapalım? Benim aptal olduğumu düşündüğünüzü görüyorum. Sizin gözünüzde itibarımı artırmama, kim olduğumu söylememe, kendime rağmen buraya neden geldiğimi açıklamama lütfen

müsaade edin. Sizi temin ederim sandığınız kişi değilim...
Dehşetli bir korku içindeyim."
"Sesinizi kesecek misiniz? Bizi duyarsa her şeyin daha
kötü bir hal alacağını anlamıyor musunuz? Hişt! Adam
konuşmaya başladı." Belli ki yaşlı adamın öksürüğü dinmişti.
"İşte böyle, canım," dedi en üzgün ses tonuyla. "İşte böyle! Öhö! Öhö! Şanssızlık bu ya! Fedosey İvanoviç civanperçemi çayı içmeyi denedin mi diye sordu. Duydun mu, canım?"
"Duydum, canım."
"İşte böyle söylüyor, diyor ki civanperçemi çayı içtin mi? Ben de sülük tedavisi yaptırdım dedim. O da bana hayır Aleksandr Demyanoviç, civanperçemi çayı daha iyi, kabızlığını giderir, öyle diyeyim ben sana dedi. Öhö! Öhö! Ah, aman Tanrım! Sen ne düşünüyorsun, canım? Öhö, öhö! Tanrım! Öhö, öhö!.. Civanperçemi çayı içsem daha mı iyi? Öhö, öhö, öhö! Öhö..."
"Bu çayı denemen fena olmaz bence," diye cevap verdi kadın.
"Fena olmaz! Belki de veremin vardır dedi, öhö, öhö! Ben de gut hastalığım ve midemde yanma var dedim. Öhö öhö! Belki de veremdir dedi. Adam sen de, öhö öhö, dedim. Sen ne düşünüyorsun, canım, verem midir?"
"Ah, aman Tanrım, nasıl konuşuyorsunuz?"
"Evet, verem! Üstünü değiştirip yatsan iyi olur, canım. Öhö öhö! Bugün, öhö, soğuk aldım!"
"Uf!" diye bir ses çıkarttı İvan Andreyeviç, "Tanrı'ya şükür, biraz yana kayın!"

"Sizinle ne yapacağımı gerçekten bilmiyorum. Hâlâ uslu uslu uzanamıyor musunuz?"

"Bana karşı çileden çıkmışsınız, delikanlı. Beni incitmek istiyorsunuz. Bunu görüyorum. Galiba, siz bu hanımefendinin sevgilisisiniz."

"Kapayın çenenizi!"

"Susmayacağım! Sizin beni yönetmenize izin vermeyeceğim! Galiba siz sevgilisisiniz ha? Bizi yakalarlarsa, ben masumum, hiçbir şey bilmiyorum."

"Hemen sesinizi kesmezseniz," dedi delikanlı dişlerini sıkarak, "sizin beni buraya getirdiğinizi ve servetini çarçur eden amcam olduğunuzu söylerim. İşte o zaman hiçbir şekilde benim bu hanımefendinin sevgilisi olduğum akıllarına gelmez."

"Saygıdeğer beyefendi! Benim halimle kendinizi eğlendiriyorsunuz. Sabrımı zorluyorsunuz."

"Hişt! Susun, yoksa ben sizi zorla susturacağım! Bela mısınız? Söyleyin bakalım neden buradasınız o halde? Siz olmasaydınız bir şekilde sabaha kadar yatardım burada, sonra da çıkıp giderdim."

"Fakat ben burada sabaha kadar kalamam. Ben onurlu bir adamım, elbette, bir ailem var... Gerçekten adamın gece burada kalacağını düşünüyor musunuz?"

"Kimin?"

"İşte bu yaşlı adamın..."

"Galiba evet. Her koca sizin gibi değil. Geceleri evlerinde yatıyorlar."

"Saygıdeğer beyefendi, saygıdeğer beyefendi!" diye bağırdı İvan Andreyeviç korkudan donakalmıştı.

"Emin olun, normalde ben de evde olurum. Fakat işte ilk kez... Aman Tanrım, sanırım beni tanıyorsunuz. Siz kimsiniz, delikanlı? Hemen söyleyin bana. Arkadaşlığınızdan hiçbir karşılık beklemeden sizden kim olduğunuzu söylemenizi istirham ediyorum."

"Bakın, güç kullanmak zorunda kalacağım..."

"Ama müsaade edin, size açıklamam gerek, saygıdeğer beyefendi. Bu içler acısı durumu size açıklamama müsaade edin..."

"Hiçbir açıklama duymak, hiçbir şey bilmek istemiyorum. Sesinizi kesin ya da..."

"Fakat yapamıyorum..."

Yatağın altında küçük bir kavga çıktı ve İvan Andreyeviç susarak büzüldü.

"Canım! Sanki burada kediler mırlıyor gibi!"

"Hangi kediler? Acaba neye takıldınız yine?" Görünen o ki kadın, kocasıyla konuşacak bir şey bulamıyordu. O kadar perişandı ki hâlâ kendine gelememişti. Şimdi de ürpermiş ve kulaklarını dikmişti. "Hangi kediler?"

"Kediler, canım. Önceki gün Tekir çalışma odamda oturuyordu ve tıs, tıs, tıs tıslıyordu. Ben de Tekircik neyin var dedim. Sonra o yine tıs, tıs, tıs tısladı! Sanki öyle bir tıslama duydum yine. Şimdi de aklıma geldi, Tanrım! Bu tıslamalar benim öleceğimin işareti falan olmasın?"

"Neden bugün böyle saçma şeyler söylüyorsunuz! Oturun, rica ediyorum."

"Tamam, kusura bakma canım, sinirlenme, ölmemden memnun olmayacağını görüyorum. Sinirlenme, öylesine konuşuyorum. Canım, üstünü değiştirip yatsan iyi olur, ben de sen yatmaya hazırlanırken burada oturayım."

"Tanrı aşkına, kesin şunu artık. Sonra konuşuruz..."

"Kızma, kızma ama burada fare falan var galiba."

"Önce kediler, şimdi de fareler! Sizinle ne yapacağımı bilmiyorum gerçekten!"

"Tamam, iyiyim, ben... Öhö! Önemli değil Öhö, öhö, öhö! Ah, aman Tanrım! Öhö!"

"Bakın, o kadar söylendiniz ki sizi duydu," diye fısıldadı delikanlı.

"Başıma gelenleri bir bilseydiniz. Burnum kanıyor."

"Bırakın kanasın. Sessiz olun. Bir dakika, dışarı çıkıyor."

"Delikanlı, kendinizi benim yerime bir koyun. Henüz yanımda kimin olduğunu bile bilmiyorum."

"Bunu bilince kendinizi daha iyi mi hissedeceksiniz? İşte ben de sizin soyadınızı merak ediyorum. Sahi soyadınız nedir?"

"Soyadım size neden lazım? Ben yalnızca böyle anlamsız bir durumu açıklamakla ilgileniyorum..."

"Hişt! Yine konuşmaya başladı."

"Canım gerçekten de kediler tıslıyor."

"Hayır, bence kulağındaki pamuklu tıkaç yerinden çıktı."

"Pamuklu tıkaç deyince, biliyor musun yukarıda olanları... Öhö, öhö! Yukarıda, öhö, öhö, öhö!" Öksürmeye devam etti.

"Yukarıda!" diye fısıldadı delikanlı. "Hay lanet! Bu katın, sonuncu kat olduğunu zannetmiştim. Burası ikinci kat mıymış?"

"Delikanlı," diye fısıldadı etekleri tutuşan İvan Andreyeviç. "Neler diyorsunuz? Tanrı aşkına. Bunu neden merak ettiniz? Ben de bu katın son kat olduğunu düşündüm. Üstte bir kat daha mı varmış?"

"Gerçekten birisi mırıldanıyor," dedi en sonunda öksürüğüne ara veren yaşlı adam.

"Hişt! Susun!" diye fısıldadı delikanlı, İvan Andreyeviç'in iki elini sıkarak.

"Saygıdeğer beyefendi, elimi o kadar sıktınız ki! Bırakın beni."

"Hişt!"

Yine küçük bir itiş kakış yaşandı. Sonra yeniden sessizliğe gömüldüler.

"İşte çok tatlı bir hanımla karşılaştım..." diye konuşmaya başladı yaşlı adam.

"Nasıl tatlı bir hanım?" diye sözünü kesti karısı.

"İşte, dedim ya sana merdivenlerde tatlı bir hanımla karşılaştım diye. Belki de bahsetmedim. Hafızam çok zayıf. Koyunkıran. Öhö!"

"Ne?"

"Koyunkıran çayı içmem lazım. İyi gelir diyorlar... Öhö, öhö, öhö! İyi gelirmiş!"

"Sizin yüzünüzden duydu bizi," dedi delikanlı. Yine dişlerini sıkmaya başlamıştı.

"Bugün tatlı bir hanımla karşılaştım mı dedin sen?" diye sordu kadın.

"Nasıl?"

"Tatlı bir hanımla karşılaştım dedin ya?"

"Kim karşılaşmış?"

"Sen işte."

"Ben mi? Ne zaman? Ah, evet!"

"Sonunda! Mumya mıdır nedir? Hayret bir şey!" diye fısıldadı delikanlı. İçten içe bu unutkan ihtiyara öfkelenmişti.

"Saygıdeğer beyefendi, korkudan ürperiyorum! Tanrım! Neler duyuyorum? Tıpkı dünkü gibi, tıpkı dünkü gibi!"

"Hişt!"

"Evet, evet, evet! Hatırladım, çekingen bir kadındı. Öyle güzel gözleri vardı ki... Mavi bir şapka takmıştı."

"Mavi bir şapka! Of, of!"

"Bu o! Onun da mavi bir şapkası var. Aman Tanrım!" diye bağırdı İvan Andreyeviç...

"Kim? Adı ne?" diye fısıldadı delikanlı, İvan Andreyeviç'in iki elini sıkarak.

"Hişt!" dedi İvan Andreyeviç. Bu sefer sıra ondaydı. "Adam konuşmaya başladı."

"Aman Tanrım, aman Tanrım!"

"Gerçi, aslında kimin mavi şapkası yok ki? Değil mi?"

"Öyle muzipti ki!" diye devam etti yaşlı adam. "Buraya tanıdıklarını ziyarete gelip gidiyormuş. Sürekli kaş göz ediyordu. Bu tanıdıklara, başka tanıdıklar da gelip gidiyormuş."

"Of! Ne kadar da sıkıcı," diyerek adamın sözünü kesti kadın. "Tamam da senin neden dikkatini çekti bu?"

"İyi tamam! Sinirlenme hemen!" dedi yaşlı adam sözcükleri uzata uzata. "İyi tamam, istemezsen konuşmam. Bugün de pek bir keyifsizsin..."

"Peki, siz buraya nasıl düştünüz?" diyerek lafa girdi delikanlı.

"Bakın işte, bakın! Şimdi nasıl da merak ediyorsunuz. Biraz önce duymak bile istemiyordunuz!"

"Bana göre hava hoş! Konuşmayın, rica ediyorum! Ah, lanet olsun! Başıma neler geldi!"

"Delikanlı, lütfen kızmayın. Ne söyleyeceğimi bilmiyorum. Ben böyleyim. Demek istediğim, elbette benim hakkımda bir şeyler öğrenmeyi laf olsun diye istemiyorsunuz... Peki, sizin adınız nedir, delikanlı? Sizi tanımadığımı biliyorum. Gerçekten siz kimsiniz? Tanrım, ne söylediğimi bilmiyorum!"

"Eh! Kesin lütfen!" Delikanlı, adamın sözünü kesti. Sanki içten içe bir şeyler düşünüyordu.

"Olsun, ben yine de her şeyi anlatacağım size. Galiba anlatmayacağımı, size sinir olduğumu düşünüyorsunuz. Hayır! İşte elimi sıkın! Yalnızca hevesim kırıldı o kadar! Fakat, Tanrı aşkına, önce siz başlayın. Buraya nasıl geldiniz? Burada bulunuşunuzun nedeni ne? Ucu bana dokunuyorsa, sinirlenmeyeceğim, Tanrım, sinirlenmeyeceğim, işte alın elimi sıkın. Burası çok tozlu, ellerim biraz kirlendi fakat yüce bir duygunun yanında toz nedir ki?"

"Elinizi uzak tutun benden! Burada yerimden kıpırdayamıyorum, adam bana elini uzatıyor!"

"Fakat, saygıdeğer beyefendi! Siz bana, sanki ben eski bir ayakkabıymışım gibi davranıyorsunuz," dedi İvan Andreyeviç oldukça mütevazı bir kederle. Sesinde bir yakarış seziliyordu. "Lütfen bana biraz daha nazik davranın. En azından biraz nazik olun. Size her şeyi anlatacağım! Sizinle arkadaş olabiliriz. Sizi evime yemeğe davet etmeye bile hazırım. Siz böyleyken yan yana yatmamız mümkün değil, açık konuşayım. Kendinizi kaybediyorsunuz, delikanlı! Bilmiyorsunuz ki..."

"Acaba, bu adam, o kadınla ne zaman karşılaştı?" diye mırıldandı genç adam. Belli ki içi içini yiyordu. "Belki de şu an beni bekliyordur... Buradan kesinlikle çıkmam lazım!"

"Kim bu kadın? Tanrım! Kimden bahsediyorsunuz, delikanlı? Yoksa yukarıda mı olduğunu... Aman Tanrım! Aman Tanrım! Ben ne günah işledim ki?"

İvan Andreyeviç, umutsuzlukla sırt üstü dönmek istedi.

"Onun kim olduğunu neden merak ediyorsunuz ki? Kahrolasıca! O kadın beni bekleyen kadın olsa da olmasa da ben buradan çıkıp gideceğim!"

"Saygıdeğer beyefendi! Ne diyorsunuz? Ben ne yapacağım peki?" diye fısıldadı İvan Andreyeviç. Yanındaki delikanlının frakının kuyruğunu umutsuzlukla tutmuştu.

"Beni ilgilendirmez. Tek başınıza kalacaksınız. İstemiyorsanız, o halde ben de sizin servetini çarçur eden amcam olduğunu söylerim. O zaman yaşlı adam karısının sevgilisi olduğumu düşünmez."

"Fakat, delikanlı, bu mümkün değil. Bir kere işin doğasına aykırı, amca da neymiş. Buna kimse inanmaz ki! Buna küçük bir çocuk bile inanmaz," diye umutsuzlukla fısıldadı İvan Andreyeviç.

"Gevezelik etmeyin o zaman, krep gibi uslu uslu, dümdüz uzanın! Büyük ihtimalle geceyi burada geçirirsiniz. Yarın da kimse görmeden bir şekilde kalkar gidersiniz. Birimiz dışarı çıkarsa, kimsenin aklına burada başka birinin de olduğu gelmez. Tabii bir düzine de olabilir! Gerçi siz tek başınıza da bir düzineye bedelsiniz. Biraz kenara kayın yoksa çıkarım!"

"Beni incitiyorsunuz, delikanlı... Ya öksürmeye başlarsam? Her şeyi hesaba katmak lazım!"

"Hişt!"

"O da ne? Sanki üst kattan sesler geliyor," diyen yaşlı adamın sesi duyuldu. Galiba öksürüğü kesildiği sırada uykuya dalmıştı.

"Üst kattan!"

"Duyuyor musunuz, delikanlı, üst kattan!"

"Duyuyorum!"

"Tanrım! Delikanlı, ben çıkıyorum."

"Ben böyle çıkmam! Bana göre hava hoş! Her şeyi mahvetseniz bile umurumda değil! Şüphelendiğim şey nedir biliyor musunuz? Sizin bir şekilde aldatılan bir koca olduğunuzdan şüpheleniyorum!"

"Tanrım! Nasıl bir alaycılık bu! Gerçekten de bundan mı şüpheleniyorsunuz? Neden benim bir karım olduğunu düşünüyorsunuz ki? Ben bekârım."

"Nasıl bekârsınız? Zırvalık!"

"Belki ben de birinin sevgilisiyimdir?"

"Ne sevgiliymiş!"

"Saygıdeğer beyefendi, saygıdeğer beyefendi! Peki, tamam, her şeyi anlatacağım. Benim şu umutsuz hikâyeme kulak verin. Ben evli değilim, bekârım ve de sizin gibi bir hovardayım. Asıl koca, benim dostum. Çocukluk arkadaşım. Bense birinin sevgilisiyim. Arkadaşım bana bir gün şanssız bir adam olduğunu, ne ettiyse onu bulduğunu, karısından şüphelendiğini söyledi. Ben de ona gayet makul bir şekilde, niçin şüphelendiğini sordum. Fakat beni dinlemiyorsunuz. Dinleyin, dinleyin! Kıskançlık gülünçtür, kıskançlık hastalıktır, dedim ona. O da hayır, ben şanssız bir adamım, işte bu yüzden içiyorum, çünkü şüpheleniyorum dedi. Sen benim tatlı çocukluğumun yoldaşı, arkadaşımsın dedi. Birlikte mutluluğun çiçeklerini topladık. Keyifli anların yataklarında yuvarlandık dedi. Tanrım, ne desem bilmiyorum! Sürekli gülüyorsunuz, delikanlı. Sizin yüzünüzden aklımı kaçıracağım."

"Siz zaten aklınızı kaçırmışsınız!"

"Öyle mi? Aklımı kaçıracağım dediğim anda, bunu söyleyeceğinizi tahmin etmiştim. Gülün, gülün siz delikanlı! Gençliğimde ben de günümü gün ettim, yoldan çıktım. Ah! Beynimin içi kazan gibi!"

"Bu ses ne, canım, sanki birisi aksırdı?" diye sordu yaşlı adam. "Sen mi aksırdın, hayatım?"

"Olamaz!" dedi kadın.

"Hişt!" diye bir ses duyuldu yatağın altından.

"Galiba yukarıdan tıkırtılar geliyor," dedi kadın. Korkmuştu çünkü gerçekten de yatağın altından gürültüler geliyordu.

"Evet, yukarıdan!" dedi kocası. "Yukarıdan! Sana bahsetmiştim ya, bir züppeyle, öhö, öhö, bıyıklı bir züppeyle, öhö, öhö, ah, Tanrım, belim! Bıyıklı genç bir züppeyle karşılaştım!"

"Bıyıklı mı? Hay aksi! Bu galiba sizsiniz," diye fısıldadı İvan Andreyeviç.

"Tanrım, nasıl bir adam bu! Bakın ben buradayım, sizinle birlikte uzanıyorum burada. Nasıl benimle karşılaşmış olabilir? Yüzümü öyle tutmayın!"

"Ah, birazdan bayılacağım."

Tam o anda yukarıdan gerçekten de bir patırtı duyuldu.

"Ne oldu orada?" diye fısıldadı delikanlı.

"Saygıdeğer beyefendi, korkuyorum, dehşet içindeyim! Bana yardım edin."

"Hişt!"

"Gerçekten canım, gürültü, hatta bir curcuna kopuyor. Tam da bizim yatak odamızın üzerinde. Acaba ne olduğuna bakmaya gitsem mi?"

"Olmaz. Neler geçiriyorsun aklından öyle!"

"Tamam gitmeyeceğim. Sen neden bugün bu kadar sinirlisin?"

"Ah, Tanrım! Uyusanız iyi olacak."

"Liza! Sen beni hiç sevmiyorsun."

"Ah seviyorum! Tanrı aşkına, o kadar yorgunum ki..."

"Tamam, tamam! Gidiyorum."

"Ah, hayır, hayır, gitmeyin," diye haykırdı kadın. "Ya da evet, gidin gidin!"

"Neyin var senin böyle? Bir git, bir kal diyorsun. Öhö, öhö! Hakikaten, uyusam iyi olacak. Öhö, öhö! Panafidinler'in kızında... Öhö, öhö! Kızında... Öhö! Kızın elinde bir Nürnberg kuklası gördüm, öhö, öhö..."

"Şimdi de kuklalar mı?"

"Öhö, öhö! Güzel kuklalar, öhö, öhö!"

"Vedalaşıyor," dedi delikanlı. "Gidiyor, birazdan biz de çıkıp gideceğiz. Duyuyor musunuz? Sevinebilirsiniz işte!"

"Ah, Tanrı'ya şükür! Tanrı'ya şükür!"

"Bu da size ders olsun..."

"Delikanlı! Neden bana ders olacakmış ki? Bunu hissediyorum... Siz daha bana ders verecek kadar olgun değilsiniz."

"Yine de vereceğim bu dersi. Dinleyin."

"Tanrım! Hapşıracağım!"

"Hişt! Sakın bunu yapmayı aklınızdan geçirmeyin."
"Fakat ne yapabilirim? Burası fare kokuyor. Dayanamıyorum. Cebimde mendilim olacaktı. Bana verebilir misiniz onu? Maalesef, kıpırdayamıyorum. Ah, Tanrım, Tanrım, ben ne günah işledim?"
"Alın mendilinizi! Ne günah işlediğinizi şimdi söyleyeceğim. Siz kıskançsınız. Neden kıskanç olduğunuzu Tanrı bilir. Kafayı sıyırmış gibi etrafta koşuyorsunuz. Başkalarının evlerine izinsiz giriyorsunuz. Rahatsızlık veriyorsunuz..."
"Delikanlı, ben rahatsızlık vermiyorum."
"Susun!"
"Delikanlı, bana ahlak dersi vermeye kalkmayın. Ben sizden daha ahlaklıyım."
"Susun!"
"Aman Tanrım, aman Tanrım!"
"Rahatsızlık veriyorsunuz, genç bir hanımefendiyi, yani korkudan nereye saklanacağını bilemeyen, belki de bu yüzden hasta olacak utangaç bir kadını korkutuyorsunuz, basur hastalığından mustarip ve her şeyden önce huzura ihtiyacı olan onurlu bir ihtiyarı endişelendiriyorsunuz. Peki, ne için? Sizi tüm mahallede oradan oraya koşturtan bir saçmalığa kafanızı taktığınızdan. Şimdi durumunuzun nasıl da zavallıca olduğunu anlıyor musunuz? Bunu da hissediyor musunuz?"
"Saygıdeğer beyefendi, tamam! Hissediyorum, fakat şuna hakkınız yok..."
"Susun! Neye hakkım yokmuş? Bu durumun ne kadar trajik bir şekilde sona ereceğini anlıyor musunuz? Sizin buraya, yatağın altına saklandığınızı gördüğünde, karısını seven yaşlı adamın aklını kaçırabileceğini düşünmüyor mu-

sunuz? Fakat, hayır, sizin trajedi yaratma beceriniz yoktur, değil mi? Buradan çıktığınızda, size bakan herkesin kahkahalara boğulacağını düşünüyorum. Aydınlıkta yüzünüzü görmek isterdim. Sanırım çok gülünç olurdunuz."

"Ya size ne demeli? Siz de bu durumda çok gülünçsünüz! Ben de sizin yüzünüzü görmek isterdim."

"Hadi buyurun!"

"Sizin üzerinizde ahlaksızlığın mührü var, delikanlı!"

"Hah! Siz ve ahlak! Buraya niçin geldiğimi düşünüyorsunuz siz? Ben buraya yanlışlıkla düştüm. Katları karıştırdım. Kapıyı açıp beni içeri neden aldıklarını Tanrı bilir. Galiba bu kadın başka birini bekliyordu. Elbette sizi değil. Sizin aptal adımlarınızı duyan kadının korktuğunu görünce yatağın altına saklandım. Burası da çok karanlıktı. Neden kendimi size karşı haklı çıkarmaya uğraşıyorum ki? Siz, saçma, gülünç, kıskanç bir ihtiyarsınız. Buradan neden mi çıkmıyorum? Belki de benim buradan çıkmaktan korktuğumu zannediyorsunuz. Hayır, bu saçmalık. Ben uzun zaman önce çıkıp gitmiştim buradan. Fakat size acıdığım için hâlâ buradayım. Ben burada olmasam siz kiminle kalacaksınız? Odun gibi karşılarına dikileceksiniz. Ne söyleyeceğinizi bilemeyeceksiniz."

"Hayır, neden odun gibi? Neden özellikle bu? Beni benzetecek başka bir şey bulamadınız mı gerçekten de, delikanlı?"

"Neden söyleyecek bir şey bulamayacakmışım? Elbette, bulurum."

"Ah, Tanrım, bu köpekçik nasıl havlıyor öyle!"

"Hişt! Ah, aslında... Tüm bunlar geveze olduğunuzdan.

Bakın, köpeği uykusundan uyandırdınız. Aldık mı başımıza belayı?"

Gerçekten de, ev sahibinin odanın bir köşesinde uyuyan köpeği birden uyanmış ve yabancıların kokusunu alıp havlayarak yatağın altına doğru yönelmişti.

"Ah, Tanrım, aptal köpek!" diye fısıldadı İvan Andreyeviç. "Bizi ele verecek. Bir çuval inciri berbat edecek. Bir ceza daha!"

"Nasıl bir korkaksınız siz, ne olabilir ki?"

"Ami, Ami, buraya gel!" diye bağırdı kadın, "Ici, ici."*

Fakat köpekçik kadını dinlemiyor, İvan Andreyeviç'e doğru havlıyordu.

"Ne oluyor, canım? Amişka havlayıp duruyor?" diye sordu yaşlı adam.

"Galiba farelere havlıyor. Belki de Tekir burada bir yerdedir de ona havlıyordur. Bu arada Tekir soğuk aldı bugün. Baksana sürekli aksırıp tıksırıyor."

"Uslu durun!" diye fısıldadı delikanlı, "Kıpırdamayın! Böylece havlamayı keser belki."

"Saygıdeğer beyefendi, saygıdeğer beyefendi! Bırakın elimi! Neden sıkıyorsunuz elimi?"

"Hişt, sessiz olun!"

"Fakat rica ederim, delikanlı, burnumu ısıracak! Burnumu kaybetmemi mi istiyorsunuz?"

Bu sözleri küçük bir kavga izledi ve İvan Andreyeviç en sonunda ellerini kurtardı. Köpekçik yırtınırcasına havlıyordu. Sonra birden havlamayı kesti ve ciyaklamaya başladı.

---

* *Fr.* Buraya, buraya. (Çev. N.)

"Ay!" diye bağırdı kadın.

"Zalim! Ne yapıyorsunuz siz?" diye fısıldadı delikanlı. "İkimizi de mahvedeceksiniz! Neden tuttunuz köpeği? Tanrım, adam boğuyor köpeği! Boğmayın bırakın onu! Zalim herif! Bunu yaparsanız kadının ne kadar inceleceğini bilemezsiniz! Köpeği boğmaya başlarsanız ikimizi de ele verir."

Fakat İvan Andreyeviç tek kelime bile duymadı. Köpeği yakalamayı başardı ve kendini korumak için galeyana gelerek köpeğin boğazını sıktı. Köpek kesik kesik havladı ve son nefesini verdi.

"Her şey bitti!" diye fısıldadı delikanlı.

"Amişka! Amişka!" diye bağırdı kadın. "Tanrım, Amişka'ma ne yapıyorlar öyle? Amişka! Amişka! İci! Ah zalimler! Barbarlar! Tanrım, bayılacağım!"

"Ne oldu? Ne oldu?" diye bağırdı yaşlı adam, sandalyeden fırlayarak. "Neyin var, bir tanem? Amişka burada! Amişka, Amişka, Amişka!" diye köpeği çağırdı yaşlı adam. Parmaklarını şıklatıyor ve yatağın altından çıkması için Amişka'ya sesleniyordu. "Amişka! Tekir onu yiyecek değil ya. Tekir'e sopa lazım, canım. O namussuzu bir aydır pataklamadım. Ne dersin? Praskova Zaharevna'yla yarın konuşurum. Tanrım, canım, senin neyin var? Betin benzin attı. Vah, vah! Uşaklar, hemen buraya gelin!"

Yaşlı adam odada koşturmaya başladı.

"Zalimler! Barbarlar!" diye bağırıyordu kadın. Koltukta kendini bir oraya bir buraya atıyordu.

"Kim? Kim? Kim onlar?" diye bağırdı yaşlı adam.

"Orada birileri var, tanımıyorum!.. Orada, yatağın altında! Ah Tanrım! Amişka! Amişka! Sana ne yaptılar?"

"Eyvah! Tanrım! Nasıl insanlar bunlar! Amişka... Hayır, birileri, birileri var orada! Kim var, kim?" diye bağırdı yaşlı adam. Yanan mumu kaptığı gibi yatağın altına eğildi. "Kim var orada! Birileri var, birileri!.."

İvan Andreyeviç, Amişka'nın artık nefes almayan cesedinin yanında, yarı cansız uzanıyordu. Fakat delikanlı, yaşlı adamın her hareketini takip ediyordu. Yaşlı adam birden diğer yöne, duvara doğru yürümeye başladı ve eğildi. Tam o sırada delikanlı yatağın altından sürünerek çıktı ve koşmaya davrandı. Kadının kocası, misafirlerini diğer yanda arıyordu.

"Tanrım!" diye fısıldadı kadın. Gözlerini delikanlıya dikmişti. "Siz de kimsiniz? Zannediyordum ki..."

"Zalim herif orada," diye fısıldadı delikanlı. "Amişka'nın ölümünden o sorumlu!"

"Ay!" diye bağırdı kadın.

Fakat delikanlı çoktan odadan çıkıp kayıplara karışmıştı.

"Ay! Burada birisi var! Birinin ayakkabısı bu!" diye haykırdı koca İvan Andreyeviç'i ayağından yakalayarak.

"Katil! Katil!" diye bağırıyordu kadın. "Vah, Amiciğim! Amiciğim!"

"Çıkın oradan, çıkın!" diye bağırdı yaşlı adam her iki ayağını da yere vurarak. "Çıkın, kimsiniz siz? Söyleyin kimsiniz? Tanrım! Ne kadar tuhaf bir adam bu!"

"İşte haydut bu!"

"Tanrı aşkına! Tanrı aşkına!" diye bağırdı İvan Andreyeviç yatağın altından çıkarken. "Ekselansları, Tanrı aşkına, kimseyi çağırmayın buraya! Ekselansları, rica ederim kimseyi çağırmayın! Buna hiç lüzum yok. Beni dışarı atabilirsiniz... Ben öyle bir insan değilim! Kendi halinde birisiyim... Ekselansları, tüm bunlar kazayla oldu! Hemen açıklayacağım size, ekselansları," diye devam etti sözlerine İvan Andreyeviç. Hıçkırıyor ve içini çekiyordu. "Hepsi karımın yüzünden. Yani benim karım değil de, başkasının karısı. Ben evli değilim, işte öyle... Kocası benim çocukluk arkadaşım..."

"Ne çocukluk arkadaşıymış ama!" diye bağırdı yaşlı adam, ayaklarını yere vurarak. "Hırsızsınız siz. Buraya hırsızlık yapmaya geldiniz. Çocukluk arkadaşı falan değil..."

"Hayır, hırsız değilim, Ekselansları. Gerçekten çocukluk arkadaşıyım... Sadece umutsuzca bir hata yaptım. Yanlış koridora girdim."

"Evet, beyefendi. Hangi koridordan sürünerek çıktığınızı görebiliyorum."

"Ekselansları! Ben öyle bir insan değilim. Hata yaptım. Fena halde yanıldığınızı söyleyebilirim, Ekselansları. Bir bakın bana. Bakın. Bende hırsız olabilecek herhangi bir iz ya da işaret görüyor musunuz? Ekselansları! Ekselansları!" diye bağırdı İvan Andreyeviç. Ellerini birleştirdi ve genç kadına döndü. "Siz kadınsınız, beni anlarsınız... Amişka'yı ben öldürdüm. Fakat suçlu değilim. Ben, Tanrı aşkına, suçlu değilim... Her şeyin suçlusu karım. Ben şanssız bir adamım, ettiğimi buluyorum!"

"Ettiğinizi bulmanızdan bana ne? Şu halinize bakılırsa belki de ettiğinizi birden fazla kez buldunuz. Bu belli. Fakat, buraya nasıl geldiniz, saygıdeğer beyefendi?" diye bağırdı yaşlı adam. Sinirden tüm vücudu titriyordu. Ancak, İvan Andreyeviç'in hırsız olduğuna dair hiçbir iz ve işaret olmadığından da gerçekten emin olmuştu. "Size buraya nasıl geldiğinizi soruyorum. Tıpkı bir haydut gibi..."

"Haydut değilim, Ekselansları. Başka bir eve gidecektim. Gerçekten haydut değilim! Tüm bunlar kıskançlığım yüzünden başıma geldi. Size her şeyi anlatacağım, Ekselansları. Öz babammışsınız gibi dürüstçe anlatacağım size. Çünkü yaşınıza bakılacak olursa sizi babam olarak görebilirim."

"Ne varmış yaşımda?"

"Ekselansları! Galiba alındınız. Gerçekten de, böyle genç bir kadın... Sizin de yaşınız var... Gerçekten de Ekselansları, böyle bir birlikteliği görmek çok hoş... Hayatınızın altın çağında... Fakat ne olursunuz kimseyi çağırmayın... Tanrı aşkına, çağırmayın kimseyi... İnsanlar güler halime... Onları iyi tanırım. Elbette ayaktakımıyla hiç tanışıklığım yok demiyorum. Benim de uşaklarım var, Ekselansları. Hepsi güler. Eşekler! Efendim... Galiba, yani yanılmıyorsam, bir prensle konuşuyorum."

"Hayır, prens değilim, saygıdeğer beyefendi, kendi halinde biriyim. Rica edeceğim Ekselansları diyerek beni pohpohlamayın. Buraya nasıl düştünüz, saygıdeğer beyefendi? Nasıl geldiniz?"

"Efendim, yani Ekselansları... Kusura bakmayın, sizin Ekselansları olduğunuzu düşünmüştüm. Baktım... Etraflıca düşündüm. Bu bana hep olur. Tanıdıklarımdan birinin, Puzırev beyefendinin evinde tanışma şerefine nail olduğum Prens Korotkouhov'a öyle benziyorsunuz ki... Görüyorsunuz işte benim de prenslerle tanışıklığım var. Ben de tanıdıklarımın evinde prens gördüm. Zannettiğiniz kişi olarak kabul edemezsiniz beni. Ben hırsız değilim. Ekselansları, kimseyi çağırmayın lütfen. Onları çağırırsanız, ne elde edeceksiniz ki?"

"Ama buraya nasıl geldiniz?" diye bağırdı kadın. "Kimsiniz siz?"

"Evet, kimsiniz?" diye ısrar etti kocası. "Canım, ben de bizim Tekir'in yatağın altında oturup aksırdığını zannediyordum. Fakat aksıran bu adammış. Ah zampara, zampara! Kimsiniz siz? Konuşun hemen!"

Bunu söyledikten sonra yaşlı adam ayaklarını yeniden yere vurmaya başladı.

"Konuşamam, Ekselansları. Öncelikle sizin konuşmanızı bitirmenizi bekliyordum. İnce latifelerinizi dikkatle dinliyorum. Bana gelince... Benimkisi çok gülünç bir hikâye, Ekselansları. Size anlatayım her şeyi. Her şeyi anlatacağım. Bu yüzden lütfen başka kimseyi çağırmayın, Ekselansları. Lütfen bana onurlu bir şekilde davranın. Yatağın altında saklanmam önemli değil. Bunu yaparak onurumu kaybetmedim. Bu çok komik bir hikâye, Ekselansları!" dedi İvan Andreyeviç. Yalvaran gözlerle kadına baktı. "Özellikle de siz, Ekselansları çok güleceksiniz! Sahnede kıskanç bir koca olduğunu görüyorsunuz. Kendimi küçük düşürdüğümün farkındasınız. Kendi isteğimle kendimi küçük düşürüyorum. Elbette Amişka'yı ben öldürdüm, fakat... Tanrım, ne söyleyeceğimi bilmiyorum!"

"Size buraya nasıl geldiğinizi soruyorum."

"Gecenin karanlığında, Ekselansları, bu karanlıkta... Suçluyum! Beni affedin, Ekselansları! Âcizane, beni affetmenizi rica ediyorum! Ben yalnızca hakarete uğrayan bir kocayım, daha fazlası değil! Benim birinin sevgilisi olduğum aklınıza gelebilir, Ekselansları. Fakat ben birinin sevgilisi değilim! Karınız oldukça dürüst, eğer durumu böyle ifade edebilirsem. Temiz ve masum!"

"Ne? Ne? Bu ne cüret?" diye bağırdı yaşlı adam ayaklarını yeniden yere vurmaya başlayarak. "Aklınızı mı kaçırdınız siz? Karım hakkında konuşmaya nasıl cüret edebiliyorsunuz?"

"Bu zalim, Amişka'yı öldüren katil!" diye bağırdı kadın gözyaşlarına boğularak. "Hem suçlu, hem güçlü!"

"Ekselansları, Ekselansları! Dilim sürçtü," dedi sersemleyen İvan Andreyeviç, "Dilim sürçtü, başka bir şey değil! Şu an kendimde olmadığımı hesaba katın rica ederim... Tanrı aşkına, şu an kendimde olmadığımı hesaba katın... Bunu yaparsanız, gerçekten benim için çok büyük bir iyilik yapmış olacağınıza yemin ederim. Elimi, sıkmanız için size uzatırdım, fakat bunu yapmaya cesaretim yok... Yalnız değildim. Ben birinin amcasıyım. Yani demek istediğim, beni birinin sevgilisi olarak düşünmeniz mümkün değil... Tanrım! Yine dilim sürçtü... Alınmayın, Ekselansları," dedi İvan Andreyeviç kadına. "Siz kadınsınız, aşkın ne demek olduğunu anlarsınız. Çok narin bir duygudur. Ne diyorum ben böyle? Yine dilim dolaşıyor! Demek istediğim şey... Ben yaşlıyım, yani yaşımı aldım, aslında çok da yaşlı değilim. Sizin sevgiliniz olamam. Sevgili dediğin Richardson olur, Lovelace olur. Dilim dolaşıyor. Fakat görüyorsunuz ya Ekselansları, ben okumuş bir adamım ve edebiyattan anlarım. Gülüyorsunuz, Ekselansları! Sizin gülüşünüzü *uyandırdığım* için çok memnunum, Ekselansları. Ah, o kadar mutluyum ki sizi güldürebildiğim için!"

"Tanrım! Ne kadar komik bir adam!" dedi kadın. Kahkaha atmaktan nefesi kesilmişti!

"Evet, komik ve bir de üstü başı tozlu," diye söze girdi yaşlı adam, karısının gülmesinden memnuniyet duyarak. "Canım, bu adam hırsız olamaz. Fakat buraya nasıl girdi?" "Gerçekten tuhaf! Gerçekten tuhaf, Ekselansları! Sanki bir romana benziyor! Nasıl mı? Gecenin köründe, kocaman şehirde, yatağın altında bir adam? Komik, tuhaf! Biraz Rinaldo Rinaldini* gibi. Fakat bunun bir önemi yok. Bunun bir önemi yok, Ekselansları! Size anlatayım her şeyi. Bu arada Ekselansları, size yeni bir fino getireceğim. Harika bir fino! Böyle uzun tüylü, kısa bacaklı, en fazla bir iki adım atabilen, biraz koşabilen, sonra kendi tüylerine takılıp yuvarlanan bir fino. Fakat sadece şekerle beslemek gerek! Size getireceğim, Ekselansları, kesinlikle getireceğim."

"Ha-ha-ha-ha-ha!" Kadın koltukta gülerken kendini bir oraya bir buraya atıyordu. "Tanrım, beni gülme krizi tuttu! Aman ne kadar da komik!"

"Evet, evet! Ha-ha-ha! Öhö, öhö, öhö! Komik, bir de her yeri tozlu. Öhö, öhö, öhö!"

"Ekselansları, Ekselansları, şu anda gerçekten mutluyum! Size elimi uzatmak isterdim. Fakat buna cesaret edemiyorum, Ekselansları. Bir hata yaptığımı hissediyorum, fakat artık gözüm açıldı. Karımın temiz ve masum olduğuna inanıyorum! Onu boşuna kıskanmışım."

"Karısı, onun karısı!" diye bağırdı. Kahkaha atmaktan gözleri yaşlarla dolmuştu.

"O evli! Öyle değil mi? Bu hiç aklıma gelmemişti!" dedi yaşlı adam.

---

* Alman yazar Christian August Vulpius'un (1762-1827) yazdığı *Rinaldo Rinaldini* adlı romanın hırsız başkahramanı. (Çev. N.)

"Ekselansları, karım. Her şeyin suçlusu o. Yani, her şeyin suçlusu benim. Onu kıskandım. Burada bir buluşma ayarladığını düşündüm. Burada, üst katta. Elime bir not geçti. Katları karıştırdım ve yatağın altına saklandım..."

"He-he-he-he!"

"Ha-ha-ha-ha!"

"Ha-ha-ha-ha!" Sonunda İvan Andreyeviç de kahkaha atmaya başlamıştı. "Ah, ne kadar mutluyum! Mutlu olduğunuzu ve benimle aynı düşünceyi paylaştığınızı görmek o kadar güzel ki! Karım da kesinlikle masum! Bundan neredeyse eminim. Kesinlikle öyle değil mi, Ekselansları?"

"Ha-ha-ha, öhö-öhö! Biliyor musun canım, kimden bahsediyor?" diye sordu sonunda yaşlı adam. Sonunda gülmeyi kesmişti.

"Kim? Ha-ha-ha! Kim?"

"O güzel, kaş göz yapan kadın, züppenin yanındaki. O! İddiasına girerim, o kadın bunun karısıydı!"

"Hayır, Ekselansları. O kadının karım olmadığından eminim. Bundan kesinlikle eminim."

"Fakat, Tanrım! Vakit kaybediyorsunuz!" dedi kadın, gülmeyi keserek. "Koşun, üst kata çıkın. Belki de onları yakalarsınız..."

"Aslında, Ekselansları, gitsem iyi olur. Fakat kimseyi yakalayamam, Ekselansları. O kadın benim karım değil. Bundan önceden beri eminim. O şimdi evdedir! Ya ben? Kıskanç bir kocadan başka bir şey değilim... Gerçekten onları üst katta yakalayabileceğimi düşünüyor musunuz, Ekselansları?"

"Ha-ha-ha!"

"Hi-hi-hi! Öhö, öhö!"

"Hadi gidin! Sonra hemen geri gelin her şeyi anlatmaya," dedi kadın, "ya da yarın sabah gelseniz daha iyi olur. Onu da yanınızda getirin. Karınızla tanışmak istiyorum."

"Hoşça kalın, Ekselansları, hoşça kalın! Kesinlikle getireceğim, tanıştığıma çok memnun oldum. Her şey böyle beklenmedik bir şekilde sona erdiği ve iyi bittiği için mutluyum ve memnunum."

"Finoyu da getirin! Unutmayın getirmeyi. Her şeyden önce finoyu getirin!"

"Getireceğim, Ekselansları, kesinlikle getireceğim," dedi İvan Andreyeviç. Odaya hızla yeniden daldı. Çünkü çoktan selam verip çıkmıştı. "Kesinlikle getireceğim. O kadar güzel ki! Sanki bir tatlıcı, onu şekerden yapmış gibi. Öyle ki, yürürken kendi tüylerine takılıp yuvarlanıyor. Öyle gerçekten de! Karıma 'Bu da ne canım, sürekli düşüp duruyor?' dedim. 'Evet, çok tatlı!' dedi. Şekerden, Ekselansları, şekerden yapılmış gibi! Hoşça kalın, Ekselansları, sizinle tanıştığıma çok ama çok memnun oldum."

İvan Andreyeviç selam verip odadan çıktı.

"Hey, siz! Saygıdeğer beyefendi! Durun, geri dönün!" diye seslendi yaşlı adam, dışarı çıkmakta olan İvan Andreyeviç'e.

İvan Andreyeviç, üçüncü kez geri döndü.

"Tekir kediyi hâlâ bulamadım. Yatağın altında bir kediye rastladınız mı hiç?"

"Hayır, rastlamadım, Ekselansları. Bu arada, tanıştığıma çok memnun oldum. Bu benim için büyük bir onur..."

"Kedi soğuk almış, aksırıp aksırıp duruyor! Pataklanması lazım!"

"Evet, Ekselansları, elbette, evcil hayvanlarına karşı eğitici cezalar gereklidir."

"Ne?"

"Demem o ki eğitici cezalar, Ekselansları. Evcil hayvanların söz dinlemesi için gereklidir."

"Ah! Tanrı'ya emanet olun. Sadece bunu diyecektim size."

Sokağa çıkan İvan Andreyeviç öylece uzun süre ayakta dikildi. Sanki birisi gelip de o sırada ona kızacakmış gibi bekledi. Şapkasını çıkardı, alnına soğuk bir ter damlası süzüldü. Gözlerini devirdi, bir şeyler düşündü ve eve doğru yola koyuldu.

Eve geldiğinde, Glafira Petrovna'nın tiyatrodan uzun süre önce döndüğünü, dişinin ağrımaya başladığını, doktora gidip geldiğini sonra sülük tedavisi yaptırmaya gittiğini ve şimdi de yatağa uzanıp İvan Andreyeviç'i beklediğini öğrenince hayretler içinde kaldı.

İvan Andreyeviç önce alnına vurdu. Sonra hizmetçilere yıkanmasına ve temizlenmesine yardımcı olmalarını emretti. Nihayetinde karısının yatak odasına gitmeye karar verdi.

"Bunca zaman neredeydiniz? Şu halinize bir bakın da kime benzediğinizi görün. Yüzünüz yok tabii! Nerede sürtüyordunuz? Bakın, beyefendi, karınız ölüyor. Fakat siz şehirde av peşindesiniz. Neredeydiniz? Yoksa yine mi beni kovalıyordunuz? Kiminle yapacağımı bile bilmediğim görüşmemde beni rahatsız mı etmek istediniz? Utanın, beyefendi, nasıl kocasınız siz! Yakında sokakta insanlar birbirlerine sizi gösterecekler!"

"Bir tanem!" diye cevap verdi İvan Andreyeviç. O sırada o kadar çaresiz hissetti ki cebindeki mendilini almak ve konuşmaya ara vermek istedi. Çünkü ne söyleyeceği bir kelime, ne aklına gelen bir fikir, ne de bir istek vardı... Mendilinin arasından rahmetli Amişka düştüğünde hayretler içinde kaldı, ürperdi, korktu. İvan Andreyeviç, kendisini yatağın altından çıkmaya zorladıkları sırada yaşanan kargaşada Amişka'yı, sıra dışı bir korkuyla cebine tıktığını fark etmemişti. Geriye kalanları gömmek ve işlediği suçun izlerini ortadan kaldırıp hak ettiği cezadan kaçmak umuduyla yapmıştı bunu.

"Bu da ne?" diye bağırdı karısı. "Ölü bir köpek! Tanrım! Nereden... Size ne oluyor? Neredeydiniz? Hemen konuşun, neredeydiniz?

"Bir tanem!" diye cevap verdi İvan Andreyeviç. Amişka'dan daha ölüydü, "Bir tanem..."

Fakat kahramanımızı, bir sonraki sefere kadar burada yalnız bırakmamız gerekiyor. Çünkü tam bu anda tamamen özel ve yeni bir macera başlıyor. Belki beyler, hanımlar, bu felaketleri ve kadere kurban oluşu bir gün anlatmaya devam ederiz. Fakat siz de kıskançlığın savunulacak bir yanı olmadığını ve dahası, mutsuzluğa neden olduğunu takdir edersiniz!..

Okuyacak daha çok kitap var diyorsanız...
Güvenli kitap alışverişinin yeni adresi istanbook.com.tr

www.istanbook.com.tr